운명과 뱃심

함께 가나 맞서나

운명과 뱃심
함께 가나 맞서나

정현기

채륜
CHAE RYUN

책을 여는 말

참 염치도 없다. 또 무슨 책이냐? 산다는 건 운명이다. 쓴다는 것 또한 운명이다. 속절없는 이 운명을 앞에 놓고 아무리 점을 쳐봐도 도망갈 곳이 없다. 깊은 한숨을 꿀꺽 삼키면서 다시 뭔가 글을 쓴다. 사는 게 약간은 지겹다.

이순신 장군이 묻힌 통영 앞바다를 병풍처럼 둘러친 뒷산, 거기 어디 박경리 선생이 누워 있다. 세월은 요 몇 주 전에 불어대던 쌩쌩이 바람보다 더 빠르다. 우리들 삶의 앞뒤가 다 캄캄한 어둠 속에 고즈넉하게 놓여 있다. 달래나물 알뿌리가 여러 가닥 실뿌리에 이끌려 땅속으로 자꾸 내려앉듯, 이 나라도 이리저리 자꾸 기우뚱 기우뚱, 비틀대는 모양이다. 통영 앞바다 뒷산! 산 위에서 멀리 바다를 바라보면 악마굴이 끓듯 양이 왜적들 씨월거리는 외침소리, 숲 속 뒤지던 바람, 그 소리에 섞여 귓가를 울린다. 그 소리들 참 질기게도 들린다. 여기저기 펑펑 전쟁 터지는 소리 또한 이 와글댐과 바람 소리에 섞여 들려온다. 펑펑펑, 환청이겠지! 전쟁놀이가 거기서냐 여기서냐? 어디가 최전선일지 아는 이는 아무도 없다. 전쟁놀이꾼들은 지치지도 않는다. 그들을 향한 업신여김 바늘 끝이 내 머리를 찌른다. 그래서 삶이 지겨운 거다.

글을 쓰는 일도 실은 전쟁일 터. 무슨 말로 이 세상에서 결코 지껄여 본 적이 없는 새 말을 할 것인가? 그래서 사람들은 한 말 또 하고 한 말 또 하며 그렇게 반복한 자기 말 속에 갇혀 꿈틀대다가 사라질 것이다. 이게 운명이 아니면 무언가? 이 운명과 맞서 싸우는 놈들이 글 쓰는 새끼들일 것이다. 그런 새끼들에게 복이 있을진저! 이 글 눈 열어 읽는 이들에게도 조선 땅 덮은 하늘님의 축복이 있을진저! 내 한 생애 빚도 참 많이 지고 내가 갈 판이다. 모두 다 고맙고 두렵다.

2013년 8월 20일

안개마을 서하리에서 정현기 절

제1부

앞문 열고 들어가기

●●● 영어가 우리말 쓰기 앞길을
●●● 가로막고 늠름하게 서 있다
●●●

-우리말로 학문하기에 대한 단상-

1) 영어 제국주의 전략들

1939년도에 왜국의 조선총독부에서는 중등학교에서 국어(이 때는 왜말을 국어라고 우겼다)사용만을 장려하면서 조선말 쓰기를 막았다. 각급 초등학교에서는 조선말 쓰는 아이들에게 큰 짐을 주려고 조선말 쓰는 아이를 고발하면 상을 주는 꾀죄죄한 식민지 정책을 썼다. 이건 독일이 폴란드에서 저질렀던 행악을 흉내 낸 것이라고들 했다. 그런데 미국은 그렇게 꾀죄죄하지가 않다. 아주 악독하기 이를 데가 없다. 저절로 스스로들 영어만 쓰는 전략을 아주 교묘하게 쓰고 있다. 한국 안에 있는 미국 대학 출신자들이나 영어로 장사하는 양아치 패들을 남모르게 쑤석거려 정말 쥐도 새도 모를 새에 영어만 쓰도록 뭔가를 부채질 하고 있다. 한 서너 가지 그 예들을 들어 보이면 이렇다.

첫째, 장난감들에 따라붙어 어린아이들에게 다가서고 있는 영어 이야기. 나는 외손자를 먼저 보았고 친 손녀를 나중에 보았다. 외손자를 보아주러 매주 다니는 아내를 따라 큰 딸 집엘 가끔 가 보면 세 살 된 이 아이가 가지고 노는 모든 장남감은 모두 영어로 되어 있다. 내 큰 딸도

국문학과를 나와 국어를 가르치고 있는 데다가 내게 배워, 우리말 쓰기 문제에 퍽 민감한 아이였는데, 웬걸! 공용 놀이로 된 장난감들이 모두 영어 이름이어서 나로서는 이 외손자 아이가 뭔가 집어달라고 떼쓰는 말을 못 알아듣는다. 게다가 제 어미가 제 새끼 겁주려고 불러대는 괴물 이름 또한 엉뚱하다. 그루팔로! "야 이든아! 말 안 들으면 그루팔로가 너를 잡아 갈 거야!" 그루팔로? 옛날 같으면 도깨비가 나온다든지 달걀귀신, 하다못해 곶감이라는 괴물(?) 이름으로라도 겁을 주려 할 터인데 이제는 완전히 서양식 이름으로 된 괴물만이 아이들을 가지고 논다. 어이없지만 이게 우리 현실이다. 외손자 놀이에 그래도 익숙한 아내에게 물으니 잘 모른다. 그래서 큰 딸에게 물으니 그냥 상상 동물이란다. 하필 서양말식 상상의 동물이냐? 장난감 이름들이 모두 티라노사우루스, 벨로시렙토, 프리케라톱스, 스테고사우루스, 브라키오사우루스, 프테라노돈, 알로사우루스, 다 좋다! 이 모든 게 다 고고학에서 찾아낸 공룡들 이름이니 서양말로 된 걸 탓하는 사람만 바보다. 이런 장난감들이 영상으로 만들어져 눈만 뜨면 아이들이 그걸 틀어달라고 해서 보고 듣고 보고 듣고 하니까 장난감 이름들이 모두 다 그런 이름으로 만들어져 나와, 방바닥 그득하게 널려 다닌다.

둘째, 내 손녀딸이 생기자 저의 외할머니께서 사온 장난감 집 놀이기구가 이름조차 피셔 프라이스Fisher Price인데 영어 알파벳 에이비시로부터 문을 열면 오픈, 셧, 업, 녹녹 따위 온통 영어다. 노랫말도 영어다. 이쯤 되면 아이들의 귀와 입은 저절로 영어에 익숙해지고 초등학교에 입학하자마자 또 영어로들 씨부렁거릴 터이니 영어를 공용어로 하자는 따위 구차한 주장은 일부러 하지 않아도 그 길로 나아갈 것임에 틀림이 없다. 제국주의의 이런 책략은 참 교묘하고도 악랄하게 진행된다.

셋째, 길거리에 나붙는 모든 광고나 굴러다니는 자동차 따위에 붙어 눈을 찌르는 글자를 보면 그게 또 모두 다 영어 이름이다. 각 학교마다 영어로 말하고 글쓰기가 눈에 익숙하게 길들여지니 대학교 교수들에게 1억 원씩이나 주면서 영어로 강의하라고 강요하지 않아도, 저절로 그것은 이루어질 것이 불을 보듯 빤하다.

넷째, 우리가 매일 보고 있는 달력이 언제부터인지 아라비아 숫자만 빼고는 모두가 다 영어로 되어 있다. 일월화수목금토가 이제는 선데이 먼데이 튜즈데이 따위 영어로 적혀있으니 저절로 매일 요일을 영어로 만나게 된다. 우리들 눈길 속에 이미 영어는 제국을 이루고 행세한다. 미제국주의는 그것을 의도했거나 하지 않았거나를 따지지 않더라도 우리 곁에 들어와 말글로 주인 노릇을 톡톡히 하고 있다. 영어 말글의 노예가 되고 나면 학문이나 예술의 어떤 분야도 우리말을 지켜 써먹기는 점점 힘들게 생겼다. 누구도 이 현상에 대해서 크게 대들거나 반발하지 않는다. 작년에 외국어 대학교 발칸학과를 신설하여 열심히 그리스 지역 학문이나 말글을 퍼뜨리던 유재원 교수가 펄펄 뛰면서 이 현상에 대해서 글을 썼고 또 이 사람 저 사람 생각할 만한 사람들을 붙잡고는 열을 낸 적이 있었지만 곧 잠잠해졌다. 주제 사라마구가 그의 소설『눈먼 자들의 도시』로 이야기하고 싶어 하였던, 우리나라의 수많은 눈먼 지식인들, 그들처럼 모두들 눈이 먼 척 하고들 있는 꼴새이다.

2) 영어 논문에 점수 매기는 책략

꽤 오래 전부터 어떤 신문사가 주관한 대학교들의 능력 평가는 각 대학에 경종을 울리는 일을 하였다. 그러나 그것 또한 알게 모르게 영어 제국주의자들의 하수인 역할에서 크게 벗어나지 못하고 있다. 평가기준으로 각 분야 교수들이 쓰는 논문 가운데서 유독 영어로 쓴 논문에게만 점수를 후하게 매기고는 한글로 쓴 논문은 빵점 처리를 하는 웃기는 평가기준을 들이대곤 하였다. 이 문제를 놓고 바로 위에 밝힌 대로 유재원 교수가 앞으로 가까운 시일 안에 우리 말글이 사라질 것이라는 우려를 나타내었다. 한글로 논문을 쓰면 빵점을 받게 된다. 그렇다면 누가 빵점짜리 논문을 쓸 것인가?

미국이 대한민국에 가하고 있는 영어 제국주의 책략은 이제 어린 아이들로부터 서서히, 그러나 아주 뚜렷하게 효력을 나타낼 징후를 모두 갖췄다. 아이들이 자라 교사가 되고 교수가 되면 영어로만 말하고 쓰기란 저절로 이루어진다. 누군가 빙긋이 웃고 있을지도 모를 일이다. 그러나 분명한 사실은 이렇게 되면 우리말로 글 쓰고 말하는 이들은 앞으로 희귀종이 되어 특별한 대접을 받게 될 공산이 크다. 근 천여 년 동안 기록되어 온 우리 말글들을 다 버릴 수만은 없을 터이니 그것을 아는 사람들은 특별히 키워야 할 터이니까.

3) 자기의 자기 됨, 나의 나 됨

지난 주 금요일(2월 18일)에 나는 남산에 있는 '문학의 집·서울'에서 행하는 문학행사에 다녀왔다. 그곳에 가서 나는 이미 돌아간 작가 이문구 형의 소설세계에 대한 이야기를 아주 짧게 하고 왔다. 그의 대표 작품을 『관촌수필』로 말하는 이들이 많지만 나는 그의 장편소설 『장한몽』을 대표작으로 내세웠다. 이 작품은 1971년도에 문예계간지 『창작과 비평』에 발표한 장편소설이다. 이야기는 신천동 산 5번지 공동묘지에 있던 2천여 기의 무덤을 파, 과천 너머에 있는 명주리 공동묘지로 옮기는 일을 맡은, 작중 주인공 김상배가 데리고 일한 열네 명 쯤 되는 인부들의 고단하고 끔찍한 삶의 이야기들이다. 양반 이념이 지녔던 갈등으로 생겨난 마음의 질병, 가부장 제도가 만들어 낸 남아선호사상들과 함께 이 작품은, 1950년도에 일어났던 우리 민족의 자기모독 전쟁을 통해 터져 나온 사람들 마음속에 도사리고 있는 더럽고 악독한 탐욕에 대한 치열한 탐구이다. 한국 현대사의 압축된 이야기들이 이 작품 속에는 다 들어 있다. 원수와 원수 갚기, 죽고 죽이기, 그리고 아들 못 낳게 한다고 딸 죽이기 따위 참혹한 이야기들이 이 작품 속에서는 불을 뿜듯 쏟아져 오른다. 끝 장면만 이야기하면 이렇다.

2천여 무덤을 다 파헤치고 나서 이 주인공은 폐허로 바뀐 옛 공동묘지로 하릴없이 소주 한 병과 오징어를 사 들고 달빛이 괴괴한 산엘 오르다가 문득 소복을 한 여인을 만난다. 자세히 보니 이 여인은 무덤 파는 공사 시작 때부터 냄새나는 무덤 속을 들여다보곤 하여 독자들로 하여금 언제 저 처녀를 누군가가 겁탈할 것인지를 조마조마하게 생각하도록 만들던 곱상하게 잘 생긴 처녀였다. 나이는 스물아홉 살! 이 여인은 최미실이라는 처녀다. 스물아홉 살이 되도록 자기의 자기 됨을 찾아 몽유병처럼 앓으며 살아온 이 처녀 이야기를 놓고 작가가 한 말은 참으로 새겨둘 만하다. 최덕환, 최미실의 아버지, 삼대독자. 최미실을 낳고는 내리 세 아이들이 모두 남아였으나 다 죽어 버린다. 첫딸 미실이가 남아 낳기를 막았다는 미신! 그래서 그녀 몸을 밤나무로 깎아 정식으로 장례를 치렀다. 호적에도 그렇게 올려 놓고 그녀를 재희라는 이름으로 불렀다. 그렇게 여자 최미실이는 죽었고 재희라는 남자 이름을 등에 진 채 스물아홉 해를 살아온 사람이 그 처녀였다. 그런데 파헤친 무덤들 속에는 자기 밤나무 시체가 없다. 그래서 울고 있는 이 여인에게 작가가 하는 말은 이렇다.

자기를 도둑맞은 사람들이 할 일은 무엇보다도 스스로 자기를 만들어 가야 한다는 것이다. 그렇게 자기 만들기에 나서는 데 방해하는 사람이 있다면, 아니 뭔가 더러운 관념이 있다면, 자기를 찾기 위한 치열한 싸움만이 우리가 해야 할, 한 길이다. 우리는 지금 우리말을 영어 제국주의자들로부터 도둑맞고 있다. 조만간 우리 말글이 사라질지도 모른다. 도둑들의 책략은 언제나 엉큼하다. 이제 우리는, 우리 말글을 어떤 싸움을 거쳐서라도, 지켜야 하고 스스로 만들어 가야 한다. 그것이 〈우리말로 학문하기〉 모임이 계속 이어져야 할 이유이고 또 뚜렷한 명분이기도 하다. 싸움에는 늘 이기거나 지는 일이 있지만 그렇게 호락호락하게 우리 말글이 도둑맞을 리는 없다는 게 나의 생각이다.

2011. 2.

● ● ● 도도하게 가난과 씨름하는
● ● ● 예술가들을 지켜준다면
● ● ●

　　진짜 민주주의란 제비뽑기를 통해서 대통령이나 장관, 지사, 군수들을 시키고 월급은 제때에 그래도 적절하게 주는 제도로 정착되어야 할 것이다. 서양이나 그쪽으로부터 빌려 온 현재 우리나라 민주주의는 끼리끼리 짜고 떠들고 소문을 낸 다음 한 자리씩 도맡아 국민들의 세금이나 축내는 그런 제도가 아닌가? 정치적인 술책이나 기술 필요 없이 돌아가면서 너도나도 제비가 뽑히면 도리 없이 국민에게 봉사하다가, 나오면 다시 제자리로 돌아가 하던 일을 하면 된다. 그러면 요즘 툭하면 지역정서니 지역감정이니 하는 따위 정치적 용어는 저절로 사라지고 말 것이다. 그게 진짜 민주주의 아닐 것인가? 우리는 이제까지 대통령이 임기를 마치고 나와 그동안 모았던 대통령 월급으로 조촐하게 산다는 사람을 본 적도 없고 들어 본 적도 없다. 모두 분수에 지나친 재산을 꿍쳐 감췄다는 이야기만 무성하게 들려, 도대체 자존심이 있는 도도한 대통령을 한 사람도 가져 보지 못했다는 자괴감에 시달린다. 조선 왕조 마지막 시대의 생활 이야기를 적은 정교의 『대한계년사』나 황현의 『매천야록』들을 읽으면 왕권에 빌붙어 백성들이 거둔 재물을 빼앗아 배를 채우고 눈을 부라리는 괴물 관리들 이야기와 왕들의 권속 이야기가 심기를 무척 어지럽힌다. 게다가 요즘 많이 읽히는 『아랍인의 눈으로 본 십자군전쟁』이야기는 당대(1047년부터 1100년대까지) 유럽인들의 야만적 행적이 너무 끔찍한 탐욕 부림과 무자비한 행적들이어서 그들이 툭하면 내세우곤 하는 문명이니 예술이니 문화니 하는 따위 이야기가 모두 꿈속의 도깨비들 잔치 같아 징그럽기 짝이 없다. 1890년대 당시 전봉준, 김개남 등 동학농민전쟁을 일으켰던 용기 있던 농민군들에 대한 기겁과 탄압, 그것을 억누르기 위해 외세를 끌어들이던 왕권 둘레 기득권자들의 야만스런 행적 또한 오늘날 행해지는 것과 비슷한 짝처럼 읽혀 머리털이 곤두설 뿐이다.

제도가 사람의 탐욕이나 열등감을 막아 준다고 나는 생각하지 않는다. 제도란 그것이 어떤 꼴의 제도이든 사람이 운용하는 것이므로 사람됨의 그릇과 사심 없음에 따라 모든 제도는 빛을 내기도 하고 더럽게 망가지기도 한다. 그래도 민주주의라는 말은 현재 가장 솔깃한 구호이긴 하니까 그처럼 툭하면 남의 나라를 침공하면서도 민주주의를 가르치겠다고 눈을 부라리거나 위협하는 힘센(?) 나라들의 행패가 오늘날 우리가 사는 시대 모습이로구나 하고 우울해 한다. 돈이면 모든 것이 다 이루어지는 것으로 만들어진 이런 시대에, 문화예술 진흥을 위해 그 돈이 많으면 많을수록 빛나는 결실이 있겠지만 그것이 모두 돈만으로 이루어진다고 강변해서는 안 된다고 나는 생각한다.

한 나라가 정부를 갖춘 다음 그 나라 구성원들 모두에게 고른 행운과 나눔의 질서를 갖추기를 사람들은 꿈꾼다. 문예진흥원이 그동안 가난한 문인이나 예술가들의 창작의욕을 북돋아 주려는 노력을 기울여 왔음을 나는 오랫동안 지켜보았다. 마침 문예진흥원이 새로운 진용을 갖추고 문화예술인들에게 다가가려는 새 제도를 만든 모양이다.

한 사람이 책임을 지고 전체 문화예술인의 문제를 읽는 것보다는 여러 사람의 위원이 마음을 모아 빠뜨림 없는 분배와 고른 마음 쏟기가 이루어진다면 그보다 다행스런 일이 어디 있겠는가? 나는 소박하고 어리석은 마음으로 다음과 같은 일들이 새로운 진영의 문예진흥 사업에서 이루어지기를 비는 말을 적으려 한다.

첫째, 이 위원들의 모임이 사심 없고 도저한 모임으로 운용되기를 바란다. 앞에 책에서 읽은 바 무슬림 아랍인들이 서유럽 프랑크인들의 침략 행위를 막지 못하는 것은 바로 자기 이익 욕심에서 벗어나지 못하는 종파, 정파, 권력욕에 눈먼 왕자들의 분열 때문이었음이 너무 선연하게 드러난다. 일제가 우리나라를 집어먹으면서 뿌린 말이 바로 그것이었다. 당대 일본의 각종 책략가들은 너희 조선인들은 둘만 모여도 분열되는 미개인이었다는 관념 만들기에 능하였다. 반드시 이루어져야 할 일은 나라 전체를 위해 큰일을 결정하려 할 때 제발 위원 개인이 속한 집단이나 계층, 학벌, 정파의 눈치를 살피는 어리석음에 빠지지 말기를 바란다. 어떤 사건이나 사안이 떠오르면 반드시 그 반대 이야기가 떠들썩한 분열 논리로 둘러싼다. 이런 것은 민주주의의 다양한 의견 드러냄이라 하여 존중되곤 하지만, 고식적으로 굳어진 분열 행태는 적들에게 언제나 즐거운 징조인 것이다. 마음을 모을 때는 개인의 개인성을 넘어 과감하고도 흔쾌하게 마음을 여는 용기가 필요하다고 나는 적는다. 둘째, 가난을 두려워하지 않는 문인이나 예술가들을 위원들은 눈여겨보기를 바란다. 가난은 비록 두려운 질병이고 모두가 다 피하고 싶어 하는 결핍이지만, 그것이 문학예술을 죽이는 조건은 아니다. 자존심 있는 예술가들은 가난을 결코 두려워하지 않는다. 오히려 그것은 어쩌면 예술의 기본 조건일 수가 있음을 잊지 않기를 나는 바란다. 현실적으로 살찐 예술가들이 오히려 창작의욕을 딴 쪽에 낭비하거나 통속화하기 쉬운 법이다. 문학예술을 아예 상업적인 쪽에 눈 맞추고 있는 경우를 눈여겨볼 일이다. 셋째, 한국의 문학예술이 대국적이고 지성적인 눈길에 부합되는 방향으로 흘러가도록 부추기는 힘 보탬이 되도록 진흥정책이 이루어지기를 바란다. 정인보 선생은 한국문학의 원류를 '어짊의 피차 한 덩어리인 큰 사랑'이라고 적고 있다. '어짊의 피차 한 덩어리인 큰 사랑'이란 정말 어떤 것일까? 어짊仁을 남에게 다가가는 착한 마음이라고 읽는다면, 한국의 문학예술 진흥을 위해 우리가 모두 큰 사랑 모으는 눈과 마음을 활짝 열어야 할 것이 아닌지, 나는 그렇게 빌고 또 바란다.

2005. 8.

●●● 문화가 한 나라의 정신 내용임을
●●● 아는 대통령이 있었던가?

-새 정부에 바란다-

1) 나라의 기강은 문화 바로 세우기로부터 시작되어야 한다

남의 나라 이야기부터 좀 하기로 한다. 한때 나는 프랑스가 이 지구 상에서 가장 지성적이고 문화적인 나라라는 편견에 사로잡혀 있었다. 프랑스 문학작품들을 대학시절 이전부터 탐독한 결과였다. 대학생 시절부터 내가 믿기에 프랑스는 자급자족에 수출까지 할 수 있는 농산물을 생산하는 농업국가일 뿐만 아니라, 초음속 여객기 콩코드를 만들고, 초고속 전철을 생산 수출하는 세계인 누구나 인정하는 공업국가가 아닌가? 그런데도 그들은 세계를 향해 끊임없이 문화대국임을 자랑하고 또 그것을 내세운다. 세계대전을 치른 후 국가원수에 당선된 드골 장군은 『인간의 조건』, 『왕성의 길』 등으로 유명한 작가 앙드레 말로를 문화부 장관으로 임명하여 프랑스 사람들의 문화 사랑과 문화 인식에 대한 자존심을 세계에 과시하였다. 앙드레 말로, 작가인 이 문화부 장관이 각 부처 가운데서 가장 많은 예산을 확보하였다고 했던가? 1960대 초 대학생 시절 나는 앙드레 말로가 인도차이나 어느 숲 속에 숨겨진 조상彫像을 훔쳐 오다가 체포되어, 재판 중에 많은 프랑스 지식인들이 서명을 하여 '문화를 사랑하는 지식인이므로 정상이 참작될 만하다'고 탄원을 하였다는 이야기를 감동 어린 마음으로 들었었다. 그런 나의 착종된 감동은 6년여 전에 직접 프랑스에 가서 실체를 알고 나서 깨어져 버렸다. 프랑스 파리 콩코드 광장에 올연하게 서 있는 이집트 신전 앞에나 있음직한 오벨리스크를 비롯하여 관광명소로 유명한 루브르, 오르세 박물관에 전시되어 황홀하게 빛나는 고대 이집트·그리스 문화재들의 박제품들이 얼마나 세계인들의 눈을 끄는지를 아는 이는 다 안다. 프랑스 일간지 『르몽드』에서는 「나폴레옹의 학자들」이라는 제목의 글에서, 이미 오래 전에 나폴레옹이 이집트에 원정하면서 167명의 여러 분야 학자들을 데리고 가서 귀한 문화재들을 모두 프랑스에 옮겨 오는 이야기를 공개한 바가 있었다(『문학과 의식』 2000년 여름호에서부터 겨울호까지 프랑스 문학자 이상빈 박사의 번역 소개로 이 이야기는 자세하게 소개되었다). 이집트나 그리스 문화가 프랑스인들에 의해 또는 영국인들에 의해 유지 보존된다는 생각은 우리가 깊이 음미할 필요가 있는 대목이다(김영삼 대통령 시절 프랑스에 보관된 '의궤儀軌'를 우리나라에 가져오는 절차의 정치적인 상담이 있었다. 이것은 1866년 병인양요 당시 강화도에 있던 외규장각 문서들을 프랑스 군대가 약탈해 갔던 것 가운데 하나인데, 그것을 한국에 되돌린다는 소식에 눈물을 흘렸다는 프랑스 박물관 한 여 직원 이야기도 한국 신문지상에 기사화되어 이상한 착종 감동에 젖게 한 적이 있었다).

　도시 그 자체가 하나의 박물관일 수 있는 한국의 고도 경주慶州에 있는 국립박물관에 전시된 문화재들은 프랑스 파리 소재의 것들과는 엄청난 차이가 있다. 우리나라 박물관에 전시된 문화재는 대체로 남의 나라 것이 거의 없다는 특색을 지녔는데 이것은 아주 자랑스런 문화 내용임에 틀림없다. 남의 것들을 전시해 놓고 그 나라 사람들로 하여금 거기 와서 자기 것들을 관람하도록 꾸며 놓은 서양식 문화 사랑은 기실 그리

자랑할 만한 것이 결코 아니라고 나는 믿는다. 그러나 여기서 짚고 넘어가야 할 것은 문화란 그것 자체가 상품이 아니라는 점이다. 문화는 한 단위의 종족이 모여 살면서 만들어 쌓은 버릇의 흔적들로, 그것은 빛이고 정신이며, 그 종족이 오랫동안 꾸어 온 꿈꾸기와 바람所望을 담은 존엄성의 지표이다. 여기에는 본질적으로 인물이 주가 되고, 그 위대한 인물들에 의해 만들어진 여러 형태의 문화 내용들이 있다. 그것을 자랑스럽게 여기는 민족과 우습게 여기는 민족의 힘은 큰 편차로 다를 수밖에 없다. 한 종족의 자기 존엄성 감각!

이것이 없으면 그 종족은 그들 스스로 깜냥껏 있음의 빛으로 바라는 꿈꾸기나 그 꿈 내용을 꾸미고 버티는 영혼, 자아의 자기 동일성을 갖기가 어렵다. 남의 것이라도 열심히 훔쳐다가 그것을 자기 것인 양 감춰 놓고 음미하는 종족은 이미 하등 민족임에 틀림없다. 그러나 그것을 잃고도 되찾거나 있는 것을 잘 지키려고 하지 않는 민족은 희망을 버린 집단임에도 틀림없다. 우리 근세 역사 기간은 자아의 문화재를 약탈당하는 수모의 굴레로 씌워진 세월이었다. 우리는 우리가 지키고 발전시켜야 할 문화 내용들에 대해 너무 무심한 정권 담당자들을 겪어 왔다. 불행한 일이 아닐 수 없다. 근세 역대 대통령은 말할 것도 없고 그들이 지명한 문화부 관련 장관들의 면면들도 모두 정치꾼들뿐이었음을 슬프게 생각한다. 잠깐씩 문화 관계 부처의 장을 맡았던 최근세의 시인 정한모, 문학비평가 이어령을 빼고는 모두 정치 패들이 문화 관계 장관을 맡아 왔었다. 〈문화공보부〉, 〈문화체육부〉, 〈문화관광부〉식으로 우리 정부는 문화 자체에 대해서는 아예 무신경한 태도를 보여 왔다. 지극히 한심한 일이라고 나는 생각한다.

2) 우리나라 문화들에 관한 이야기들

나는 지난주부터 천문학자 박창복 교수의 『하늘에 새긴 우리 역사』를 읽고 있다. 1995년도였는지 96년도였는지 어느 신문사가 발행하는 월간지에서 이런 글을 읽은 적이 있었다. 그 내용이 새로운 데다 너무 놀라워 그 글을 학생들에게 소개하려고 다시 찾았으나 흐지부지 못 찾고 있던 차에 이 책이 나왔다는 광고를 보게 되었다. 글 내용이 앞에서 읽었던 것과 같은 필자의 이 책을 급히 사서 읽기 시작하였는데, 과연 옛 감동이 되살아나기 시작하였다. 이 책을 여기서 길게 소개할 수는 없는 일이지만 우리나라 문화 정책에 대한 기이한 의문들에 대한 해답이 이 책에도 들어 있음을 알리고는 싶다. 까마득하게 사라진 우리 역사 기록들을 전화戰禍와 외침外侵 속에 잃고는 망각으로 내버린 채 남의 나라 문물 닮기에 골몰하여 온 근세 100여 년을 생각하면 그저 가슴이 답답하고 울화가 치밀 뿐이었음을 고백해야겠다.[1] 그게 언제부터였을까? 우리가 자신의 문화를 헌신짝 버리듯이 버리는 질병에 걸린 시기와 그것을 알아 내가 울화병을 앓고 있었던 시기는 어떻게 닮아 있을까? 삼십여 년 현대문학을 전공한답시고 읽게 된 글 내용들이 1900년대로부터 우리들 삶의 흔적이었으니, 대체로 이 시기는 동시기에 해당한다고 우선 정리해 볼 수 있을 것이다. 아마도 현대 한국 사람은 대부분이 다음과 같이 말

---

1 수천 년 역사를 사는 동안 아마도 의도적인 분서갱유 사건도 여러 번 있었을 것인데, 정권을 잡아 자기 정권의 독자성을 마련하기 위해 대부분의 군왕들은 고문서 기록이나 중요한 고전들을 태워 없애는 분서(焚書)의 행패를 일삼아 왔음에 틀림없다. 조선조 초기에 없앤 고려 때 문서들, 그리고 왕이 바뀔 때마다 앞 기록을 없애는 폐단은 우리들 자체 내의 열등감의 등밀이에 의한 정통성 시비와 관련이 깊을 터이다. 그러나 역사의 긴 시간에 외적의 침입으로 사라진 기록 고문서나 문화재들은 부지기수일 터이다. 이를테면 왜적의 침입이나 서양 오랑캐들의 침입에 의한 고문서 약탈 사건은 우리 민족의 문화가 말살 위기에 처하는 빈번한 자기 비우기이며 문화 지우기일 터이다.

하는 사람을 보면 으레 의심부터 할 것이다.

지구상의 모든 민족 중에 우리의 선조가 태양활동에 대해 가장 많은 관측
기록을 남겼다면 믿기지 않을 것이다. 그러나 이것은 국내에는 잘 알려져 있
지 않지만, 외국에서는 이미 인정된 사실이다.

—박창범, 『하늘에 새긴 우리의 역사』(서울: 김영사, 2002), 124쪽

그러나 현역 대학교 교수가 그런 말을 그의 저서에서 썼다. 치밀하고도
왕성한 과학적 지식과 그 전거들을 내세우면서 이런 말을 단언하였을 때
에도 한국인들은 의심부터 하기 십상이다. 아니 어쩌면 외국인들이 그렇게
말했다면 어느 정도 믿는 구석이 있을지도 모르겠다. 우리들 지식사회는
남의 말에 먼저 귀를 기울이는 지적 고질병을 앓아 온 지 아주 오래되었다.

여하튼 신라 시대의 향가 이후에 대문화大文化다운 모습을 한번도 한국 사
회가 보여주지 못하였다는 것은 한국 정신사상 중요한 사실이다. 세계의 문
명을 19개나 되는 많은 수효로 구분한 토인비까지도 한국 문화를 그 어느 한
문명 속에 끼워 넣기를 꺼리고 있을 정도이다. 한국에 대해 지극한 애정·애
착을 가지고 있는 수많은 사람들이 원효·이황·이이 등을 들먹이며 한국 문
화의 우수성을 논해 왔지만, 사실상으로 그런 인물들을 전면에 내세우는 심
리의 이면에는 한국 문화의 주변성에 대한 심리적 콤플렉스가 잠재해 있다
고 하지 않을 수 없다.[2]

1970년대에 비평계의 영향력이 아주 컸던 문학평론가 김현 교수가 쓴

---

2 김윤식·김현, 『한국문학사』(서울: 민음사, 1973), 23쪽 참조.

이 글 속에는 그가 그처럼 강조한 이식문학론 극복을 역으로 심화시키고 있음이 잘 드러난다. 토인비는 거대 시각으로 읽는 눈길만을 지닌 눈먼 문화 장님에 틀림없는 문화사학자였다. 그런데도 그는 그가 서양인이라는 사실을 가지고 그의 말을 금과옥조로 여겨 이처럼 거창한 착시의 눈길을 열어 놓았던 것이다. 신라 향가까지 올라갈 것도 없이 15세기 조선조의 한글 창제 하나만 놓고도 그가 그런 식으로 우리 역사를 폄하해서는 안 되었던 것이다. 문명과 문화를 한 문장에서 섞어 쓰는 그의 글쓰기 의도 또한 문학사 기술에서는 올바르지가 않다. 우리 문화에 대한 자랑스러움을 잠재된 콤플렉스(?) 없이 몇 개만 열거하면 이렇다.

첫째, 한글이 세계에서 차지하는 언어적 지위에 대해서 과연 우리는 얼마나 알고 있을까? 2002년 8월 15일, 연세대학교 국어국문학과 노대규 교수는, 전 세계에 분포되어 있는 언어 약 3000여 개 가운데서 한글의 언어적 지위가 대략 16위로 규정되고 있다는 증거를 예시하면서 강연을 하였다.[3] 15세기(1443년)에 한글, 정확하게는 『훈민정음』이 만들어지고, 세종임금이 지은 『월인천강지곡』이나 『용비어천가』 등 각종 우리말로 글쓰기의 문화적 결실은 가히 눈부신 바가 있다. 『월인석보』, 『능엄경』 등의 불경 번역과 『구급약방문』 등으로 전 국민이 이 문자를 토대로 생각과 실제 생활을 영위하였음을 무엇으로 설명할 수 있을까? 문화가 없었다는 이야기가 통하는 것일까? 이어서 16, 17, 18세기로 오면서 각종 가사, 시조, 소설 등 문학작품들이

---

3 세계의 언어는 대략 3000여 개로 분류된다고 발표한 노대규 교수는 언어를 중요하게 만드는 요소로서 여덟 가지 아이템을 객관적인 사실들에 입각하여 정리하였는데 그 여덟 가지는 다음과 같다. 첫째는 말글의 사용자 숫자, 둘째, 외국에 사는 해외동포들의 사용 숫자, 셋째, 이 언어를 쓰는 종족의 과학적 수준, 넷째, 문화 수준, 다섯째, 보유하고 있는 군사력, 여섯째, 지하자원은 물론이고 인적자원 등의 산업잠재력, 일곱째, 외국에 수출 및 수입의 무역수지로 읽는 경제력, 여덟째 문맹 숫자 등이다. 이 여덟 항목에서 읽은 순위로 볼 때 한국어는 대체로 16위로 종합된다고 그는 발표하였다. 노대규, 「한글의 지위」(8·15 윤동주 기념 백일장에서 인솔교사들을 놓고 한 강연에서).

부지기수로 쏟아져 나왔다는 점을, 게다가 그것도 세계에 유례가 없는 글자 만든 이의 확실한 존재 확인하에 인문학이 발달하였음을, 어떤 논리로 어떻게 부정할 수 있을까? 이처럼 한글이 우리나라의 대표적인 문화유산임을 지금쯤은 정치가들도 깊이 인식하고 알아야 할 것이다.

둘째, 천 년 전 신라 대에 주조된 성덕대왕 신종이나 고려 때 발명하여 보급한 금속활자, 석굴암, 고려 때의 대장경판본 등이 세계적인 문화유산임을 모르는 이는 아마도 없을 것이다. 이처럼 눈에 띄는 유산 말고도 무형 문화재가 우리 산야에 얼마나 묻혀 있는지를 문화 감각이 깊은 이들은 알고 있다. 미술, 건축, 음악, 문학, 춤, 종교, 교육 사상, 철학 등 빗살처럼 빛나는 문화유산들이 우리의 오랜 역사 단층 밑에 아로새겨져 있음을 잊어서는 안 된다. 게다가 그 모든 것들을 창안해 내고 만드는 출중한 인물들은 얼마나 많았던가? 그들의 비상한 머리 쓰기와 신념, 바람들이 빛나는 문화를 남기게 하지 않았던가? 문화는 곧 사람이며 그들이 바라는 꿈이고 신념이며, 결핍을 이겨 나아가려는 기도 그 자체이다. 그것은 물처럼 어느 곳에서나 치솟는 힘이며 힘의 유체이다.

3) 문화 감각이 깊은 정치가와 그 문화 판을 고대한다

앞에서 예시하여 든 한국 문화 이야기는 기실 지극히 상식적인 선에서의 논의일 뿐이다. 우리는 근세 및 현세에 엄청난 민족 시련을 겪어왔다. 일제 36년이 그렇고 7~80년대 군사독재 정권의 질곡이 그러하다. 문화는 물질적 여유와 생활의 풍요로움만이 그 배태 요인은 아니다. 혹독하게 어려운 시대에도 빛나는 문화유산은 만들어지고 창안된다. 고려 때의 대장경판본이 그 가장 좋은 본보기이다.

1910년부터 우리 민족은 일본인들에게 노예 상태로 떨어지는 수모를 겪었다. 이 36년여 동안이 한민족에게는 암흑기였음에 틀림없다. 그러나 이 시기를 잘 둘러보면 흥미롭게도 엄청난 문화유산을 왜놈들에게 약탈·도륙당하면서도 여전히 한국인들은 빛나는 문화유산들을 만들어 내고 있었음을 확인할 수 있다. 이 짧은 글에서 나는 음악, 미술, 건축, 종교, 무용 등의 문화유산을 모두 거론할 수가 없다. 나는 내 분수에 맞게 문학에 대해서만 이야기를 좀 하겠다.

　　1910년대 이후의 한국문학을 근대문학이라는 이름으로 꾸준히 주장해 온 학자들이 있다. 나는 이것을 일본식 창안이라는 이유로 그대로 쓰기를 거부한다. 연민 이가원 선생이 1995년도에 상·중·하권으로 발간한 방대한 『조선문학사』 현대문학 편에는 일제시대를 '항왜문학'이라는 항목으로 설정하여 놓았다. 우리 자신을 주체적으로 읽을 때 이런 항목은 유효할 뿐만 아니라 한국 문화를 독자적으로 읽게 하는 좋은 보기로 내겐 읽힌다. 이 시기에 나온 문학작품들은 각 종류에 따라 엄정한 고증들을 거쳐 각기 문학사로 정리되어 오고 있는 실정이다. 그런데 문제는 이들 작가나 시인들이 살았던 집이나 기타 유물의 보존들이 너무 엉터리이거나 아예 방치된 채 외면되고 있다는 점이다. 불행하게 살면서도 시나 소설로 남긴 작가 시인들의 유물이나 생가 터 유지 보존은 유족의 힘만으로는 도저히 불가능하다. 그 유지 보존을 정부 문화부에서 정교하고도 정성스레 해 왔어야 한다고 나는 생각한다. 예컨대 종로구 부암동에 있는 20년대의 작가 현진건이 살던 집은 수십 년간 방치된 채 폐가처럼 버려져 있었다. 근래 들어 이 집을 종로구청에서 복원 수리하기로 하여 일을 시작한 모양이다. 이게 도대체 무슨 일인가? 현세 한국 정부 각 부처에 문화 관련 업무가 있었거나 한 것인가? 엄연히 살아 있는 작가 박경리가 살던 원주 집도 〈토지박물관〉으로 보존하고 있는데 그 보존 상태는 물론 운용하는 내용이 가히 꼴불견임을 아는 이는 안다. 1년 전쯤이었나? 원로 작가이며 현대문학의 높은 봉우리를 이루는 『광장』의 작가 최인훈이 최근 대작 『화두』를 집필하였던 곳인 갈현동 기자촌 어느 지역은 그가 공들여 가꾸고 살았던 집인데, 그 지역 개발을 노린 개발건축업자의 농간에 넘어가 팔아 버렸다고 들었다.[4] 우리나라가 문화 관련 부처가 있는 나라인지 그저 아연할 뿐이다. 나는 다음에 당선될 대통령과 그 정부에게 아래와 같은 문화 정책이 이루어지기를 당부하고자 한다.

첫째, 문화부는 거기 다른 꼬리를 붙이지 않는 부처로 독립시켜야 한다.

둘째, 문화부 장관은 정치꾼이나 행정가에게 맡기지 말고 순수한 문화인을 뽑되, 그 부처 관리들은 각 분야 문화전문가들로 채워져야 한다.

셋째, 잃어버렸거나 잊고 있는 문화재 전반에 관한 자료집을 만들어 전 국민에게 이것을 알려서 국민 모두가 자기 문화를 사랑하는 기틀을 다지는 행정을 펼쳐야 한다.

넷째, 지금 창작에 몰두하고 있는 문화 관련 모든 작가, 건축가, 화가, 무용수, 공예가들에게 창작의 여건을 최대한 지원하고 보호하는 정책을 일관성 있게 펼쳐야 한다.

다섯째, 정치관료나 다른 부처 장관이 문화 관련 업무에 대해 간섭하지 못하도록 문화부를 강력한 부처로 만들어야 한다.

대체로 이 정도의 문화 의식을 지닌 사람이 대통령이 되기를 바라고

---

4 이 글을 쓰는 동안 나는 윤동주의 여동생 윤혜원 여사를 만났다. 그의 남편 되시는 분은 이렇게 말했다. 작년에 일본에 갔을 때 윤동주가 1년간 다녔던 동지사 대학교 총장은 그를 초청하여 극진히 대접하면서 윤동주에게 박사학위를 수여하겠노라고 했다고 했다. 그리고 교토 중심가에 있는 다리 위에서 찍은 윤동주의 사진을 본 교토시장은 그것을 기념하기 위해 윤동주 동상을 만들어야 하겠다고도 하였다 한다.

그런 정책이 다음 정부에서 펼쳐지기를 고대한다는 말로 이 글을 줄인다.

2002. 12.

● ● ● 젊은이들을 위한
● ● ● 철학적 질문들
● ● ●

-2003년 수시 1차 합격자들을 위한 특강-

1) 첫째 질문, 대학생 또래의 젊은이란 누구인가?

우선 나는 국어국문학 전공 교수이며 문학평론을 주로 하는 문인이다. 그런데도 불구하고 나는 위의 제목에다가 '철학적 질문'이라는 말을 붙임으로써 철학과 교수들에게 결례를 범하고 있을 수가 있다. 그러나 문학작품 특히 소설 작품들이 인생의 모든 문제들을 다 문학적 이야기 속에 끌어들임으로써 '소설의 제국주의적 성향'이라는 특징을 포함하고 있기 때문에, 국문학과 교수의 철학적 담론은 그것대로 이해될 수 있다고 자위함으로써, 철학 교수들에게 지닌 조금 미안한 마음을 달래려고 한다.

나이 열아홉에서 열여덟 또는 스무 살짜리의 젊은이들에게 '당신은 누구'냐고 물으면 어떻게 대답할 수 있을까? 여러분 가운데는 아마도 이 대답을 이렇게 시작하는 학생들이 많을 것이다. 우선 첫째, 나는 누구 '아무개'라 불리는 남자 또는 여자이며, 스무 살짜리이며 젊기 때문에 건강하고 세상에 대한 호기심도 아주 많은 사람이다. 둘째, 나는 아버지 어머니로부터 이 세상에 태어남을 점지받았으므로 그들에게 사는 빚을 꽤 많이 지고 살고 있는 존재이다. 아니 내게 대한 그들의 눈빛이 무척 부담스러운 존재이다. 그들은 내게 때때로, 아니 자주 이것을 먹어라 저 것을 입어라 이렇게 해라 저렇게 하지 말아라 등 여러 형태로 압력을 가 한다. 나는 자유롭지가 못한 존재이다. 셋째, 그러므로 나는 자유를 찾 아 여기까지 온 여행자의 한 사람이다. 넷째, 나는 부모님들은 물론이고 형제자매로 둘러싸여 그들의 축복을 한껏 받고 자란 사람이다. 나는 그 들을 사랑하는 존재로 내 삶의 빛이 거기에 있다고 믿는다. 아니면 이들 의 사랑이 나를 너무 꽁꽁 묶어 놓고 있어 무척 부담스러워하는 존재이 다. 다섯째, 나는 내 가족의 현실적 어려움을 잘 알고 있는 존재로서 이 어려움을 극복해 나아가야 할 의무를 짊어진 존재이다.

대강 이렇게까지만 자아에 대한 이야기가 진척되더라도 지금 여러분 나이에 이를 동안 배운 세계 이해가 어느 정도 이루어진 것으로 이해할 수 있다. 그러나 여러분 모두 이미 짐작하고 있겠지만, 내가 앞에서 여러 분에게 물었던 '당신은 누구냐?'라는 질문에 대한 대답으로서는, 이 대 답들이 그렇게 충분하거나 정확한 것이 아니라는 것을 알 것이다. 물론 방향을 조금 바꾸어 이렇게도 대답할 수가 있을 것이다. 첫째, 이름은 무엇이다. 둘째, 키는 얼마이다. 셋째, 용모는 대강 어떻게 생겼다. 넷째, 몸무게는 얼마이다 등 생리적, 생태적인 방향에서 대답이 이루어질 수 도 있을 터이다. 그러나 과연 그런 외양의 특징이나 정론으로 자아라는 존재가 다 설명될 수가 있는 것일까? 이런 대답이 있은 후에 우리는 다 음과 같이 물을 때를 대비해야 하기 때문에 이 물음에 대한 답은 그렇게 시원하고도 간단하지가 않다는 것을 알게 될 것이다.

두 번째 질문이 만약 '당신들은 무엇을 하려고 이 세상에 태어났느 냐?'고 보태어 물으면 대답은 더욱 난감해질 수밖에 없다. 게다가 '당신이 사는 이유는 무엇인가?', '당신이 사는 뜻은 무엇인가?'라고 이어 물으면 어떻게 대답할 것인가?

올해 대학을 졸업할 나의 막내 딸아이가 여러분 나이 시절에 내게 물은 적이 있었다. '아버지는 왜 나를 낳았느냐? 우리가 사는 의미가 무엇이냐? 왜 나는 살아야 하느냐?' 이 물음 앞에서 나는 대답을 하지 못하고 말았다. 많은 분량의 독서와 명상, 사색을 거쳐서 끊임없이 나 스스로에게 물어 왔던 이 질문을 사랑하는 딸아이에게서 받았을 때 나는 곤혹스럽게도 대답을 못하고 말았었다. 나는 지금도 이 대답을 향해 끊임없는 질문을 반복하여 내 스스로에게 묻지만 시원하게 대답하지 못한다. 물론 나도 평범한 수준의 이야기는 많이 알고 있다. 인간 존재의 고귀한 명예와 지조를 지키기 위해서라든지, 인간의 격조를 가장 큰 높이로 높여 올리기 위해서라든지, 열심히 일하여 큰 재부를 쌓아 평안하고도 유복하게 살기 위해서 또는 큰 권력을 잡아 여러 사람들 위에 군림함으로써 세상에 이름을 널리 알리고자 한다든지, 아름답고 위대한 작품을 써서 여러 사람들에게 내 이름을 떨쳐 보이겠다든지 등 수많은 세속적인 대답들이 있을 수 있음을 안다. 그러나 오늘 내가 여러분들에게 묻는 질문은 그렇게 쉽게 내려질 대답에 대한 용인에 머물러 있지가 않다.

2) 두 번째 질문, 시인 윤동주가 선택한 젊은이의 길은 어떤 길이었나?

우리 연세대학교는 1938년에 입학하여 1941년에 졸업한 위대한 시인 윤동주를 변함없이 존경하고 기리는 선배로 모시고 있다. 그는 알다시피 스물아홉 살의 나이로 일본의 후쿠오카福岡 감옥에서 죽임을 당한, 그야말로 인생의 꽃(?)도 못 피워 본, 젊은 시인이었다. 생전에 남긴 166

여 편 정도의 시와 산문이 그가 그의 인생을 어떻게 정의하였고 스스로 자아 존재의 의미를 어떻게 규정하였는지를 짐작케 할 뿐이다. 그 존재의 위대성은 물론 그의 시편에서 찾게 되지만, 그의 시편들은 자연인 윤해환尹海煥이 시인 윤동주로 승화하는 인간 정신에서 찾지 않을 수가 없다는 점을 나는 오늘 이 자리를 빌어 여러분들에게 질문 삼아 알려 드리려고 한다.

윤동주에 대한 연구에서 뛰어난 이름을 드러낸 중견 작가 송우혜의 『윤동주 평전』에 의하면 윤동주가 고등학교를 졸업하던 해에, 정확하게는 대학 진학을 앞에 둔 해에, 그가 입학하고 싶어 한 대학교가 연희전문학교 문과였고 이것 때문에 그 부친 윤영석과 한바탕 다툰 이야기가 그림처럼 묘사되어 있다. 윤동주가 연세대학교(그가 다니던 1930~40년대에는 연희전문학교)를 얼마나 자랑스러워했는지를 조금 소개하면 이렇다.

동주는 나를 데리고 해란강(海蘭江: 이름은 예쁘지만 꽤 살풍경한 강이었다.)가를 거닐면서 문학공부의 필요성을 강조하고, 문학을 공부하려면 자기가 다니는 학교가 가장 적당하다는 것을 역설하기도 했다.

문학은 민족사상의 기초 위에 서야 하는데, 연희전문학교는 그 전통과 교수, 그리고 학교의 분위기가 민족적인 정서를 살리기에 가장 알맞은 배움터라는 것이다.

당시 만주 땅에서는 볼 수 없는 무궁화가 캠퍼스에 만발했고, 도처에 우리 국기의 상징인 태극 마크가 새겨져 있고,[1] 일본말을 쓰지 않고, 강의도 우리말로 하는 〈조선문학〉도 있다는 등등…… 나의 구미를 돋우는 유혹적인 내용

---

[1] 연세대학교 신촌 캠퍼스의 옛 건물들 언더우드 관, 아펜셀라 관 등 박공지붕 양면 박공면 한가운데에는 태극문양이 새겨 있었다. 일제가 연세대학교를 접수하였을 때 이것을 뭉개어 버린 것을 광복 이후 다시 복원하여 지금도 태극문양을 이들 건물 박공면에서 볼 수 있다.

의 이야기를 차분히, 그러나 힘주어서 들려주었다.

내가 한국문학에 뜻을 두게 된 것은 개화의 선구이신 조부님과 형인 요한의 영향에서 비롯된 것이었지만, 문학공부를 위해서 연희전문학교의 문과에 적을 두게 된 것은 오로지 동주의 권고에 따른 것이었다. 일본사람이 경영하는 이역의 중학교에서 탈출하여 고국의 품에 안기고 싶었고, 기독교 가정에서 태어난 나로서 기독교 계통의 사립학교가 고향처럼 느껴졌었다. 나는 만족스럽고 행복한 학교 생활을 계속할 수가 있었다.

—송우혜, 『윤동주 평전』(서울: 세계사, 1998), 177~8쪽 참조

위의 인용 이야기는 내 스승이기도 하였던 장덕순 교수님의 증언이다. 그런데 내가 이 이야기를 소개한 것은 실은 윤동주가 연전 문과로 입학하려고 할 당시 부친 윤영석과 일으켰던 갈등의 한 장면을 소개하려고 하였기 때문이다. 윤동주는 고등학교를 졸업하기 이전부터 이미 문학을 전공하기로 결심하였던 인물이다. 그런데 당시 그의 조부 영향력이 컸던 만주 땅 용정龍井에서도 부모님들의 마음은 그때나 지금이나 변함없이 자식들에 대해 공통적인 기대와 꿈이 있었던 것 같다. 의과대학에 들어가 자식이 의사가 됨으로써 생활에 쪼들리지 않는 삶을 바라는 마음은 지금 이 땅에도 여전히 유유하게 흐른다. 그때나 지금이나 문학을 한다든지 국문학과를 지원한다는 것은 현실적 생활력과는 무관한 그야말로 쓸모없는 과 선택임을 대한민국의 모든 부모님들은 익히 알고 있는 사항이다. 심지어 내가 연세대학교를 다닐 때 옆에 살던 고려대학교 법학과 선배 여학생은 나를 보고 '국문학과'를 '굶는 학과'라고 놀렸었다. 현실적으로 국문학과는 앞날이 보이지 않는 그야말로 전망 없는 학과였던 것이다. 그런데 그는 그것을 고집하였고, 때문에 의과대학을 가라고 압력을 가하는 아버지와 식음을 전폐한 싸움에 돌입하여, 마지

막에는 잠깐이지만 가출까지 감행하는 어리석은 고집을 벌였었다고 증언되어 있다.[2] 그는 왜 그랬을까? 이 부자의 싸움은 결국 할아버지 윤하현 장로의 중재로 끝이 났다고 되어 있다. 할아버지는 손자에게 문과로 가되 법학을 전공하여 반드시 고등고시를 보아 법관이 되기를 바랐고 그렇게 당부하였다고 한다. 민족의식을 지녔다는 이유로 2년 형 징역 언도를 받고 복역하다가 죽은 윤동주에게서, 일본 법률로 조선 백성을 재판한다는 법과는 언어도단의 일이었을 것임을 아버지나 할아버지는 꿈에도 몰랐을 것이다.

어른의 눈으로 볼 때(?) 아니 범상한 눈으로 읽었을 때, 어리석은 윤동주, 고집쟁이 윤동주, 어려서 강력한, 아니 사악한 힘의 위력이 무엇인지를 모르는 어린애다운 윤동주. 그가 선택한 길은 위에서 내가 여러분에게 물었고 대답을 평생 준비하라는 뜻으로 던진 질문과 대답 가운데에서, 세속적이고 범상한 삶의 길가기에 대한 전면적인 거부였음이 이후 그의 생애에서 여실하게 드러난다. 그는 여러분과 같은 나이에 자기가 하고 싶고 나아가고 싶었던 길을 선택하여 자기 갈 길을 걸어간 시인이었고 위대한 정신의 승리자였다. 이런 길은 아무나 가는 길이 아니다. 그러나 대체로 젊은이들만이 꿈꿀 수 있고 실행의 발걸음을 뗄 수 있는 길이다. 이 이야기에서 여러분의 오해가 없기를 바란다. 문학 전공이나 국문학과 지망에 관한 권고와 나의 이야기는 아무런 관련도 없다는 것을 여러분은 알아주기 바란다. 나는 결코 문학의 길만이 삶의 의미 찾기의 지름길이라고 말하지 않는다. 그렇다고 누구에게나 다 인기 있는 경영학

---

2 윤영석은 교사생활, 웅변, 휘호 등으로 날린 선비임에도 불구하고 경제적으로 자립해 본 적이 없는 분이었다고 되어 있다. 자식에게 자신의 전철을 밟지 않게 하려는 아버지의 마음은 단호하였다. '그런데도 동주가 며칠씩 밥을 굶어가면서 〈난 죽어도 의과는 못한다. 문과로 가야겠다〉고 고집하자, 부친은 격분했다. 물사발이 밖으로 휙 휙 날고 난리가 났었다고 한다.' 같은 책, 174쪽.

과니 신문방송학과니 법학과니 의학과니 하는 학문이 삶의 지름길이라고도 말할 생각은 없다. 여러분의 생애는 오직 여러분 자신의 것이라는 말을 하려고 내가 이 자리에 섰기 때문이니까 말이다. 여러분이 잘 알다시피 윤동주는 연전을 졸업하던 그해에 「십자가」와 「서시」, 「간」 등을 써서 자신의 발걸음이 어떤 길이었는지를 밝혀 놓고 있다.

그의 대표 작품 중 하나로 읽히는 「십자가」의 전문을 외는 학생이 있는지 모르겠다. 그의 「서시」는 너무 유명해서 아마도 외는 학생들이 좀 있을 것 같은데 만약 외지 못한다면 집에 가는 길에 오늘 연세 플라자 가는 길목 '미래동산'에 세워진, 세계에서 그 유례가 없는 형태의 아름다운 윤동주 시비 앞에 들러 보기를 권한다. 거기 새겨진 「서시」를 외우고 그의 젊은 시절 자아에게 던진 치열한 자기 질문이 어떠했었는지를 다시 음미하기를 바란다. 「십자가」는 이렇게 되어 있다.

쫓아오던 햇빛인데
지금 敎會堂 꼭대기
十字架에 걸리었습니다.

尖塔이 저렇게도 높은데
어떻게 올라갈 수 있을까요.

鍾소리도 들려오지 않는데
휘파람이나 불며 서성거리다가,

괴로왔던 사나이,
幸福한 예수 그리스도에게

처럼

十字架가 許諾된다면

모가지를 드리우고
꽃처럼 피어나는 피를
어두워가는 하늘 밑에
조용히 흘리겠습니다.

　이 시는 1941년도 5월 연희전문학교를 졸업하던 해에 쓴 것이다. 이
시에 대한 해석이 필요할까? 예수 그리스도께서 이천여 년 전 십자가에
매달려 죄 없이 죽음으로써, 그는 진리이고 빛이며 자유로운 정신을 창
조하였다. 윤동주가 연희 동산에서 그의 정신을 본받겠다고 시로써 선
언한 그 시절의 참혹하게 어두웠던 내용이나 일제의 간악함에 대해 더
많이 그리고 깊이 여러분과 나는 이야기를 해야 할 것이다. 하지만 윤동
주 그는 이렇게 자아의 갈 길을 선언한 후, 「서시」의 한 구절에서 '그리
고 나한테 주어진 길을 걸어가야겠다.'라고 썼다. 나는 여러분에게 묻는
궁극적인 질문의 핵심을 실은 이 구절에서 찾으려고 한다. '여러분들은
각기 스스로 갈 길이 정해져 있느냐?' 하는 질문 말이다. 권력이나 명예,
물질적 재산, 자유 등 자아 선택의 폭은 여러분들에게 얼마든지 열려 있
다. 그러나 그 길은 결코 모두 평탄하거나 호락호락하지 않다는 것을 아
마도 여러분은 잘 알 것이다. 게다가 여러분은 젊어서 앞길이 창창하다.
열정과 패기가 있고 고집과 뚝심 또한 지니고 있을 것이다.

3) 세 번째 질문, 다시 당신 너 또 나는 누구인가?

여러분들은 각기 자신의 앞날을 위한 계획과 목표가 있을 것이다. 그것이 고등학교 담임선생님의 가르침이든 부모님, 형이나 누나들의 권고에 따른 것이든 각기 자신이 가고 싶은 삶의 목표가 있을 것이고 자신이 획득하여 지닌 조건들이 있을 것이다. 나는 이 세 번째 질문에서 여러분들이 서 있는 조건이 결코 탄탄하거나 말랑말랑하지 않다는 이야기를 하고자 한다. 앞에서 지적한 대로 여러분 각자가 지니고 있을 법한 여러 꼴의 자기 의미나 삶의 목표, 사는 이유 등속이 실은 우리들 모두에게 짐 지워진 존재의 덫이다. 삶의 망망한 바다 위에 우리들 각자가 자기 목표를 설정하여 그 목표에 맞게 항해를 한다는 일은 너무 벅차고 어쩌면 터무니없는 고통인지도 모른다. 그러나 어차피 우리는 이 세상에 던져져 태어났고, 바로 이 땅 여기에 놓여 있으며, 2003년 8월 21일 오늘 이렇게 나와 여러분은 대면하여 마주 선 것이다. 세 번째 질문에서 나는 '너는 도대체 누구인가?' 하고 물었지만, 실은 이 질문을 통해 이렇게 묻고 있는 나, 당신은 누구인가라고 묻는 것과 다르지 않다. 나는 이 대학교에서 문학을 가르치는 선생이고 문학평론을 하는 평론가이지만 내 막내딸이 3년 전에 물었던 질문인 '아빠! 도대체 왜 나를 낳아 놓았는가? 내가 사는 이유는 무엇인가? 왜 나는 살아야 하는가?'에 아직도 대답을 못한 사람일뿐이다. 그것도 나이가 들어 더는 이 질문에 명쾌한 답을 찾을 여유도 많이 없는 존재이다. 그때 구차스럽게 나는 내 딸아이에게 이렇게 말했다. '정말 미안하구나! 나도 내 아버지께 미쳐 그 이유를 여쭈어 보지를 못해 그 정확한 답을 모르는구나!'라고…… 그때 내 딸은 울었고 나도 울었다. 그 딸이 지금은 프랑스 유학을 준비한다고 아프리카 '카메룬'으로 직장을 잡아 곧 떠날 채비를 하고 있다. 그가 서둘러 떠나고자 하는 발길 앞에서 나는 잡을 수도 없어 멍청하게 그를 지켜볼 뿐이다. 그는 바로 이 대학교 원주 캠퍼스 철학과를 택하여 공부하다가 신촌 캠퍼스에서 불문학과를 이중 전공하였고, 프랑스에 가서 1년간 연수를 마친 다음 프랑스어로 생활하는 카메룬에 가서 돈도 벌고 삶의 의미도 찾아보겠노라고 한다. 나는 이 아이에게서 앞으로 삶에 관한 많은 것을 배울 것이고 그의 치열한 삶을 위해 기도할 것이다. 이 자리에서 내가, 젊고 당당하며 아름다운 여러분에게도 그런 기대와 기도를 하고 있듯이 말이다.

2003년 7~8월호 『녹색평론』의 한 장에서 전 전경련 환경개발센터 사무국장 및 연구실장을 맡았던 이진아는 「아토피와 학력저하」[3]라는 글에서 우리가 처해 있는 존재 조건에 대한 포괄적이고도 절망적인 이야기를 하고 있다. 지금 어린 아이들은 아토피라는 가려움증에 시달리고 있어서 학력도 떨어지고 지능도 떨어지고 있는데 그 이유는 환경오염 때문이라는 것이다. 꽤 긴 이 글에서 그는 여섯 항목의 작은 제목을 달았는데, 첫째는 환경 문제에서 온다. 둘째, 아토피는 환경병이다. 셋째, 환경오염이 심해지면 아이들의 지능은 저하된다. 넷째, 몸, 마음, 머리는 동시에 망가진다. 다섯째, 왜 1980년대 이후인가? 여섯째, 우리의 아이들을 위한 새로운 문명이다.

'너는 누구냐?'라고 물을 때 우리는 언제나 자기가 서 있는 그 자리를 둘러보아야 한다. 윤동주가 1930년대에 중국 만주 땅 연변에서 조국이 일제 침탈로 지독한 착취와 쓰라린 치욕을 견디고 있었을 때, 여러분들과 같은 젊은 나이에 고심에 찬 자기 앞날을 설계해야 하였듯이, 여러분들도 여러분 각자의 있음 꼴을 구성하는 존재 조건들을 찬찬히 살피는

---

3 이진아, 「아토피와 학력저하」, 『녹색평론』 통권 제 71호(대구: 녹색평론사, 2003), 32~48쪽 참조.

일로부터 내가 누구인지를 찾아 나서야 할 것이다. 『녹색평론』에 실린 이진아의 「아토피와 학력저하」라는 글은 어쩌면 너는 누구냐는 질문을 찾아 나서는 데 좋은 길잡이가 될 징후일 것으로 나는 읽는다. 이 글은 우주 환경이라는 거창해 보이는 생태 문제에 눈을 돌린 질문의 한 여정일 뿐이다. 이 문제 말고도 여러분을 덮어씌우고 있는 존재 조건들은 아주 많다. 좁게는 당장 등록금과 관련된 집안의 경제 사정, 젊은이들을 언제나 긴장시키는 당대의 정치 문제, 또 복잡하게 얽혀 돌아가는 사회 문제, 특히 요즘 젊은이들에게 가장 심각하고도 시급해 보일지도 모를 사랑과 성性으로 말할 수 있는 생리·정신 현상의 문제, 우정과 사랑, 여러 형태의 미묘한 대인 관계 문제 등 호기심이 많은 여러분들에게는 엄청난 분량의 질문들이 동시다발적으로 몰려들어 올 것이다. 이런 호기심의 대상들은 젊은이들에게는 모험이고 탐색의 중요한 내용을 이룰 것이어서, 때로는 부당한 힘으로 죽어 가는 것들에 대한 연민과 그에 따라붙는 분노 때문에 몸을 떨게 될 수도 있고, 연민의 눈물로 밤을 지새울 수도 있을 것이다.

이 질문을 축소하여 나는 여러분에게 다음과 같은 질문을 던지려고 한다.

첫째로 여러분은 완벽하게 혼자일 수가 있겠는가이다. 만일 여러분이 완벽하게 홀로 살 수가 있다면 그것은 어떤 꼴로 그 삶이 이루어질 수 있겠는가가 이 질문에 따라붙을 물음이다. 만일 그렇게 혼자는 결코 완벽하게 살아갈 수가 없다는 대답이 성립한다면, 두 번째 질문은 자연스럽게 생긴다.

둘째, 그렇다면 여러분이, 여러분을 규정짓기도 하고 억압하기도 하면서 의미화하는 남들에 둘러싸여 있을 때, 그 남들의 벽이란 어떤 것인지를 어떻게 알고 이해하며 믿어야 할 것인가? 이것을 나는 누구인가를 찾아 나선 여러분에게 두 번째 질문으로 던지고자 한다. 남을 알고 이해하고 믿는다는 행위는 나의 나 됨을 확인하는 가장 근본적인 철학적 질문과 그 해답의 하나이다. 가장 쉬운 예들이 요즘 우리 앞에는 매일 너무 명징한 꼴로 드러나고 있다. 이제까지 가장 가까운 한국의 우방으로 존경받고 신뢰를 쌓아 왔던 미국이 2000년대 초입부터 아프가니스탄을 침공하고, 이어 이라크를 근거 없는 분노를 앞세워 대량 살상무기로 공격하여 무수한 민간인들을 살상하였다.[4] 그럼으로써 세계의 많은 지성인들로 하여금 강대국 미국은 믿을 수 없고 사악한 나라라고 지탄을 받는다든지,[5] 무수한 지성인들로 하여금 미국이 제국주의 국가로서 이미 쇠퇴기에 들어선 사악한 나라[6]로 규정되고 있다는 사실들은 오늘날

---

4 인도 작가 아룬다티 로이는 미국 뉴욕의 '리버사이드 교회'에서 행한 연설문 「인스턴트 제국 민주주의」에서 다음과 같이 말했다.

"역사에 대해서 말하자면, 지난 몇 달간 전 세계가 지켜보는 가운데 미국의 이라크 침공과 점령이 텔레비전 방송으로 생중계되었습니다. 오사마 빈 라덴이나 아프가니스탄의 탈레반들과 마찬가지로 사담 후세인 정권은 간단하게 사라졌습니다. 여기에 전쟁 분석가들이 말하는 '권력 공황'이 뒤따랐습니다. 점령당한 상태로 며칠 동안이나 음식, 물, 그리고 전기가 없었던 이 도시들, 무자비하게 폭격당했던 이 도시들이, 그리고 10년 이상을 유엔의 경제봉쇄령으로 단계적으로 굶주리고 비참해졌던 이 사람들이 갑자기 도시행정과 유사한 어떠한 행정력도 전무한 생태에 처한 것입니다. 7천 년간의 한 고대 문명이 무정부 상태가 되었던 것입니다. 그것도 텔레비전으로 생중계되면서 말입니다."

이 말 이전에 그는 이런 말도 한 바가 있다.

"그러는 동안에 시간이 흐르면서 한 고대문명이 매우 최근에 생겨난 한 야만국에 의해 무심하게 쓰러져가 버렸습니다."
—아룬다티 로이, 「인스턴트 제국 민주주의」, 『녹색평론』 7~8월호(대구: 녹색평론사, 2003), 111쪽.

5 아룬다티 로이, 윗글, 106~127쪽.

6 다음과 같은 책들에는 모두 미국이 행한 수많은 폭력과 소수민족 멸종 정책, 사악한 전쟁 유발, 죄 없는 소수민족 민간인 도살 행위 등을 폭로하거나 비난하고 있다.

1. 더글러스 러미스, 김종철/이반 옮김, 『경제 성장이 안 되면 우리는 풍요롭지 못할 것인가』(대구: 녹색평론사, 2002)
2. 하워드 진, 유강은 옮김, 『전쟁에 반대한다』(서울: 이후, 2003)

우리들 각자에게 나의 나 됨을 엄청난 무게로 짓누르고 있다는 것을 뜻한다. 2003년 8월 11일자 『한겨레』 신문 1면 특집 기사에는 「일본 어디로 가나」라는 제목의 연속기사를 통해, 일본이 그동안 지향해 온 정치적 책략이 미국과 어떻게 고리를 맺어 평화헌법으로 50여 년 동안 전쟁을 수행하지 않는 나라에서 '전쟁을 할 수 있는 나라'로 치달아 오고 있는지를 밝히고 있다. 그들은 테러 지원법안과, 전시대비법, 이라크 지원법 등으로 법조문을 명문화하면서 세계 제2위의 군사력으로 조만간 이루어질지도 모를 북한 공격에 앞장설 듯한 전시태세를 갖추어 가고 있다고, 기사에서는 우려 섞인 자료들을 정리하여 놓고 있다. 친일파 숙청 문제가 50년 동안 지지부진해 오는 형편과 맞물려 일본이 만일 북한을 치기 위해 병력을 남한에 투입한다면, 과연 우리 한민족의 모양이 어떤 꼴이 될까? 등의 여러 정치적 변동이 우리 앞에 물밀 듯이 다가오고 있다.

과연 나는 누구인가? 그리고 여러분은 누구인가? 나나 여러분들을 둘러싸고 있는 이런 급박하고도 은밀한 열강제국의 정치적 책략 속에서 우리는 어떤 사람일 수가 있는가? 앞에서 나는 윤동주의 자아 결단에 단호함과 비장함이 있음을 암시하였다. 1940년대로 이르는 시기는 그야말로 한국 지식인들에게는 참을 수 없는 치욕과 고통의 때였다.[7] 짐승만도 못한

---

3. 밀란 레이, 노암 촘스키, 신현승/정경옥 옮김, 『전쟁에 반대한다』(서울: 산해, 2003)

4. 엠마누엘 토드, 주경철 옮김, 『제국의 몰락』(서울: 까치, 2003)

5. 스벤 린드크비스트, 김남섭 옮김, 『야만의 역사』(서울: 한겨레 신문사, 2003)

6. 모리스 버만, 심현식 옮김, 『미국 문화의 몰락』(서울: 황금가지, 2002)

7 2002년 12월에 『농민문학』사가 주관하는 농민문학상 시상식장에서 나는 충격적이고도 감동적인 연설을 들었다. 농민문학이 드리는 격려상 선정자로 유달영 선생을 모셨는데, 그 자리에 나오신 이 어른의 말씀은 이랬다.

"여러분! 나에게 농민문학상 격려상을 주신 데 대해 감사하고 또한 이 상을 받으니 감회가 깊습니다. 내가 어머니 뱃속에 있을 때에는 내 나라였는데 내가 나와 보니 글쎄 남의 나라였습니다. 나는 지금 아흔 세 살입니다. 아마 여러분은 나라를 빼앗긴다는 게 무엇인지 잘 모르실 것입니다."

대접을 받으며 사람의 사람됨이 과연 이루어질 수 있을까? 나의 나 됨, 사람의 사람됨! 이 세상의 모든 사람은 누구도 남의 밑에서 억압받으며 살고 싶어 하지 않는다. 사람이 사람을 수단으로 여기는 시대는 불행한 시대이다. 여러분이 대학교 생활을 하면서 끊임없이 물어야 할 것은 바로 이것이다. 나나 너, 그리고 그는 존엄한 존재라는 생각으로 자아의 존재 증명을 해야 하는 것이다. 그래서 여러분은 그런 시대를 어떻게 헤쳐 나아갈 것인지를 진지하게 탐색해야 할 것이고, 그런 죄악의 시대에 나 자신은 어떻게 자기 동일성을 찾아 존재 의미를 만들어 나아가야 할 것일지를 찾는, 엄청나게 무거운 짐을 짊어지고 이 자리에 모여 있는 것임을 알아야 할 것이다.

4) 마지막 질문, 진리와 자유의 뜻은 과연 무엇인가?

연세대학교의 교훈은 '진리와 자유'[8] 이다. 이 말씀의 종교적인 해석은 믿는 이들이 지키는 바 엄격하고도 교조적인 믿음으로 굳어져 있기 쉽다는 게 나의 생각이다. 그러나 이 종교적인 진리를 세속적인 눈길로 읽으면 '진리'란 바로 예수님이 도처에서 행하고 말씀하신 도덕적 명제에 닿아 있음을 알 수 있다. '진리'가 도덕적 명제를 품고 있다는 뜻은 무엇인가? 그것은 사람의 사람됨이고 그가 가는 바른 길이며 살아야 할 이

이렇게 운을 뗀 그는 한참을 침묵하다가 이렇게 이었다.

"짐승만도 못한 것입니다. 나라 없는 백성의 처지 말입니다!"

8 이 교훈은 성경에 있는 말씀을 따서 지은 것이다. 요한복음 8장 32절에는 이렇게 되어 있다. "진리를 알지니 진리가 너희를 자유케 하리라." 그리고 이어서 요한복음 14장 5절에는 이렇게 되어 있다. "내가 곧 길이요 진리요 생명이니 나로 말미암지 않고는 아버지께로 올 자가 없느니라." 그러므로 기독교 신자가 된 이들은 이 말씀을 기초로 진리란 곧 예수님 자신임을 믿는다. 예수님은 인류가 짊어진 죄를 대속하여 죽음으로써 진리의 빛이 되었다.

유이다. 인류의 죄를 대신하여 죽은 예수의 길은 비록 가혹하고 아픈 것이지만 그는 모든 이들의 빛으로 살아 있고 또 도덕성의 원천으로 살아 있다. 그것이 연세대학교가 여러분들 같은 젊은이들을 가르치는 교육의 목표이다. 과연 '진리'가 모든 이들을 자유롭게 한다는 이 교육 목표가 오늘날 젊은이들에게 어떤 울림으로 다가설 것인가? 나는 여러분들에게 이 질문을 마지막으로 던지고자 한다.

우리는 세속적인 삶을 살아야 하는 범상한 존재들이다. 이들 범상한 사람들이 지키면서 걸어가야 할 길이 그렇게 엄청난 도덕적 명제에 충실하면서 살아갈 수가 있을까? 앞의 첫 번째 질문에서 내가 여러분에게 설정해 보여준 여러 형태의 길; 명예, 재산 쌓기, 권력 잡기 등의 욕망과 관련된 이 탐험의 길이 마지막 질문에서 던진 '진리'의 길과 엉켜 붙어 충돌하지는 않겠는지? 아니 이 진리를 들먹이며 무수한 거짓과 속임수로 사람들을 수단으로 이용하지는 않겠는지? 이런 질문들로 이어지면 그렇게 간단한 대답으로 스스로를 싸 바를 수는 없을 것이다. 젊다는 것은 특권이며 동시에 엄청난 무게의 짐이 그 젊음 속에 지워져 있다. 이제 여러분은 연세대학교 이 원주 캠퍼스에서 오늘 내가 물은 여러 질문들을 끌어안고 사색하고 명상하면서 앎과 탐색의 길에 들어설 것이다.

나는 오늘 여러분에게 던진 많은 질문들을 여러분 스스로가 자아와 우주라는 교재를 통해 차근차근 대답해 나아가는 실천이 있기를 바란다. 이 세상에는 너무 많은 사람들이 써 놓은 교재들이 많다. 대학교에 들어오고 나면 일단 여러분은 이들의 교재들에 둘러싸여 정신을 차리지 못할 수도 있다. 그들은 각기 자기 분야에서 뛰어난 발견과 창조를 자랑할 것이기 때문에 경우에 따라서 여러분은 그 교재에 압도당할 수도 있다. 그러나 여러분은 교재들을 찬찬히 읽고 이해하되, 위에서 내가 던진 질문들을 상기하면서, 이 내용들이 진정으로 내가 누구인지를 찾아 나가는 데

도움이 될 것인지 아닌지를 판별해야 할 것이다. 이것이 대학에서 수행하는 학문의 길이다. 그 길은 어쩌면 쉽고도 편안한 길일지도 모른다.

하지만 궁극적으로는 여러 방향에서 각기 자기의 의견이라고 내놓은 교재들이 실은 여러분이 넘어서서 폐기해야 할 내용일 것임에 틀림없다. 여러분이 잘 아는 바이러스에는 세 종류의 숙주가 있는 것을 기억하기 바란다. 식물을 숙주로 하는 바이러스와 컴퓨터에 기생하는 바이러스 그리고 나머지 하나가 인간의 마음에 붙어 기생하는 바이러스이다. 마음 바이러스, 이것은 남의 의견이나 경험을 일반화한 일종의 원리일 수 있다. 이것을 믿기 시작하면 나의 나 됨이 은연중에 사라지고 '남의 나 됨' 길로 빠지기 십상이다. 남의 의견이나 학설을 자기 것인 척 믿고 남 앞에서 내세우는 태도는 모방에 지나지 않는다. 모방은 자아의 죽음을 뜻한다. '남의 나 됨'을 경계하는 마음을 길러 독창적인 자아, 진정한 '나의 나 됨'을 이룩하여 가기를 바란다. 이 '나의 나 됨'의 경험이나 믿음, 원리가 진리에 부합된다면 그것은 축복일 것이다. 지금은 물신物神이 지배하는 시대이다. 물신의 영향력이 얼마나 강렬한지를 생활 속에서 여러분은 점점 몸으로 체험하게 될 것이다. 물신이 거느린 폭력 또한 엄청난 잔혹성을 지니고 있다는 것도 잊지 않기를 바란다. 그러나 확언하건대 물신은 진리로부터 멀리 벗어나 있다는 것도 알아야 할 것이다. 과연 이 물신의 영향력으로부터 어떻게 자유로울 수 있을지 나는 그 답을 잘 모른다. 하지만 그것은 젊은이들이 찾아 나설 만한 값진 뜻 찾기이고, 자기 의미 찾기라고 나는 믿는다. 거대한 남의 의견, 예컨대 물신의 유혹에 쉽게 승복하지 않는 정신의 힘을 여러분이 길러 이 대학교에, 아니 인류의 빛이 되는 인재가 되기를 빈다는 말로 나의 철학적 질문은 끝내겠다.

2003. 8.

제 2 부

작가들의 불꽃 피우기

••• 뱀띠 시인과 뱀띠 떠돌이들의
••• 행보 이야기

-조태일 시집 『산속에서 꽃속에서』에 부쳐-

소문으로만, 지면으로만 듣고 보던 외우 조태일을 정식으로 만난 것은 근 8, 9년 전 나의 낙백 시절, 그 또한 몇몇 대학 국문학과를 맴돌면서 전임교수들의 눈치를 보던 처량(?)한 시절이었다. 지금도 일단 남의 대학에 출강하는 경우 속으로야 나의 정규 직장이 있고 제자들이 있으며 월급도 받는다는 뱃심이 있음에도 불구하고 여전히 남의 집에 간 스산함과 서먹서먹함을 떨칠 수가 없는 판인데, 여기서 찔끔 저기서 찔끔 시간 강사료로 생활하는 입장이 그 헛헛한 심사를 어찌 필설로 다 적확하게 나타낼 수 있을까? 그런 생활을 나는 10년이 넘게 하고 있었고, 그는 그래도 이름난 시인이며 시적 진실의 실천 운동 쪽으로도 널리 알려졌으며 또 무엇보다도 통음痛飮의 인간적 매력도 지닌 사람으로 이름을 세운, 『시인사詩人社』를 운영하면서 뒤늦게 대학 쪽을 드나들어 몇 년째 드난살이를 해오던 터수였다.

매주 목요일이었던가? 학기가 바뀔 땐 수요일이나 화요일로 그와 나 그리고 또 한 사람 이연재 박사를, 단국대학교 천안 캠퍼스 쪽 국문과 교수님들은 한 날로 묶어 떠돌이들끼리 덜 외롭고 덜 스산하도록 배려한 시간표를 짜주곤 하였다. 그와의 만남은 그렇게 시작되었고 고적하고도 따분한 이 나이 든 편력기사들끼리 강의가 끝난 뒤 서울에 도착해 틈만 나면 술집을 찾곤 하였는데, 겉보기에 우람한 체구에 거무튀튀한 상호相好에다 어느 순간 눈을 간잔조롬하게 뜨면서 웃는 이 행동파(?) 시인의 막무가내식 끝장 보기 술버릇은 여러모로 사람을 사로잡는 힘으로 다져져 있었다. 학교버스가 막 서울에 도착할 때쯤이면 으레 한숨씩 피곤을 푸는 잠에서 부스스 눈을 뜨고 창밖을 두리번거리다가 술 마시기 적당한 어느 곳쯤이면 어김없이 그는 채근하곤 한다.

"이봐 작은 뱀들! 여기서 내리지."
"난 좀 더 가서 내리는 게 좋은데!"
"에이 여기서 내려! 빨리!"

허우대가 크고 마음씨가 착해서 늘 듬직한 이 큰 뱀 시인은 앞장서서 우리들 두 뱀들을 달고 다녔다. 대개 그는 허름한 포장마차 쪽으로 가거나 돼지 머리 고기에 순댓국 한 그릇쯤을 시킬 수 있는 곳을 골라 때에 따라 소주로 시작하거나 또는 막걸리로 시작하는 식의 80년대 중반의 어느 한 시간대를 넘어서는, 술자리를 벌이곤 했다.

"이봐 작은 뱀! 오늘 강의 재미있었어? 지난주엔 잘 들어갔나? 요즘 어때?"

1941년. 우리는 모두 신사생辛巳生들이어서 조태일, 나, 이연재는 모두 동갑내기 뱀띠들인데 조태일이 유난히 이 뱀띠 자세가 크고 뱀띠들이야 말로 머리 좋은 것은 말할 것도 없고 행운과 지혜, 출세에서 단연 으뜸 가는 사주四柱의 한 기둥을 타고 났다며 기염의 소리가 높다.

"야 이봐! 그건 정말이야! 박정희, 김지하, 김승옥, 김현, 김주연, 염무웅, 지금 이 세상에서 이름난 명사들은 모두 뱀띠란 말이야! 나폴레옹도 우리 뱀띠에 낀다구!"

"그래 그럼 그렇다고 치자. 우리 세 뱀들 가운데 나는 정월 뱀띠라서 자라는 순서로 내가 제일 큰 뱀인데, 태일이 넌 번번이 우리를 작은 뱀, 작은 뱀 하니 도대체 그건 어느 나라 수사법이냐?"

"야 너 현기! 그건 말이야……. 내가 덩치가 제일 크잖니? 하하하 그게 그런 거야!"

술꾼들이 술 먹는 시중종始中終 원리란 대개 그렇듯이 술 마시기 전까지는 그날 하루의 일들을 정리해 본 다음, 다음날의 하루 일정에 대해 반드시 생각을 모으게 마련이다. 발등에 불 떨어진 글 빚은 없는가? 좀 더 확인하고 찾아 읽어둬야 할 내일 강의 준비는 어떤가? 집안에서 뭐 술 마시고 들어가면 좀 곤란할 일은 없는가? 대개 이 마지막 물음에 대해선 다들 대범하고, 더더구나 이건 집안 식구들을 먹여 살리기 위해 이처럼 먼 길 노동으로부터 이제 느지막이 돌아와 서울의 한 하늘 밑에서 (이젠 집에 다 온 거나 마찬가지이니까—이 경우 집에 전화로 그 사실을 알리는 축도 있고 아예 무소식이 희소식 논리를 실천하는 축도 있지만) 피곤한 몸을 잠시 쉬게 하며 이 노동판에서의 우의를 다지는 일에 임하여 몇 잔 마시는데 누가 그르다 할까? 하지만 역시 술의 시작은 그 첫 잔이요, 다음은 첫 병이며 몸을 사리고 조금씩 혀를 달래며 마시는 조심성으로부터 주석 원리는 펼쳐진다. 술판 원리의 중간 대목은 술이 꽤 여러 순배가 돌아 제가끔 기고만장 자기가 알고 있는 모든 내용, 근래에 받고 있는 여러 느낌들이 말의 폭포를 이루며, 술집은 웅성대는 사람들의 소리로 들썩거리는 증상을 드러낸다. 크게는 인류사의 혁명이 몇 번 일어나게 되고 그 이유들이 조목조목(이 경우가 실은 반복 거론되기 십상이지만) 개진되어 바야흐로 주흥은 무르익는다.

"이봐 현기, 아니 작은 뱀! 요즘 정부 놈들 정말 나쁜 놈들이야! 형편 없이 썩고……."

사실 나는 그럴 때 주위를 슬쩍 살피는 버릇이 붙어 있다. 낮말은 새, 밤 말은 쥐. 경구가 유신정권 이후 그야말로 얼마나 무서운 진리로 이 사회에 만연되어 왔던가?

> 술을 마신 뒤에도 잠이 오지 않습니다.
> 이 탁 자와 억 소리가 내 방을
> 기어다니기도, 천장에 매달리기도 해
> 여간 무서운 것이 아니지요.
>
> —「탁과 억 사이에서」 부분

> 종철아,
> 네가 모른다고 책상을 '탁' 치니까
> 아저씨께선
> '억'하고 쓰러져서 운명하시고
> 너는 이렇게 살아남았느냐?
>
> —「짧은 시」 부분

내 인상에는 그처럼 착하고 모나지 않은 사람도 드물다고 박혀 있지만, 착한 사람 쳐놓고 못된 인간들이 벌이는 행악에 대한 분노심 없는 사람 있을까? 콧잔등에 주름살을 접으며 맛있게 술잔을 비우는 큰 뱀, 그래 그는 정말 한 마리 구렁이인지도 모른다. 황구렁이, 먹구렁이, 이 뱀들이 정력을 보강하려는 돈 많은 사람들의 탐욕 때문에 멸종위기에까지 이른 형편임을 감안할 때 나의 편한 벗 조태일을 먹구렁이나 황구렁이라고 부르면 안 될까?

마음이 넉넉해서 편한 사람, 한번 마음 주고 서로 눈빛 맞으면 그날 종일토록 술 퍼마시고 종래엔 자기 집에까지 끌고 가서 아껴둔 약술과 마음속으로 끔찍이도 사랑하는 그의 아내를 내세워 자기들 삶의 기쁨과 고뇌 모두를 드러내 대접하는 뱀띠 시인 조태일! 그의 아내 역시 마음이 넉넉한 그리고 고통받는 이들의 아픔을 이해하고 아낄 줄 아는 특수아동교육 전문가이다.

"야 그런데 태일이 너 잘 들어. 너 아까 뱀띠 자랑하면서 박정희도 뱀띠라고 그랬지? 그도 우리 잘난 뱀띠 측에 꼭 끼워야 쓰겠나?"

"하하 그건 그렇지. 하지만 난 놈은 난 놈 아냐?"

"그, 그런 까짓 게 뭔 상관이야. 술들이나 마셔!"

얌전하기가 꼭 자기를 닮은 이연재 선생의 주기가 서서히 오르면 오랫동안 한문학 고전시가 쪽으로 마음을 닦아 옛날의 얌전한 선비를 쏙 빼다 박은 이 막내 뱀이 거들고 나오기 시작한다.

"하하 거봐, 작은 뱀 현기 너. 막내 뱀이 괜찮다잖어?"

우리는 질펀하게 떠들며 시간을 죽이다가 어스름했던 서울 거리에 땅거미가 내리고 강남의 저 80년대식 불빛이 이방지역처럼 전기불빛을 반짝일 때면 술판의 끝판으로 서둘러 들어서게 된다. 입가심 술, 도대체 이 입가심이라는 불결해 뵈는 낱말이 어째서 소주 마시고 나서 마시는 맥주 타령으로 굳어졌는지 알다가도 모를 일이다. 이미 우리는 속에 들어 있던 마음도 다 얘기했고, 그동안 자기만 알았던 세상 얘기들도 다 쏟아 놓은 판이니 이젠 약물로 변신에 성공한 지킬 박사 대신 하이드 뱀들이 된 채 거리를 이리저리로 떠돌기만 하면 되는 것이다. 마음속에 안고 있는 깊은 시름과 언제 무엇이 어떻게 될지 도무지 종잡을 수 없는 인생의 저 허황한 벌판을 향해 휘청거리며 이 집에서 저 집으로 쏘다니며 우리들 뱀띠 셋은 그때 우리에게 주어진 시간을 까먹었고 삶을 태웠으며 사랑들을 나누었다. 사랑, 그래, 그것은 사랑이었다. 살고 있는 날들을 향한 사랑, 그리고 서로 은밀하게 가슴저려하는 스산하고도 저 밑도 끝도 모를 고뇌를 잊게 해 주고 그런 존재들로서의 동류임을 확인하며 위로 받곤 했던 것이다. 조태일은 수많은 시편들을 통해 그의 애정과 고뇌를, 분노를 노래했고 이연재는 도인다운 자기극기로 선비풍모를 다듬었는데, 나는 뭐냐?

긴긴 해를 산짐승 날짐승이랑 함께
가파른 산을 뛰어 오르며
가시덤불에 살이 찢겨 흐르는
피를 문질러가며,

산열매로 가득 배를 채우고
찔레꽃 개나리꽃으로 입술 물들이며
짐승들보다 더 빠르게
신나게 뛰던 친구들

(중략)

서로 무사했는지 새벽에 일어나
고함 지르며 골목골목을 뛰며
아침 안부를 묻던 친구들.

그 모습만 모습만
동리산 기슭에 가득 고였다.

　그의 시 「친구들」 일부다. 그는 사람을 사랑할 줄 알고 상처받은 아
픔을 함께 아파할 줄 아는 시인이라고 나는 쓴다. 그가 근래엔 박사학위
를 마쳤고, 그 당시 우리들 떠돌이새처럼 떠돌던 시간강사 여행도 멈춰
대학교수가 되어 광주 쪽으로 떠났다. 지난 5월 2일에는 편운(조병화 시인
의 호)문학상을 받아 문예진흥원에서 그 시상식을 치렀다. 초청장도 받
았고 큰 뱀의 간곡한 전화도 받았으나 나는 그날 행사에 못 갔다. 엄청나
게 서운했을 것을 알면서, 나는 알지만 쓰디쓴 기분인 채 하루 종일 앓으
면서 힘겨운 내 삶의 침묵 속으로 가라앉았었다. 그의 넓은 마음씨만 믿
고 또 나의 큰 뱀을 향한 우정의 깊이만 믿고 나는 온종일 침묵 속에 갇
혀 있었다. 그는 애정을 침묵으로 치환하는 기법의 시도 여러 편 썼음을
익히 알았으니까. 그의 시적 적덕積德이 또 한 두께로 올려지는 이 자리
를 빌어 하례의 인사를 나는 바친다.

1991. 4.

강물을 끼고 마주선
너와 나의 어둠 또는 불빛

–유경숙의 소설집 『청어남자』에 부쳐–

1) 모든 사람은 만나면서 여기 있다

유경숙의 단편소설 여덟 편과 미니 픽션 세 편을 읽었다. 첫째 느낌은 우리, 너와 나 사이에는 늘 시퍼런 강물이 도도하게 흘러, 이 거센 물결을 건너야만 너와 나는 만나게 되어 있다는 생각이었다. 시퍼런 강물! 너와 나 사이를 흐르는 강물, 이것은 사람들이 모두 지닌, 낳고 자라면서 생겨난 붙박인 성격, 버릇, '나'의 발에 묶인 덫이라는 느낌 또한 강하게 다가선다. 유경숙의 이 작품들은 읽기가 편한데도 가슴이 아프다. 왜 그럴까? 이 작가가 쓰는 말글이 물 흐르는 듯이 맑아서 당기는 힘이 강하기 때문일까? 문장이 깨끗하다는 것은 작가로서는 가장 장점으로 평가받을 첫 문일 터! 둘째 느낌이 여기 따라 붙는다. 멀쩡해 보이는 사람들 한살이가 또한 만만치가 않구나 하는, 짙은 마음의 어두운 구석 지켜보기, 그게 마음을 헤집는다. 그래서 아프다. 모든 사람들이 겉으로는 멀쩡해 보여도, 실은 깊은 상처를 입고 비칠대거나 속앓이를 하면서 지내는구나, 하는 생각이 그것이다. 셋째 느낌은 이들 이야기 속에는 이 세상 돌아가는 판세에 대한 분노심이나 적개심, 나쁜 자들을 향하는 비웃음이나 몽둥이질이 없다는 것이었다. 우리들 삶의 이런 부조리를 깨부수자는 사회적 분노심이 생략되어 있다는 것은 세상 읽기의 한 눈길을 암시할 뿐만 아니라 이 작가의 작가 됨을 결정하는 철학이 들어 있다고 읽어야 할 것이다. 그런데도 내게는 소설 읽는 고정관념 하나가 자리 잡고 있었던 것 같다. 치우침과 편견!

비평 글쓰기에서 가장 주의해야 할 것이 이 편견과 치우친 눈길임을 잘 알면서도 내게는 미워하는 대상이 이제껏 퍽 많았다. 영웅이나 왕 또는 지도자 따위라고 나서서 한 시절을 휘저었던 사람들이 실은 퍽 비열하고 나쁜 날강도였다는 생각을 나는 알게 모르게 키워왔다. 문학작품들을 읽으면서 나는 가장 기본적인 내용으로 얽힌 '나쁜 자와 옳은 이'의 뒤끝 판정이나 진짜 좋은 이를 돕는 예쁜 여인의 도저한 태깔을 기대하고 있었던 꼴이다. 글 읽는 치기 어린 내 버릇의 하나였다. 삶은 그런 나쁜 패들을 패주고 쫓아내는 진짜 사내나 그런 사내를 돕는 고운 여인들이 특별하게 줄 서 있지 않다. 모든 사람이 실은 다 그렇게 진짜 사나이에 속하고 또 그런 예쁜 여인에 속한다. 사람을 좀먹는 것은 그제나 이제나 그를 가꾼 내력들이 그를 억누르거나 움켜쥐고 있기 때문이다. 자기에게 갇힌 내력들은 누구에게나 있다. 모두 다 그것을 뛰어넘었거나 스스로 감추고 있을 뿐이다.

이런 생각들로 쭈뼛거릴 때쯤 넷째 느낌이 내게 다시 다가선다. 그의 이야기 방식은 내가 까마득하게 잊으려고 애써왔던 맛깔스런 한자말들을 가끔씩 눈앞 한복판에 깔아 보이면서 이야기맛을 퍼 올리는 것이었다. '꽃솎음 또는 꽃솎아내기'라는 뜻의 「적화摘花」, 가을 국화 꽃 이름인 「금취학령禁醉鶴翎」, 「감국甘菊」과 같은 소설 제목들이나 가끔씩 작품 속 이야기에도 툭툭 튀어나오는 말씨에 우리는 느닷없이 습격을 받는다. '제급除給(돈이나 물건을 덜고 주는 것)나다', '궁초宮綃(비단의 일종으로 댕기로 잘

쓰임)', '사토沙土(모래 흙)', '조도서로鳥路鼠道(아주 좁은 산길)'와 같은 말들은 이미 오래전에 사라진 것인 줄 알았는데 이 말들이 살아 꿈틀대면서 내 앞가슴을 내지른다. 우리말들 속에는 이렇게 많은 한자말로 된 토박이 사물들이 사방에 널려 있었던 것이다. 게다가 이 말들은 문학 글쓰기로 퍽 울림이 크게 다가서는 말맛이 있다. 한자 말글로부터 벗어나는 일을 꿈꾸는 내게 이런 생각의 엇박자가 그렇게 잦지는 않다. 하지만 이것은 어디까지나 창작품이다. '우리말로 학문하기'라는 내 의식의 잣대는 옆으로 미뤄 놓고 이 문제를 더욱 깊이 생각하기로 한다. 이것이야말로 작가가 의도적으로 골라 쓴 말 비틀기나 말본 뒤집기와 같은 시적 기법의 하나일 터이니까! 위 세 작품과 함께 나는 「불무골」, 「청어남자」, 「눈썹」, 「천은사」, 「입산통제구역사람들」, 그리고는 한 뼘 소설(이들은 '미니 픽션'이라 부른다.)들 세 편; 「가다가 돌아온 최 씨」, 「증미산 사람들-1」, 「쟁기」들을 읽었다. 행복한 글 읽기였다는 말부터 적어둔다.

2) 이야기 태깔들

(1) 시간이나 공간에 떠 있는 작두

사람들에게는 작두칼이 하나씩 있다. 풀도 썰고 약도 썰며 칡뿌리도 썰 수 있는 이 작두날은 어쩌면 사람들 사이를 가로 흐르는 강물처럼 시퍼렇다. 인연을 끊는 작두질에는 여러 가지가 있다. 몹쓸 질병이나 권력자들의 행패, 너와 내가 지닌 계급이나 계층의 거리, 그리고 우리가 가장 뼈아프게 마음속에 지닌 이념이라는 몹쓸 강물은 한국 사람들을 갈라놓았던 가장 시퍼렇고도 날카로운 작두였다. 남북으로 갈려 잘린 동족간의 아픔, 이런 것들이 한국 작가들에게는 귀중한 이야기 자산인 것이다. 유경숙, 그의 이 작품집 소설들에도 이런 여러 작두 이야기는 있다. 김승옥이 그의 소설 속에서 말한 소설론은 아주 절묘하다. '사소함의 사소하지 않음'이라는 그의 소설론은 유경숙 소설들을 말할 때 아주 잘 들어맞는다. 우리 눈앞에 펼쳐져 보이는 그저 그렇고 그렇게 보이는 것들을 자세히 읽으면 거기 엄청난 신비가 숨어 있거나 깊은 뜻이 감추어져 있다. 작가는 바로 작아 보이는 사물들을 읽으면서, 거기 숨겨진 뜻을 찾아내어, 의미화하는 눈길을 닦는 사람이다. 이 작품집에 실린 소설들의 제목이나 내용들을 밟아 나서다보면, 가장 먼저 아주 사소해 보이는 겉꼴이나 낱말로부터 깊은 어둠과 운명이 보인다. 그들은 모두 다 깜냥껏 지닌 자기들 작두날이 있고 작가는 이것을 찾아내어 꼼꼼하게 보여준다. '금취학령'이나 '청어', '눈썹', '감국'들 모두가 실은 너무나 평범해 보이는 낱말들이다. '헤링herring'은 청어라는 뜻의 영어이다. 청어 뼈 무늬 코트를 입은 한 남자를 살펴 이야기를 이끄는 이 작품 「청어남자」의 이야기 들판은 무척 넓고 시린 데가 있다. 자그마한 청어의 힘이 모두 그의 촘촘한 뼈들 사이에 숨어 있다는 이야기 풀이에는, 이 작품을 기리게 하고 싶어 하는 작가 속뜻이 깊다. 우리들 삶에는 어딘가 시리고 아픈 곳이 있다. 하지만 그래도 우리는 시린 몸을 지닌 채, 그래도 반드시 살아내야 하는 그런 짐이 있다는 따뜻한 눈 돌림!

그의 작품들 속에는 이렇게 꽤 많은 사람들이 서로 만나거나 숨고, 뒤뚱뒤뚱 자기 발걸음에 채어 곯아떨어지기도 한다. 하지만 그들을 만나면서 우리는 이 작가가 묘사해 놓은 다음과 같은 앉을 자리에 꼼짝없이 묶인 채 갇혀 있음을 확인한다. 너와 나, 이 둘은 언제나 가깝게 만나지만, 완전하게 하나로 뭉쳐지지는 않는다. 그래서 우리는 강을 사이에 낀 채 서로를 보는 존재로 산다. 강의 이쪽과 저쪽에 서서 마주 볼 수밖에 없는 있음 꼴 나와 너. 이것은 서로 다른 존재가 실은 하나씩의 홀로

선 섬임을 뜻한다. 그래서 사람살이는 아프고 서러우며 외로운 것이다. 첫 이야기로 그의 「금취학령」으로 눈을 돌려본다.

　육지와 섬을 이어주는 강화대교 밑으로 세차게 밀물이 들고 있다. 아직도 누더기 옷을 입고 산다는 그분이 갇혀 있는 섬, 그 섬을 향해서 달리던 차를 멈추고 나는 다시 차머리를 서울 방향으로 돌렸다. 한때는 육지와 한 몸이었을 섬, 섬은 점점 멀어지고 이제 내 가슴에는 새로운 섬 하나가 떠 있다. 그 섬은 처녀지處女地로 간직할 것이다.

　'금취학령'이라는 국화꽃은 그냥 평범한 국화꽃이 아니다. 작가가 이 꽃에 새겨준 심상은 '온갖 풍우를 다 겪고 찬 서리가 내릴 때 피어나는 순백'의 꽃이다. 그래서 이 꽃으로 상징하려는 인물에게 그는 '한 티끌의 때도 묻지 않은 분'으로 이 작품에서 그렸다. 그런 깨끗한 이름을 달고 있는 이 꽃을 한 묶음 사서 아버지 기일에 맞춰 고향 땅, 충청도 논산을 지난 한재 마을에 갔다가 온 유민이라는 이름의 신부神父가 있다. 그러나 유 신부가 기리려던 그는 혹독한 남북 전쟁의 총칼부림에 앞장섰던 빨갱이였다가 남한에 남아 버림받은 한 아이를 길러 신부로 만들어 낸 외로운 영혼이었다. 한국 사람들이 짊어진 양날의 칼, 이념이라는 곰팡이 실!
　이 작품에는 세 사람들 삶의 강둑 아래로 흐르는 시간이 있고 강이 있어서 서로가 손을 내밀어 닿으려는 숙연한 몸부림이 있다. 아버지라고 불린 인물인 그는 1950년 6월 25일 한민족이 서로를 저주하며 모독하는 총칼질로 남하하였던 공산군의 한 명으로 충청도 그곳까지 온 빨갱이였다. 빨갱이 사상을 지닌 사람들 눈에 기독교 교회나 기독교인 그리고 그 목사나 신부 따위는 우상숭배의 꼭두각시일 뿐이다. 그래서 그들이 웅성대는 집이나 모임 장소나 거기 모이는 사람들은 마음 놓고 불태우거나 총칼로 없애버려도 되는 대상으로 빨갱이들 눈에 찍혀 있다. 강 이쪽과 저쪽 거기 선 사람들은 서로가 나쁜 사람이며 잘 봐 줄 수 없는 적이다. 이것이 인간이라는 짐승이 마음속에 지닌 채 오래도록 살아온 흉악한 바뀜 꼴 방식이었다. 적어도 공산주의 사상에 물들었거나 그렇게 길든 하수인들은 그게 마땅한 몸짓일 수가 있었다. 그러나 정말 그런 것인가? 작가는 뭔가 다른 눈길로 이 사태를 읽어야 한다. 그런 짓을 우리 민족은 저질렀고 또 지금도 저지르고 있다. 그는 빨치산partisan 출신이었다. 그런 그가 이제는 사람이 바뀌어 기독교 교회 종지기로 몸을 굽히고 산다. 뿐만이 아니다. 그는 버림받은 아이 하나를 온 정성을 다해 길러내었다. 그리고 그 아이가 자라, 지금은 바르게 사는 우리들 삶의 잣대를 짊어진, 가톨릭 신부의 길로 나아가고 있다. 우리는 어둡고도 무거운 이야기 줄기를 따라 묵묵히 그들 시퍼런 작두를 짊어진 두 남자들의 발자취를 따라나선다. '금취학령' 꽃은 이들 두 삶에 걸맞은 향기와 그윽한 눈길 관계를 나타낸다. 작가가 지닌 작두날은 이렇게 하여 두 존재를 잇는 밧줄 어딘가 마땅히 잘라야 할 마디를 잘라주는 힘으로 내려치고 있다. 그렇게 힘겹던 한 사람이 짊어졌던 역사의 죄의식 무게와 그것을 속죄하는 삶으로 마음 떨기를 벌벌 떨며 살다가, 그러나 곱게 자아를 다스리다가 간 사람, 금취학령의 국화향기!

(2) 버림받고도 살아남는 삶

이 나라를 휩쓸고 지나갔던 공산주의 이름을 빌린 악령! 이 믿음 틀 이름으로 지상에서 벌였던 모든 악행은 그냥 더러운 악행이었을 뿐이다. 그런데 이런 종교는 도달하지 못할 이상을 등에 진 채 도덕적 우월감이라는 열등한 천격들만 이 나라에 뿌려 놓았었다. 이 믿음 틀이 미워하였던 또 하나의 믿음 틀인 기독교 또한 광기에 빠지면 삶을 녹이는 곰팡이 실처럼 번져간다. 황석영이 2000년대에 「손님」에서 그려 보인 두 광기 이야기는, 유경숙의 소설에 오면, 그 휘날리던 날뜀의 남은 그림자가 내려 깔린 채 차분하게 그려지고 있다. 1970년대 작가들의 거센 숨결과 퍽 다른 이야기 방식이다. 둘 다 '사랑'과 '평등'을 내세우던 이념들인 기독교와 공산주의 믿음 물결, 어느 한 줄기는 이 나라에 퍼진 독버섯처럼 사람들을 죽이거나 기죽게 만들어 왔고 또 그렇게 흘러간다. 유민 신부; 그들의 한살이는 두 날의 칼처럼 어지러운 작두 위에 선 꼴새였다. 출생과 삶 판부터 그들은 양날의 칼 위에 섰던 존재들이다. 신부인 그를 길러준 아버지는 남북 갈림의 삶 길에서 가족을 잃어, 제국주의 악당들인, 국제적 돈놀이 패들이 내려친 작두칼에 존재의 끈이 잘린 인물이고 유신부 자신은 그를 낳은 아버지 어머니가 사촌 남매여서 근친상간의 덫을 진 인물이다. 그들은 범속한 생각으로 울을 삼았던 잔잔한 마을 어디에서도 떳떳하게 살아가기 어려운 존재였다. 이 나라에서 남북 사이를 가르는 이념의 시커먼 강물이나 근친상간이라는 허물은 둘 다 넘기 어려운 마음 울타리였다. 그것을 이 작가는 뭐랄까! 우리들의 내상으로 자리 잡힌 슬픔의 강물로 그려내고 있다. 끊임없이 우리들 가슴 속에 흐르는 슬픔의 강물! 중진 작가 정찬이 5·18 광주 민주화 항쟁과 아우슈비츠 광기 이야기를 빗대어 그려내었던 슬픔의 강이 다시 유경숙에게서 이어지고 있다.

놀랍게도 작가는 이 근친 사이의 사랑이나 적대 관계를 따뜻한 눈길로 우리 앞에 이야기해 보인다. 언청이 쌍둥이로 태어나 다른 삶의 길로 들어선 남매의 우연한 만남을 그려 보인 「적화」 얘기도 실은 같은 강물 건너기이며, 그 강물 사이에 가로놓인 슬픔 견뎌 내기이다. 이 작품의 두 주인공 또한 강물 양 쪽에서 마주보는 쌍둥이 이야기이다. '꽃솎이'는 튼실한 열매를 거두기 위해 다닥다닥 붙은 옆의 꽃들을 솎는 농법이다. 이런 과일 기르는 농법 이야기가 실은 사람살이 속에도 자주 있어 왔다. 식물을 솎는 것과는 달리 사람을 솎는 것에는 뭔가 도덕적인 두려움이 있을 수밖에 없다. 이렇게 겹친 두려운 믿음 때문에 한 여자 아이가 버림받았고, 뒷날 이 두 남녀 쌍둥이가 만난다는 마주침 이야기가 「적화」이다. 남녀 쌍둥이는 전생이 부부였기 때문에 함께 기르면 안 된다는 투의 믿음은 두려움과 관련이 깊다. '도사리'라는 말이 있다. 과일이 익는 동안 병이 들거나 벌레에 먹혀 일찍 떨어지는 덜 익은 과일이라는 뜻의 말이다. 우리들 삶 속에는 이런 사람 도사리들이 많이 있다. 작가는 이런 삶의 과일을 주워, 말을 모으고, 거기 번듯한 뜻을 매기는 사람이다. 그들이야말로 모든 존재가 다 귀한 값을 지닌 것으로 읽으려는, 따뜻하게 세상 읽는 눈길을 기르는 사람이기 때문이다. 아픈 사람, 가난한 사람, 깊은 상처를 지녀 남 앞에 서기를 꺼려하는 사람, 대체로 모든 사람이 실은 다 이런 상처를 지닌 사람이기 쉽다. 이런 존재론적 눈길 또한 유경숙의 소설 철학 속에는 들어 있다.

「청어남자」나 「불무골」, 「눈썹」, 「천은사」 그리고 「입산금지구역사람들」에도 이런 아픔과 숨죽인 사람들의 숨결은 있다. 외아들을 길러내기 위해 늙은 남자의 수발을 들었던 어머니의 가슴에 박힌 상처를 읽고 있는 아들과 그것을 우리에게 전하는 주인공 간병인은 모두 다 삶의 덫에 갇힌 존재들이다. 그들은 청어가 그의 가시 틈 사이에 힘을 미리 모아 두듯이 자기 앞의 삶을 살아내기 위해 힘을 모아 두면서, 어떻게든 살아내야 하는 존재의 덫을 등짐 진 사람들이다. 「청어남자」 이야기를 전하는 간병인 또한 불시에 남편을 낚시터에서 잃고 사는, 작가 유경숙이 특히 보여주고 싶어 하는 막막한 여자이다. 「눈썹」은 그 낱말 스스로 품고 있듯이 소록도로 대변되어 왔던, 버림받은 도사리를 가리킨다. 문둥병(한센병)이라고 불린 이 환자들과 가까이하려는 사람들은 없다. 두렵기 때문이다. 그런 부모들을 둔 한 미감아 여주인공의 막힌 한살이 삶 이야기가 이 「눈썹」이다. 「불무골」 또한 기막힌 한살이를 이어가는 사람 이야기를 담고 있다. 독일유학으로 철학박사 학위를 받고 와서 시간강사 일로 자아를 세운 이 남자 주인공은 그 고향 '불무골'에서 자기 토지는 물론이고 고향 됨을 지켜준 친구 기섭의 죽음 이야기와 함께 드러나는 인물이다. 그들이 고향 '불무골'에 살면서 겪어낸 이야기를 풀어내면서 그의 정신박약자 여동생, 순임이를 돌보는 한 지식인의 삶 길이 서러우면서도 따뜻한 작품이 「불무골」이다. 독일에 유학한 철학박사 학위를 지닌 이 주인공 손길 안에는 무언가가 감추어져 있다. 이들 사이에는 그렇게 아름답고도 따뜻한, 남들이 쉽게 다가서 알 수 없는, 존재의 비밀이 있음을 작가는 말한다. 남편에게 모진 매질과 감시를 받던 한 여인으로 하여금, 오래전에 나돌아 그들을 그렇게나 힘들게 살게 하였던 그 아버지의 팍팍한 한살이 삶 앞에 마주서게 하는 이야기를 그린, 「천은사」도 퍽 가슴을 치는 이야기 틀로 짜여 있다. 「입산금지구역사람들」 또한 그 이야기 가락과 작가적 속뜻은 깊다. 그래서 그의 이야기들은 모두 다 읽는 이들의 마음에 가까이 그리고 또 깊이 다가서곤 한다. 작가는 왜 글을 쓰는가?

3) 맺는 말 만들기

작가들이 글을 쓰는 데에는 분명 무언가 자기 깜냥껏 할 말이 있어서임에 틀림없다. 그러나 비평가란 누구이고 무엇인가? 이들은 작가들이 한 말 곳곳에 확성기를 달고 색칠을 더하며 그들이 몰래 숨겨 놓은 속뜻을 찾아내 보이는 것에 지나지 않을까? 하지만 나는 그렇게만 생각하지 않는다. 비평가도 뭔가 자기 깜냥을 지닌 채 말을 하고 글을 쓴다. 자기도 보고 남도 본 것을 이야기하는 이들, 그것을 조금 풀어서 말한다면, 작가나 비평가는 같은 배를 타고 함께 삶의 노를 젓거나 방향대를 트는 이들이다. 이제 이 작가가 내게 준 여러 느낌들이 구체적으로 어디로부터 왔는지를 밝힐 차례이다. 그의 작품들을 읽으면서 와 닿던 여러 느낌들로 말을 고르다가, 내가 만든 제목의 말들인, 강물 이야기를 조금 더 넓혀 보여야 한다는 길목에 나는 와 닿았다. 그의 한 작품 이야기로 이 이야기의 길을 넓혀 보이면 이렇다. 「입산금지구역사람들」!

산은 산이되 사람들을 못 들어가게 만들어 놓은 산! 너와 나 사이에 놓인 강물, 그렇기 때문에 더욱 건너가 너를 안고 싶게 만드는 그 강물, 그것이 비록 시퍼렇고 무서운 출렁임으로 넘실댄다 해도 이에 못잖은 또 다른 벼랑이 우리 앞에는 있다. 그것은 산이다. 너와 나를 가로막아 떠밀고 틈을 벌려 놓는 것은 강물만이 아니고 산이며 또 벼랑이기도 하다. 그러나 따지고 보면 이따위 가로거침이란 사람의 마음이 지닌 출렁임이나 깎아지름에 비하면 아무것도 아닌 셈이다. 일단 한 사람의 마음이 돌아서기만 하면 두 사람은 만나기가 졸연히 어렵게 된다. 그의 작품 「입산금지구역사람들」은 이런 두 사람의 만남 이야기를 한 아름 끌어 안도록 마음 길에 따뜻한 훈기를 불어넣고 있다.

험한 등산길에서 만나 어려운 고비를 넘기며 만난 한 남녀는 부부가 되었으나 그들을 갈라놓은 것은 가족이라는 강물이며 벼랑이었다. 집 한 채를 갖는다는 꿈은 모든 사람들의 꿈 가운데 어쩌면 가장 큰 것일 수가 있다. 가족이라는 덫이 때때로 이런 부부 사이를 갈라놓는다는 이야기는 아주 예전부터 여러 나라마다 엄청나게 많이 있어 왔다. 가장 어리석은 이런 가족사의 이야기는, 한국의 경우, 유교라는 종교의 억압 곰 팡이 실로 여성들을 무척 괴롭혀왔던 것이 사실이다. 한국 고대 소설의 대부분이 이 따위 어리석은 사내와 시어미 이야기들이었다. 그러나 그런 어리석음이 정말 시어미나 며느리들만의 탓이었을까? 아마도 문제는 말의 작두질이었을 터이다. 이 말을 자르는 거대한 강물이란 무엇이었을까? 권력! 뱀 똬리처럼 틀고 앉았던 사회 전반에 걸친 어떤 권력! 그것이 아마도 사람들 사이에 말을 끊어 놓게 하였던 것으로 내겐 읽힌다. 이 작가는 이 '끊음' 문제가 우리 사회에 퍼져 있는 곰팡이 실이며, 이것이야말로 우리들이 가장 먼저 건너 뛰어넘어야 할, 삶의 큰 강물로 읽고 있음에 틀림없다. '끊음'. 이 말은 사람끼리 서로를 잘라 버리는 것을 뜻한다. 내동댕이침! 아내가 평생 모은 돈으로 산 아파트를 남편이 아내 몰래 시동생 사업자금으로 돌렸다가 집안 살림이 거덜 났다. 거기서 아내는 아예 따돌림 당한 꼴새다. 이런 따위의 가족 이야기는 아주 평범해 보이면서도 결코 평범하지 않다. 이것은 사람살이에서 가장 큰 철학적 과제이며 문제일 수가 있다. 부부, 부자, 모자, 모녀, 부녀, 형제, 친구, 연인; 이들 강물을 함께 건너느라 애썼던 사람들 사이에서 누가 누구를 제쳐 놓고 무슨 결정을 내리는가? 이것은 권력과 관계가 있다. 모든 여성은 이 권력에 도전해야 한다. 뿐만이 아니다. 그런 권력 부림에 모든 사람은 다 돌아서야 한다. 그게 이 작품의 깊은 속셈이다. 어디까지나 맞다. 그런데도 우리들의 일상 이야기 속에는, 이런 따위 시원치도 않으면서, 아주 시퍼런 강물이 흐르고 있다. '마음 돌아서'는 벼랑! 그래 그래서, 누구나 아픈 것이다.

그래서 이 작품의 한 아내는 남편을 떠나 18년을 떠돌았다. 그렇게 떠돌면서 바라본 나는 어떤가? 시간은 결코 우리에게 호의적이지 않다. 시간은 사람들을 늙게 하고 몸과 마음을 시들게 할 뿐이다. 시간에게 우리가 기대할 것은 아무 것도 없다. 우리는, 이 여자 주인공처럼, 그냥 나이 먹고 집시처럼 떠도는 늙어가는 몰골일 뿐이다. 보석 같은 그의 딸 현주도 이미 훌쩍 자라 자기 몫의 삶을 걷느라 겉늙었다. 그런 그가 이제 오랜 동안 남편으로부터 돌아서 떠돌았던 엄마에게 다가섰다. 돌아선 아내에 대한 죄의식과 딸에 대한 애정으로 지켜온 한 사내의 이야기가 여기선 예쁘게 그려졌다. 겉늙었다고 표현되는 딸 현주의 입에서 낮아진 강물의 반짝이는 아버지의 좋은 풍경이 나온다. 강물은 때론 반짝이는 햇볕도 건네고, 깊이를 낮추어 사람들의 발목을 시원하게 적셔주기도 한다. 처녀 현주는 이 작품에서 어쩌면 물 깊이를 낮춘 강일 터!

강물은 때때로 물이 말라 흙바닥으로 바뀔 때도 있는 법. 그 아내를 놓친 한 사내가, 강원도 어느 깊은 산골에 나무 흙집 한 채 지어 놓고, 농산물 관련 글쓰기로 몸을 마구 부리는 장면을 작가는 애써 우리에게 알려온다. 작가가 여기서 우리에게 보여준 것 가운데, 충격적으로 다가서며 반짝이는 한 장면은 짝 소 사진 이야기이다. 그리고는 18년 동안 만나지도 못한 사이에 그렇게 피폐한 몸뚱이로 웬 정신 이상한 여인과 나누는 정사 이야기 또한 힘차다. 짝 소 이야기는 19세기 프랑스 작가 조르즈 상드의 「마의 늪」 시작 '밭갈이' 장면에서 내 눈에 반짝이며 떠오른 적이 있다. 짝 소 하나가 먼저 죽으면 소죽을 뒤적이며 옆에 놓인 짝 소 멍에와 냄새를 그리면서 모든 먹고 마시는 일을 끊다가 결국은 그냥 죽어 간다. 이 짝 소 이야기는 상드의 농촌 이야기에 있었다. 그런데 이 작품 속에서 그런 장면이 느닷없이, 조선총독부 소속 일본사람이 공들여 조사했던 한국 농촌 이야기에 이어지면서, 눈부시게 드러난다. 눈 시린 장면이다. 게다가 정신 놓은 한 여인과의 뜬금없는 정사에서 몸이 알아채는 '몸의 실체' 이야기 또한 범연치가 않다. 마술사 같은 유경숙의 말맛 만드는 글재주 탓일 터이다.

이 글에서 나는 작가가 한 말 한 마디를 옮겨 놓아 맺는말 만들기로 삼겠다.

학위만 따면 삶의 행로가 곧게 뻗어 나가리라고 희망을 가졌었다. 지금껏 길을 찾기에 급급했으니, 이제 땅을 제대로 딛고 사람노릇을 하며 살고 싶었다. 세상우물을 어떻게 들여다 보아야 하는지, 인간에게 깃든 물길을 어떻게 찾아내야 하는지, 시력이 트일 것만 같았다. 어깨의 균형을 바로잡고 발걸음도 가볍게 귀국을 서둘렀다. 그런데 이렇게 절묘한 시기일 수가? 대학마다 철학과는 문을 닫았고 교수 채용은커녕 있던 자리마저도 위태로워 보였다. 철통같이 지키고 있던 옛 스승들도 이상한 이름을 단 이종학과로 전과가 되어 목이 움츠려들어 있었다. 열 손가락을 꼽아도 모자랄 정도로 많은 대학을 훑고 다녔지만 정규직 하나도 나오지 않았다. 의식주를 해결할 방법이 없었다. 염치불구하고 친구들의 오피스텔을 전전하며 삼년동안 더부살이로 버텨갔다. 여름에 겨울 재킷을 입고 외출하는 현상을 겪고야 학위를 책상 서랍에 모셔두고 보따리 장사를 시작했다. 닥치는 대로 일을 했다. 출판사 번역이든 학원 강사든 돈벌이가 될 만한 일이라면 몸을 아끼지 않고 뛰어들었다. 더부살이를 벗어나는 것만이 최우선 과제였다.

그의 「불무골」에 나오는 주인공 상현이라는 인물이 겪는 이야기였다. 이 이야기는 2010년대 오늘날 한국 사람들이 살아내야 하는 삶 판의 한 겪음 내용이다. 대학교의 교육이 어떤 방향으로 흘러가는지를 밝히는 작은 이 이야기 속에는, 한국 사회의 나와 너 사이에 깊은 강물이, 어떻게 가로막고 흐르는지를 잘 보여주는 실례의 하나이다. 철학=슬기 맑힘! 이것은 이제 우리 사회에서 내동댕이쳐진 지 오랜 배움 이야기이자 가르침 이야기이다. 이런 교육 풍토 하나만 가지고도 작가 유경숙은 우리 사회의 모든 것을 말하고 싶어 한다. 겉으로 뿌려 놓은 이런 많은 사기극들이 이 사회에는 안개처럼 퍼져 있다. 알 수도 없는 이상한 권력패가 우리들 앞을 가로막고 앉아 뭔가 사람들을 골탕 먹인다. 사람들이 골탕 먹는 일은 새끼 치는 돈의 힘으로부터 생긴다. 이자에 이자를 따먹고 먹는 돈이라는 귀신은 우리 사회 여기저기 도깨비가 뿌린 안개처럼 서려 있다. 돈이 새끼를 친다! 아니 새끼를 깐다? 돈이 돈을 낳고 돈이 돈을 낳고 돈은 돈을 낳는다. 이 희한한 일은 겉보기에 번드르르한 도시 풍경과 거기 맞물려 개발과 개발로 이어지는 숨겨진 돈의 흐름이 만드는 깊은 어둠이다. 포르투갈 출신 작가 주제 사마라구의 「눈먼 자들의 도시」가 상징하듯, 우리의 현대도시와 거기 사는 눈먼 사람들은 깊은 어둠 속에 놓여 있다. 모두들 눈을 감았거나 멀었으니까! 이 어둠의 원인이 돈 놀이 때문이라는 눈뜬 이들의 진단은 아마 맞는 것일 터이다. 신자유주의, 세계화, 글로벌, 자본주의 따위 횡행하는 모든 말들이 실은 어둠을 낮게 뿌리는 비행선이다.

이렇게 근원을 알지도 못하는 돈신이 새끼 치게 하는 안개 유령에게 골탕 먹는 그가 바로 독일 유학생이며 철학박사이고 지식인이며 교수 후보, 또 가난한 작가이지만, 그렇기 때문에 젊고 올바른 인문학자들이 교수 사회에 들어서기는 더욱 까마득하다. 숨인 꽃. 적화! 버림받는 너와 나! 오늘날 신전으로 바뀐 대학은 이렇게 시커먼 돈 묶음 물결 속으로 기울어 첨버덩 빠져들고 있다. 철학박사, 시간강사 상현, 그들은 오늘날 거센 물결 저 건너편에서 눈물의 강물로 우리 앞에서 출렁거린다. 그러나 작가는 그런 속에서도 결코 잃고 있지만 않는 마음의 뭔가가 있다는 것을 이야기하고 싶어 한다. 그건 정말 뭘까? 그것이 아마도 작가가 바라는 전망이고 속뜻일 터인데 작가는 이것을 꼬집어 말하지는 않았다. 그러나 그가 말하지 않은 이야기들 속에 이미 정답은 들어 있었다. 남의 아픔을 품어 그것을 스스로 끌어안는 사람이야말로 최고의 사람됨을 이룬 사람이다. 「적화」의 영규나 「청어남자」 속의 장 여사, 「감국」 속의 그녀, 「불무골」의 상현이, 「눈썹」의 조덕순 모두 다 자기 삶을 고귀하게 완성한 인물들이다. 이런 인물들을 통해 작가는 이렇게 사람은 '사람의 사람됨', '나의 나 됨'을 이루어 나가는 것이라는 주장을 넌지시 담았다. 이것이 그가 이 소설집에서 드러내고자 하면서 독자들에게 전하는 따뜻한 훈기이다. 시퍼렇게 넘실대는 강물이나 깎아지른 절벽에 마주 선 사람들을 그는 서로 다가서며 만나도록 하였다. 비록 우리가 마주친 앞길이 처절하고 힘겨운 삶일지라도, 그런대로 우리는 자기 삶을 도저하게 살아가야 한다고, 그는 말하고 있었다. 이것이 곧 작가가 내세우고 싶어하는 삶의 빛이다. 그는 이런 사회의 메마르고 쓸쓸한 층층다리가 어떤 꼴새로 엮여 있는지를 깨우치는 일이나, 그것을 몰아내고 살아내야 하는 일은 오로지 우리들 독자들 몫이라는 뜻세움을 숨죽인 채 펴고 있어 보인다. 이상한 힘과 그 파장으로 만들어진 메마르고 어두운 안개 숲으로부터 우리는 벗어나야 한다. 아니면 팩 돌아앉아야 한다. 18년, 그 이상이라도 우리는 돌아앉아야 하고, 그래서 그렇게 우리는 살아내야 한다.

2010. 10.

⚫⚫⚫ 피붙이들로 엉킨 삶과
⚫⚫⚫ 나의 없음

-김원우의 「조각달 곁에서」에 부쳐-

산업근대화가 권력형 계급몰이로 이행되고 나면 도시는 단연 눈에 번쩍 띄는 시멘트 숲들로 바뀐다. 어제까지도 대지는 논밭으로 남아 하늘은 뻔히 보이고 내도 물들을 졸졸 흘려 습기가 남아돌지만 도시화, 상공업 산업화가 단단히 이루어지고 나면, 그런 습기는 도시에서 홀연히 사라진다. 거기에는 인공 물줄기나 나무들이 들어서 매미조차 기를 쓰고 울어대는 좀비들만 우글거리는 미로의 삶 판으로 바뀐다. 상공업 산업화란 물품을 될수록 많이 만들어 많이 팔되, 싼 임금으로 만드는 제품을 비싼 값으로 팔아야 된다. 시장 개척은 필수다. 너도나도 팔 물건을 들고 외치는 사회가 현대 산업사회의 정확한 꼴이므로 시장을 만들어야하고 될수록 넓혀나가야 한다. 그 시장 넓히기의 한 방략이 가족 찢기이다. 핵가족! 집이라는 공간 건물로부터 집기 따위 생활용품 모두가 상품이므로 이런 가족 찢기는 반드시 따라붙는 결론이다. 현대화는 도시화이고 도시화는 가족 찢기를 필연적으로 부른다. 김원우 세대의 소설 쓰기에 이르면 한국 사회는 이런 가족 찢기의 도시화가 거의 완결되어 더는 자아 '나'를 되돌아 볼 새가 없다.

그의 작품 「조각달 곁에서」는 여성 주인공 행숙이라는 40대 여인의 눈길로 읽는 한 도시 생활의 평범한 일생 이야기이다. 그의 눈에 띈 어머니와 큰 이모, 그들을 둘러 싼 남자들, 젖가슴이 솟아오르는 중3짜리 딸, 멀고도 가까운 가족들이 엉켜 지내 온 삶이 이 소설의 뼈대이다. 이 소설에서 작가가 가장 눈에 띄게 만든 인물은 치매에 걸린 행숙의 큰 이모이다. 평생 돈밖에 모르고 살았던 큰 이모를 통해 여주인공은 우리들의 오늘 이 삶 판을 되돌아보게 한다. 돈을 삶의 가장 큰 믿음 틀로 지닌 사람 이야기란 이 시대의 가장 주류에 속하는 이야기일 터이다. 산업근대화란 돈을 하느님으로 모시는 사람들이 만들어 퍼뜨린 종교이기 때문이다. 이 물신을 믿고 따르지 않는 사람이란 이 시대에서 버림받아 내침 당한 운명을 짊어진 패배자일 수밖에 없다. 그 가운데 남자들의 여러 우스꽝스런 모형들이 나온다. 그 가운데 행숙의 아버지가 중심에 서 있다. 도시화로 일그러진 삶 판에서 남성들은 대체로 거세되어 있거나 찌그러진 몰골로 발설되어 나오기 쉽다. 우선 행숙의 아버지 되는 사람이 바로 그렇다. 치매 걸린 사람의 입에서도 놓치지 않고 나오는 사람은 일그러진 빚쟁이 남성이다. 작가는 주인공의 어머니 입을 통해 엄혹한 돈 믿음 패들의 잔상에 치를 떠는 장면으로 이야기를 마무리하고 있다. 우리 시대의 찌그러진 가족 찢어짐의 한 모형이다.

2008. 12.

돈을 신으로 여기는 사람들의 마을 풍경

-박상우의 「내 마음의 옥탑방」에 부쳐-

　돈은 신이다. 사람들의 삶을 이리 저리 마음대로 휘젓거나 사람들 마음에 기쁜 풍선을 달아줄 수도 있고 무거운 납덩이 추를 달아 한없이 밑으로, 밑으로 떨어져 내려 죽음에 이르도록 부추길 수도 있다. 현대도시는 바로 이 돈신에 의해 만들어졌거니와 그 돈신을 믿는 사람들에 의해 모든 이들이 그가 지닌 사람됨의 길을 찾아 나선다. 화려한 물품들로 가득 가득 채워진 휘황한 백화점은 바로 이런 돈신이 은신하는 올림푸스 신전이다. 거기 꽃처럼 예쁜 옷을 차려입고 손님들에게 굽혀 일일이 절하거나 예쁘게 웃는 웃음으로 사람들을 맞아들이는 장식품 직원들이 충충이 늘어서 있다. 가짜 웃음과 가짜 예쁨도 모두 돈신이 시키는대로 만들어진 상품일 뿐이고 진짜 웃음은 거기 없다. 그런 가짜 웃음을 재산으로 여기며 일하는 한 예쁜 처녀가 사는 방이 건물 꼭대기 층, 바로 옥상 위에 지어진 옥탑방이다.

　20세기의 마지막 해에 많은 사람들이 21세기를 맞는 각오를 소리 높여 부르짖었다. 그러나 옥탑방에 사는 이 처녀는 너무 가난하여 옥탑방 아래쪽 저 멀리 불빛 휘황한 도시 마을로 끼어들기를 밤마다 꿈꾸는 버림받은 바리공주이다. 이 바리공주를 버린 왕들은 그런데 이상하게도 죽거나 앓고 있지 않다. 이 시대의 달동네인 옥탑방에 스며든 한 주인공 '나'도 이 시대에 버림받기는 마찬가지이다. 돈신에게 경배하여 그 돈 흐름물결 타는 법을 모르거나 아예 돈신의 존재까지 모르는 사람이다. 그러나 다행하게도 이 주인공 사내는 돈신의 하인인 형의 도움을 받아 안정된 삶의 도시로 들어왔다. 그러나 그는 그렇게 삶의 밑바닥을 기던 '그녀'에게서만큼 '삶의 강렬한 존재감'을 얻을 곳이란 이미 돈신 옆에 앉는 길조차 잃어버렸음을 깨달았다.

　가난의 극단에까지 이른 사람만이 느낄 수 있는 살아 있음의 떨림은 그 가난을 벗어나는 순간 모두 멈춘다. 돈신은 사람의 영혼을 담보로 해서만이 돈의 혜택을 누리도록 허락한다. 돈신은 사람의 영혼을 사들이는 영혼장사꾼이기 때문이다. 작가 박상우가 이 긴 옥탑방 이야기를 통해 우리에게 주고자 하는 귀띔이란 이렇다. 그것은 모든 사람들이 남의 눈길로부터 버림받지 않기를 꿈꾸면서도, 또 한편 자기 내부에 있는 가장 은밀한 사랑을 울리는 겪음이란, 돈신의 유혹과 거기 도달한 곳에 결코 있지 않다는 깨우침이다. 그것이야말로 이런 사막과도 같은 삶 판에서 나의 참된 '나 됨'으로 이어진 진정성일 터이다.

2008. 12.

●●● 꿈을 잃은 사람들의
●●● 한 시대 삶과 죽음

-정찬의 「섬」에 부쳐-

　정찬의 소설 기법은 참 별나다. 그는 우리가 사는 역사현장에서 벌어지는 일에 늘 눈길을 주고 있다. 이 작품 「섬」 또한 우리에게 익숙한 역사현실을 이야기 재료로 쓰고 있다. 그가 그리려고 한 것은 깊이 사귀었던 친구 정섭이라는 한 지식인의 짧고도 슬픈 삶의 발자취를 따라나서서 그가 별안간 죽은 이유를 캐기 위한 것이었다. 독일 유학을 하였고 마르크스를 깊이 읽었던 한 지식인이 한국 군사정부에 의해 끌려와 징역살이를 하다, 그 참혹한 징역살이에서 당한 고문으로 몸이 망가졌으며, 그를 간호하던 여자 후배와 혼인하고 나서 아들이 생겼으나 자동차 사고로 아들이 죽자 아내를 내던지고 홀로됨을 고집하였다. 정찬이 이런 고통과 슬픔을 이야기하는 자리에서 자주 쓰는 말은 '강물'이다. 사람과 사람 사이, 신과 사람 사이를 흐르는 강물, 이것을 어떻게 건너야 할지 또는 그 강물 사이에 놓일 섬에 대한 탐색을 그는 자주 한다. 아들은 아내와 남편 사이에 흐르는 강물이 서로 엇가지 않게 물높이를 조절하는 섬이다. 편안한 섬, 그 섬이 사라졌다. 그렇게 정찬의 「섬」 속 주인공은 강 저 편에 서서 이쪽 아내나 일상성이라는 횡포한 강물에 휩쓸려 죽었다. 그는 왜 죽었을까?

엉뚱하게 러시아에 가서 죽은 친구의 발자취를 찾아 나선 주인공은 그가 받았다고 설정한 친구 정섭의 편지를 인용하여 모스크바와 마르크스, 그리고 레닌을 포함하는 러시아 혁명을 이야기한다. 그러다가 그는 이스라엘과 예루살렘, 예언자 예레미아, 소돔과 고모라, 그리고는 신의 분노를 적는다. 혁명이란 무엇인가? 그리고 신을 찾는 행위란 무엇인가? 그것은 모두 사람이 꿈꾸는 일이다. 사람 위에 사람 없고 사람 밑에 사람이 없다는 이 아주 뻔하고도 뚜렷한 진리는 수천 년 동안 짓밟혀 왔고, 그것을 꿰뚫어 읽은 사람이 마르크스였으며 그것을 실천한 사람이 레닌이었다. 그런데 그 불꽃같았던 혁명이 70년을 버티지 못한 채 무너졌다. 환호하는 사람들로 넘친 세상에서 정섭은 홀로 희생양이 되어 죽어갔다. 사람이 지닌 이 더러운 욕망에 의해 꿈을 잃어버렸다.

작가는 꿈을 꾸는 사람이기도 하고 꿈을 엮는 사람이기도 하다. 정찬은 이 작품 「섬」을 가지고 우리 시대, 물신숭배로 하여 남김없이 잃어버린 사람의 꿈에 대해서 이야기한다. 러시아 혁명의 역사적 발자취가 이제는 그 그림자조차 없어져 버렸다. 그는 그것을 찾아내어 우리 앞에 내세우면서 묻는다. 당신은 어떻게 사는 것이 정말 값진 삶이겠느냐? 어떻게 사람들 사이에 흐르는 강물을 고르게 하여 평안한 섬을 만들 수 있겠느냐? 이것이 이 작품이 품고 있는 물음이다.

2008. 12.

사회적 정신병동 속의
일상들

-김만옥의 「그 말 한마디」에 부쳐-

난폭한 폭력의 시대를 우리는 살아왔었다. 군사 독재자 박정희를 거쳐 전두환에 이르면 그 폭력의 크기와 질기는 엄청났다. 20여 년을 박정희 군사정권 폭력에 짓눌렸던 사람들이 다시 전두환 시대로 오면서 이미 이 사회 전체는 정신병동으로 변해 있었다. 권력 범죄자들은 각종 법령을 만들어 그 법령을 핑계로 하여 그들이 움직이기 좋도록 사람들을 옥죄는 폭력을 휘두른다. 1990년대 한국 사회는 그런 폭력이 잦아들기 시작한 시대였다. 김만옥이 「그 말 한마디」를 통해 이야기하고 싶어 한 것은 바로 이런 폭력의 시대에 정신병 증세를 앓고 있던 지식인들의 기죽은 삶이다. 그것은 사회 전체가 정신병동으로 묶여 있던 시대에 일그러진 사람들의 자화상이었다.

작가가 읽고 있는 현상이나 사건은 그냥 있는 현실이 아니다. 그것이 그렇게 만들어지게 된 이유나 동기를 샅샅이 살펴 그런 현상이 생기게 된 원인을 캐기 위해 이야기라는 말씀들을 엮는다. 김만옥이라는 이 소설 속 주인공은 평범한 주부이다. 그런데 그 주부는 지하철 타기나 집단으로 모인 장소에 가기가 두렵거나 마음에 내키지가 않는다. 심지어 그는 잠자리에서 그럴듯한 잠옷 입는 일조차 검은 폭력의 그림자를 머리에 두어 잠자리가 편안치 않다. 그 말 한마디란 무엇인가? 믿는 벗들과 지껄인 말이나 들은 대로 전한 말들은 늘 주인공의 머리에 남아 두려움이나 공포의 그림자로 바뀌어 잠을 방해한다. '그럼에도 불구하고 전반적으로 잘돼 가고 있대!' 이 말은 유언비어를 정치적 도구로 이용하여 사람들을 억누르며 부리던 권력 폭력배들을 염두에 둔 말꼬리이다. 일종의 풍자적인 말투다.

그렇게 짓눌려 말하거나 듣는 것이 두려웠던 시대 한복판에서 우연히 전철에 탄 그 여주인공의 팔을 꼭 끼고 탄 여인이 있다. 이 여인조차 주인공에게는 두려움을 주는 익명의 폭력 그림자다. 긴 시간을 그렇게 매달려 온 여인에게서 마지막 말 한마디로 확인되는 장면은 희극적이다. 팔을 다쳐 깁스를 한 팔 때문에 염치없이 기대어 왔다는 이 여인의 끝말, '지옥철 인생끼리나 믿고 살자'던 말 한마디로 이 작가는 얼마 전까지만 해도 우리가 같이 겪었던 폭력 사회, 정신병동에 갇혀 지냈던 아픔을 모두 다 말하려고 한다. 이런 폭력 사회는 모든 사람들이 다 꺼리는 사회다. 작가의 증언들이 필요한 것은 바로 이런 폭력 사회로 바뀌지 않도록 우리가 얼을 놓지 않아야 한다는 교훈과도 관계가 깊다. 정말 지금 우리가 살고 있는 이 시대는 건강한 것인지를 곰곰 살피는 슬기를 이런 이야기가 전해 주기 때문이다.

2008. 12.

••• 어머니와 여성,
••• 저 까마득히 깊은 우물 속 이야기

-공선옥의 「우리 생애의 꽃」에 부쳐-

　여성이란 무엇인가? 남자에게 여성이란 늘 가슴 설레게 하는 향내이고, 머릿결 출렁이는 소녀의 발걸음이며, 물결치는 엉덩이와 허리 몸놀림으로 숨을 멈추게 하는 욕정의 대상이고, 눈빛 반짝이며 유혹하는 격려의 화신이다. 그런 것들을 본능적으로 몸에 익혀 무르익는 존재가 여성이다. 그러나 일단 그가 남성의 손에 몸을 맡기고 나면, 그래서 그가 남성과 한 이불을 쓰고 살게 되면, 갖은 웃음소리와 콧소리, 간지럼 타는 몸 꼼을 부렸다고 하면, 드디어 그 몸속에 자식이 들어서면, 그는 남편과 자식에게 꼼짝없이 잡혀, 먹고 마시고 잠자는 평안과 즐거움을 찾아 두리번대지 않을 수 없는 어머니로 이름을 바꾼다. 그렇게 남자와 자식에게 붙잡혀 묶이고 나면, 늘 남편이라는 존재의 눈치를 읽거나 그의 안위를 걱정해야 하는 부인으로 바뀐다. 그런데 문제는 그런 풍부한 향내 풍기는 여성으로부터 남편이 도망갔다거나 죽어 없어졌다거나 하여, 홀로 서게 되는 여성은 이제부터 무거운 짐만 잔뜩 짊어진 외톨이가 된다는 것이다. 정현기 소설이론식으로 말해서 '반의 반 집 되기'가 이루어지는 여성의 삶은 고달프기 짝이 없다.

　공선옥의 작품들을 읽으면 이 고달픈 '홀아시' 이야기가 깊은 강물을 이루어 흐른다. 홀아시란 시어머니나 그 가까운 일가친척이 없어 아이를 홀로 키워야 하는 여인을 말한다. 작품 「우리 생애의 꽃」은 아주 맑은 우물물을 들여다보는 느낌을 주는 작품이다. 그의 소설 문법대로 이 작품 주인공 또한 어머니이자 여성으로 자식을 거느렸으되 홀로 벌어 먹어야 하는 삶을 짊어진 여인이다. 그녀는 이제 커 가는 딸의 모습을 놓고 자기를 들여다본다. 고달프게 사는 인생이 이유도 없이 집에도 가기 싫고, 살아 있는 그 존재 자체가 싫어 이러지도 저러지도 못하는 행동을 이 작가는 절묘하게 찍어 이야기한다. 앙드레 지드가 30대에 중얼거리며 물었다던 소설 문법 가운데 우리는 무엇을 찾아 살고 있느냐는 이유 찾기에서 그는 '무상의 행위'를 잣대로 놓았었다. 삶은 목적도 이유도 주체도 없는 그냥 살 뿐인 무상의 행위라고! 공선옥의 이 작품에서도 다분히 그런 냄새가 진동한다. 그런데 세상 사람들은 모두 이유도 있고 목적도 뚜렷한 삶을 산다고 착각한다. 그런 착각이 없으면 하루도 살아 낼 수가 없기 때문일 터이지만 이 작품 속의 두 주인공이 벌이는 맨발잽이 행위는 살아내야 하는 우리들 삶 판의 무지막지한 무의지와 무의식을 너무 잔인하다고 처연하게 고발하고 있다. 사는 이유가 있어 팔자들이 늘어진 많은 이들에게 이 작가는 날카로운 송곳을 눈앞에 댄다. 정말 네 생애는 살아야 할 이유가 충분한가? 찬연하게 빛나는 아픈 물음이다.

2008. 12.

일상성과 비일상성, 안주와 탈출 반복

-박영한의 「어디서 무엇이 되어」에 부쳐-

　박영한은 호흡이 긴 장편소설에 강한 작가이다. 『머나먼 쏭바강』으로부터 『인간의 새벽』을 통해 그는 대한민국의 한 시대, 군부정권 때 월남전쟁에 참전한 용병들의 활약과, 거기서 보고 들으며 아파한 삶 판의 험악한 내용을 잘 드러내 보였으니 말이다. 그는 능동적이고 적극적인 행동의 작가였다. 그래서 그가 밤늦게 타자기로 소설 원고를 쓰다가 간첩으로 오해받아 불려 간 이야기라든지, 그렇게 긴 소설을 섬세하게 그려낸 것들을 보면 신비할 정도이다. 이 작품 아주 짤막한 「어디서 무엇이 되어」는 그의 그런 숨결과 모습을 가장 잘 드러내 보여 준다. 아내와 주고받는 대담부터 맑고 투명한 자기 모습이 잘 보인다.

　툭하면 훌훌 날듯이 여행을 떠나 갖은 객기를 부리다가 문뜩 돌아와서는 시침 뚝 따고 아내에게 능청을 떠는 모습이 이 작품 첫 머리에 나온다. 늘 아내에게 묶여 있으면서도 훌훌 털고 떠나니는 그를 지켜보는 아내 또한 이 작품에서는 투명하고도 반짝이는 관계로 보인다. 돈 이야기도 그렇다. 이 작품 속 두 부부에게는 돈이나 머물거나 떠나는 문제에서 퍽 자유롭다. 그 자유 속에는 이 남편이라는 작자가 여기 저기 심어 놓은 여인들에게 집적대는 흔적도 아내와 남편 눈 속에 잘 살아 움직인다. 이번에도 이 남편 주인공은 집을 훌쩍 떠날 몸살을 앓고 있다.

'여보 돈 좀 줘봐!' '왜 또!' 가난한 작가와 그 아내로 오랫동안 살아온 이 작가 부부는 남편 바람피우기도 시냇가에 흐르는 물소리처럼 경쾌하다. 달라는 대로 돈을 내주는 아내와 그것을 들고 씽하니 달아나는 남편도 모두 일상성을 지루한 삶의 꼬락서니로 익힌 부부임에 틀림없다. 남편이 만나는 여인이나 그 남편이나 모두, 부부가 서로를 빤히 아는 사이일 것이기 때문이다. 이번에 남편은 누군가를 피해 달아나는 형국이다. 그는 누구일까? 거기 따라붙는 여인 또한 맑고 경쾌하기는 마찬가지이다. 일상성으로부터 모든 남자나 여자는 훌쩍 떠나고 싶어 한다. 이 작가를 생각하면 아주 맑고 투명한 그의 생애와 작품이 눈 시리게 펼쳐 보인다. 끝 단락에서 예수가 십자가에서 마지막으로 부르짖었다는 외침을 가지고 여인에게서 벗어난 탈출을 표현한다. 이 엄살 섞인 말투조차 경쾌하고 끝내 불순하지가 않다. 그는 아름다운 삶을 꿈꾸는 작가였다. 맑고 투명한 작품으로 읽힌다. 언젠가 평창동 뒷산에 올랐을 적에, 이 작가 박영한이 웬 여인과 단 둘이 앉아 있다가 우리 부부를 보더니 질겁을 하면서 남의 산엔 왜 왔느냔다. 이 때 우리 부부도 경쾌한 그의 웃음에 마음은 아주 즐거웠었다. 아름다운 작가의 맑고 투명한 소설을 읽으니 마음이 평안하다.

2008. 12.

48년 동안 부라퀴들에게 짓밟힌
한국 역사, 한국 사람

- 박경리의 『토지』가 담은 삶의 모짊과 어짊-

　모든 작가 작품은 그들 깜냥껏 다른 작가의 것과 다른 틀을 가지고
쓰이지만, 비슷한 이야기 틀로 가끔씩 한 떨기를 이루는 경우를 본다.
1930년대 한국 소설 작품들 대부분이 왜정 부라퀴들에 대한 이야기여
서 이야기의 가락이 어딘가 닮아 있다는 것은 어째 볼 도리가 없다. 그
러나 일단 박경리의 『토지』를 닮은 작품은 앞으로 당분간 나오기가 어
렵고 또 나와서도 안 된다는 것이 나의 생각이다. 그 첫째 이유는 이 작
품이 그려낸 삶 판 이야기가 한국 역사의 아주 긴 햇수인 사십팔 년 동
안의 여러 이야기 떨기였다는 점이다. 염상섭이나 채만식, 이기영의 작
품들이 분명하게 1930년대 왜정 부라퀴들의 모진 짓들에 짓밟히는 한
국 사람들의 힘겹고 아픈 삶을 그렸지만, 그렇게 긴 햇수를 이야기 시
간 배경으로 삼지는 않았다. 『토지』는 1897년 한가위가 이야기 시작이
고 1945년 8월 15일 한국 광복 날이 이야기의 끝이다. 꽉 찬 48년! 둘째
이유는 우리 한국이 왜놈들에게 어이없이 짓밟히는 일이 다시는 없어
야 한다는 필요성 때문이다. 미국 부라퀴들의 부추김과 등밀이를 믿고
날뛰던 왜놈 부라퀴들의 모진 짓이 다시 이 한반도에서 벌어져서는 안
될 것이기 때문이다. 셋째 이유는 앞으로 한국의 어떤 누구도 박경리처

럼 스물다섯 해 동안 한 작품을 붙들고 씨름하는 작가는 나오기가 어렵다는 점이다. 이 작품이 지닌 미학적 또는 철학적 질량을 따라 잡는 일 또한 일어나지 못할 것이라는 생각도 나는 하고 있다. 이런 이유들만 가지고도 박경리 소설『토지』의 특수성이나 그 위대성 진단은 일단 그 테두리의 문 앞에 든 셈이다.

한국 역사의 발길이 언제 어떻게 같은 옛 꼴로 되돌려질지는 아무도 모른다. 이등박문을 쏘아 한국 사람들의 가슴에 맺힌 한을 풀어주었던 안중근의 총소리가 들린 지 올해로 꼭 100년이 되는 해이다. 1909년 10월 26일, 하얼빈 역에서 총살당한 왜국 부라퀴 이등박문에 관한 글을 쓴 여러 작가나 역사가들의 기록에 의하면, 왜놈들의 바뀌지 않는 꿈은 한반도를 집어 삼키는 것이라고들 쓰고 있다. 임진왜란 때 조선 인구의 4분의 1을 죽게 만들었던 왜놈 부라퀴 풍신수길, 그리고 이등박문 따위 꾀죄죄한 부라퀴들이 다시 일본에서 나오지 말란 법은 없다. 게다가 그들 뒤에서 부추기고 등을 밀어주는 진짜 부라퀴 미국의 모진 정치 패들이 언제 그 따위 부라퀴 짓을 저지르도록 부추길지는 아무도 모른다.

그래서 특별히 박경리의『토지』는 우리에게 남겨진 위대한 역사 유산이며 정신적 자산이다. 그가 뽑아 쌓은 이야기 탑의 엄청난 분량의 말 곳간에는 우리가 오랫동안 지녀 온 왜족 침탈에 대한 항체 정신이 싱싱하게 살아 있고, 더럽고 데데한 사람됨에 대한 날카로운 눈길 또한 펄펄 살아 있다. 그러면서 이 작품이 담고 있는 이야기 속뜻에는 삶의 신비한 움직임인 사랑의 미묘한 울렁거림을 보라는 눈이 있다. 종잡을 수 없는 사랑의 용틀임은 이『토지』의 날줄로 짜인 굵은 말길이다. 모든 살아 있음의 존귀함은 누구도 함부로 대할 수 없다는 그의 이야기 철학은『토지』의 중심 이야기 몫이다. 그리고 사랑이야말로 창조 그 자체라는 내 보임 또한 이 작품이 지닌 고귀한 철학이다. 그리고 이 작가는 우리가 뭔가에 대해 끊임없이 물어야 한다고 귀띔한다. 어째서 우리는 그렇게 끈질긴 모짊(악) 앞에서 어진 사람들이 짓밟히면서 죽어 가는 모습을 지켜보아야만 하는가? 재수 없는 이웃인 일본을 우리가 늘 지켜보아야 할 이유와 증거가 이 작품에는 가득 차 있다.

2008. 12.

박인성의
서울 이야기들

–그의 '동자洞字 소설'들에 부치는 도시 곰팡이 실 얘기–

1) 동자류洞字類 소설 얘기

1965년도인가 이호철은 장편소설 「서울은 만원이다」를 써서 화제를 뿌렸다. 그 당시엔 서울 인구가 350만 명이었다고 하는데, 2010년 현재 서울 인구는 1,000만 명에 이르며 노인들의 숫자만도 100만 명에 이른다고 한다. 서울은 왜 이렇게 늘어나기만 하는가? 살기 편하고 성공한 삶을 보장해 주기 때문일까? 바야흐로 괴물 성곽처럼 도시 서울은 한국 인구의 4분의 1 정도를 먹어 삼켰다. 그래서 서울 공화국이라는 말이 자연스러운 형편이다. 서울에 대한 탐구는 누구라도 한 번쯤 해볼 만하다. 1970년대 초기에 박태순을 비롯하여 양귀자, 박범신, 조선작 등은 1970년대에 공룡처럼 커져가는 이 서울의 변두리 이야기를 중요한 고발 모티프로 삼았었다. 그러나 구체적으로 아예 각 구의 동자로 이름 붙여진 무슨 동 무슨 동 하는 소설 작품으로 묶어 낸 것은 없었다. 양귀자의 연작소설 「**원미동 사람들**」이 실제로 부천시 원미동이 이야기 재료였다는 것은 이미 알려진 이야기다. 게다가 그가 쓴 마을 동자로 붙인 소설은 그것에 이어진 이야기들이었다. 그래도 그 작품은 독자들 머릿속을 뚫고

들어와 오래도록 자리 잡혔다.

고전소설들 가운데는 몽자류 소설들이 많았다. 꿈꾼다는 몽夢자를 붙인 소설의 가장 대표적인 작품은 서포 김만중의 『**구운몽**』이다. 김만중이 조선 선조와 광해군 때 활동한 사람이니 그는 16세기에서 17세기 조선조 지식인이었다. 모든 사내가 꿈꾸는, 많은 여자 거느리고 살기라는 욕망을 그려낸 이 작품『구운몽』이 나오자 그 뒤를 이은 작품들;『**옥루몽**』이니『**이화몽**』,『**옥련몽**』, 게다가『**안생몽유록**』이라는 글쓰기 방법 얘기를 갖춘 몽유록夢遊錄류의 이야기 문학까지 나와, 왕권에 억눌린 한 시대 사람들의 꿈 이야기를 읽게 하였었다. 뿐만이 아니다. 몽자 이야기는 거기서 끝나지 않았다. 2003년도에 돌아간 이문구의 장편소설『**장한몽**』은 현대 한국의 기막힌 분단역사 속에서, 우리가 겪었던 끔찍한 역사 사실 모두를 그려낸, 장대한 서사시의 하나였다. 맘 놓고 말 못하도록 사람들 입에 재갈이 물려 억압받던 시대일수록 이런 꿈 몽자 소설 기법은 비온 뒤 버섯 자라듯 자란다. 그런데 박인성이 동자류 소설을 들고 나섰다. 동자류 소설이란 무엇인가? 이것은 일단 서울을 아우르는 도시 이야기이다. 서울시가 이상하게도 한자말 고을 동洞자를 붙여 마을 이름을 짓기 시작해 왔는데, 왜인들이 이 나라를 타고 앉았던 시절에는 서울을 경성이라 부르면서 마을 이름에 모두 정町자를 붙였었다. 동자 이름의 고을은 그들이 물러나고 나서 지어진 이름이니 그 역사가 아주 길지는 않다. 박인성 이야깃거리로 다룬 서울의 마을 이름들은 이렇다. '상수동', '흑석동', '가회동', '신사동', '홍은동', '신설동'; 가히 동자류 소설이라 부를 만하지 않은가!

이 작가는 퍽 조용하다. 1980년대에 활동하면서 작품집『**파장금엔 안개**』를 내어, 김승옥이 1960년대 사회의 회색 빛 꼴새를 안개로 못 박아 놓은 것에 짙은 점 하나를 찍고, 그는 얼마동안 잠잠하게 있다가『**사**

랑은 안개보다 깊다』, 『호텔 티베트』, 『구절리의 봄』 등의 작품집들을 부지런히 내놓았다. 그런데도 그의 작품 활동에는 떠들썩한 방앗간 참새 떼 소리가 뒤따르지 않았다. 왜 그럴까? 그가 쏜 이야기 화살들이 덜 맵고 날카로워서 그랬을까? 아니면 그가 한 이야기에 뭐 그럴듯한 양분이 없어서 그랬을까? 나는 꼭 그렇다고만 보지 않는다. 영상매체가 점령한 도시에서 소설 읽기라는 풍속은 이제 꼬리를 가물대며 어디론가 가 버렸다는 것도 원인일 터이다. 게다가 뭔가 그는 안개 낀 사회의 묵묵한 삶의 흐름을 조용한 눈길로 그려내고 있었다. 조용한 목소리란 으레 잘 들리지 않는 것처럼 보이는 법이다. 그러나 장마는 장마대로 퍼붓고 있었고 무지막지한 권력 패거리들은 제멋대로 이리저리 맘 놓고 날뛰고 있다. 그들이 내는 막가파 삽질과 허겁지겁 두드리는 장도리 소리가 하도 크니까, 아마도 박인성 같은 작가들의 조용한 이야기 목소리가 시끄러운 장바닥의 틈새로 떠오르지 않았던 것이나 아닐까!

2010년, 올여름 장맛비도 만만치가 않았다. 한여름 장마가 언제 끝날지도 모르게 오락가락하다가 이번에는 아예 동이로 퍼붓듯 물줄기 등걸로 내려 퍼붓자, 뒷산에 들쥐나 두더지들이 파 놓았던 땅굴은 아예 쏟아지는 물길이 되어 폭포수처럼 내려 쏟아졌다. 무척 두려웠다. 도대체 어느 곳에서부터 이 물길을 막아야 할지 도무지 손을 쓸 수가 없어 하늘만 바라보며 두려움에 떨었다. 그게 내가 겪은 올여름의 한 겪음이었다. 그런데 문제는 물결에 떠내려가느냐 아니냐만이 아니었다. 방 구석구석마다 곰팡이들은 그 실을 슬어 온통 지도를 그려대기 시작하였고 웬만한 음식마다 이 곰팡이들이 실을 슬어대어 그 냄새와 싫은 마음은 이루 말하기가 어려웠다. 곰팡이 실! 우리가 입만 떨어지면 지껄이는 영어 말 '바이러스'라고 하는 게 바로 이 곰팡이 실이 아닌가? 곰팡이 실과 바이러스! 모든 생물에 달라붙어 사는 곰팡이 실과 바이러스, 컴퓨터에 달라붙는 곰팡이 실 또는 바이러스, 그리고는 사람들 마음에 달라붙는 곰팡이 실과 바이러스, 작가들이 파헤치는 곰팡이 실이란, 실은 사람들 마음속에 붙어 이리저리 번지고 널리 퍼져 나가는 짝패 사람들끼리 움직이는, 잘못된 몸짓들이거나 뒤틀린 웃음이다.

곰팡이 실은 맑고 밝은 빛에 약하다. 빛이란 무엇인가? 바른 것, 옳은 것, 정상적인 것, 너나없이 다 공평한 것, 그런 게 참빛의 힘이 아닐까? 사람살이 속에는 알게 모르게 곰팡이 실들이 시퍼렇게 줄 그어져 있다. 작가는 이런 곰팡이 실을 걷어 내야 할 곳을 찾아내는 이들이다. 이런 눈길로 이번에 나는 박인성의 소설집 『**이채영은 잘 있다-흑석동**』에 실린 여덟 편의 소설들을 읽었다. 「**덕동화백 활약기-상수동**」, 「**길동이의 출세전략-가회동**」, 「**죄를 사하여 주옵시고-신설동**」, 「**아들과의 마지막 여행-하카다**」, 「**스폰서 검사와 메아리 전파사 아저씨-신사동**」, 그리고 표제작 「**이채영은 잘 있다-흑석동**」, 「**봄날은 가고-홍은동**」, 「**지천명이 장난이냐-아키다**」가 그것인데, 여섯 편이 다 서울이라는 도시 이야기이고 둘은 동자류 소설에서 좀 비껴났다. 그야말로 단숨에 읽었다. 매끄럽고 날카로우며 그러면서도 웃음이 나오는 그의 작품이 단숨에 읽힌 이유는 아마도 그 문체가 말끔한 데서 찾아야 할 터다. 그는 이 현대도시에서 살아가는 방법을 여러 곳에서 터득한 작가이다. 질기고 힘겨운 직장생활을 통해 그는 이 세상 읽는 법을 직접 터득한 작가이다. 전업 작가가 아니라는 얘기는 뭔가? 작가 됨의 눈줄을 놓지 않은 한 그는 도시를 꿰뚫어 읽을 수 있었던 작가였다는 뜻이다. 직장생활에 익숙하다는 것은, 글 쓸 시간을 도려 먹히는 약점 뒤켠에서, 작가 눈길이 굵어지는 장점으로 튀어오를 수 있다. 추상적으로 읽힐 수 있는 사회가 그의 눈에는 구체성을 띄고 보였다는 생각! 현대도시! 특히 서울이라는 아주 미묘하고도 독한 대도시!

현대도시는 어떤 곳인가? 도시의 특징은 몇 낱으로 풀이가 된다. 첫째, 거기에는 일체의 먹거리나 입을거리 생산이 없는 곳이다. 눈비나 추위 따위의 자연재해로부터 웅크리고 앉아 즐거움이나 확대하려고 만들어지고 자꾸 뜯어 헤쳐지는 곳. 박인성의 동자류 소설집은 이런 곳에 모여 바글대는 사람들이, 그 컴컴한 도시 동굴 속에서, 어떻게 발바닥을 핥으며 꿈틀대는지를 밝혀 주는 이야기 묶음이다. 둘째, 이 도시라는 동굴을 떠 버티려면 수많은 생산 지역을 식민지로 거느려야 한다. 요즘에는 아파트 옥상에 뭔가 야채라도 심어 먹으려는 사람들이 좀 있는 모양이지만, 도시가 뒤집어쓰고 있는 독한 먼지나 탁한 공기가 하도 핥고 지나다녀, 그 지붕 위 배추나 야채는 잘 보이지도 않는 시커먼 기름때가 묻어 있다. 그것을 도시인들은 알거나 모르는 척 한다. 그럴 테면 그러라지 까짓 거! 북한산 소나무 잎을 따다가 손에 묻는 검은 기름때를 겪은 적이 있기나 한지? 서울 사람들은 그걸 잘 모른다. 아니다. 알아도 모른 체한다. 그게 도시가 사람들에게 주는 아편끼이니까. 셋째, 도시의 집값은 무턱대고 비싸다. 사람들이 모이고 모이다 보면 땅은 비좁아지고, 비좁은 땅에서 뭔가 자기만 편하게 지내려는 욕심에 눈불을 켜면 마땅히 땅값은 치솟을 수밖에 없다. 게다가 그곳에 먼저 자리 잡은 사람들은 거기서 뭔가 돈이라는 귀신도 잡아 들여놔야 한다. 그래서 그곳 땅값이나 집값은 뛴다. 한 해 농사를 지어, 먹거리를 만들고 거기서 이리저리 써야 할 돈과 자식 교육이라도 시키려고 곡물을 내다 파는 일이야말로, 이 시대에는 가장 낮은 직업처럼 되어 있다. 이 시대 도시에서 가장 좋은 직업은 돈놀이로 가만히 앉아서 떼돈을 긁어모으는 것이다. 돈은 늘 새끼를 친다. 돈으로 새끼를 치게 해서 가만히 앉아 있어도 저절로 주머니, 아니 은행잔고가 불룩해지거나 늘어나게 하도록 만들어진 시대가, 우리가 사는 나쁜 자본주의가 만들어 온 이 도시의 꼴새이다. 농촌의 도시화, 자본주의! 그 자본주의가 만들어 낸 것이 우리 시대의 서울이라는 괴물도시이다. 욕망의 곰팡이 실들이 곳곳에 퍼져 시퍼런 흔적들로 여기저기 번져 버린 이런 도시 얘기를 박인성은 하고 있다. 그가 어떤 방식으로 이 도시 이야기를 하는지 이제부터 우리가 찾아 나서기로 한다.

2) 서울 이야기들을 찾아서

대한민국의 대표 대도시 서울은 하나의 나라처럼 모든 것들이 집중되어 있다. 출세의 꽃도 거기서 따야 하고 뭔가를 이루는 일도 거기서 되어야 한다. 정치나 나라 살림, 문화, 교육, 말몰이(여론) 만들기, 신문·방송 따위 모든 것이 이 서울에 모여 오글댄다. 그래서 그곳은 오늘날 살아 있는 여러 사람들이 너도나도 바라보는 별이고 꽃이다. 각 지역에서 벌어지는 이야기를 박인성은 독특한 웃기기 전략滑稽戰略으로 우리 앞에 드러내 놓고 있다. 이제 그것들을 하나씩 찾아 나설 차례이다.

(1) 흑석동 이야기

그가 이제까지의 작품 흐름과 좀 다르게 찾아내어, 보다 뚜렷한 눈길로 진짜처럼 우리에게 보여주는 서울은 여러 빛깔의 꼴새다. 먼저 그 이름 풀이로부터 그의 눈길은 재미있다. 이 작품집의 표제 작품인 「**이채윤은 잘 있다-흑석동**」은 읽기에 퍽 편하면서도 사람 마음을 시리게 한다. 그게 작가의 속뜻일 터인데, 그래서 작가는 바로 독자들의 마음을 시리게 하는 이런 기법을 써서, 그가 노리는 소설의 효과를 기차게 거두고 있다. 이 작품 이야기는 작가 연보에 기대어 보면, 작가 자신이 어느 시간대에 진짜 겪은 공간 내용이다. 노벨 문학상을 꿈꾸고 스웨덴 학과를 나온 말꾼 주인공은 다시 대학원 국문학과에 들어가 배움 길에서 동창생들과 마주친다. 그렇게 마주친 주인공 가운데 빼어난 자취를 남긴 사람이 바로 휠체어를 타고 다니는 국문학과 대학원 동료 여학생이다. 이름은 이채영! 엉성한 뼈 지킴 앓이(골형성성부전증) 환자로 어려서부터 자주 뼈가 부러지는 아픔을 겪는 처녀! 준비해 온 숙제를 발표하는 목소리가 하도 듣기 편하고 아름다워, 이 첫 말꾼은 그를 방송에라도 띄워 세상에 드러내게 하면 어떨까 하고 생각하지만 미묘한 심정으로 참는다. 그런 사람이라고 화자가 표현한 이채영과 또 한 친구 남학생은 문학 평론가가 되려고 준비하는 학생이다. 이렇게 단 세 명은 흑석동에 사는 문학 교수로부터 강의를 함께 듣는다. 세 명의 학생이 대학원 강의를 들으러 퍽 유명한 교수 댁엘 다니면서 이 작가가 슬쩍 가리키는 이야기는 바로 동네 이름이다. '검은 돌 골黑石洞', 우리가 그렇게 깊이 생각해 보지 않은 장난기 어린 표현이다. 별안간 낯이 설어진다. 시 공부에 열중인 이채영은 월북 시인 백석白石을 연구주제로 잡아 자료수집과 논문으로 쓸 준비를 하고 있다. 이 유명한 교수는 1920년대에 활동한 카프 조직의 중앙위원 출신이기도 하다. 그 연륜에 맞게 그에게는 엄청난 분량의 희귀본 책들이 있다. 그러나 월북 작가를 연구주제로 잡는 일이 막혀 있는, 대한민국의 남북 철조망은, 이채영의 학문 앞길을 가로막고 있다. 이 작품의 제일 주인공은 '인생의 비의'를 찾아 끙끙대는 작가이다. 인생의 비의! 그게 뭘까? 그런데 흑석동 이야기는 다음처럼 짧다.

　　백석白石에 빠져 있는 그녀는 수업 이외의 날에도 가끔 선생의 집을 찾았다. 동네 남쪽 일대에서 검은 돌이 많이 나와 흑석동黑石洞이라 이름 지어진 곳의 선생 집에서 백석을 연구한다는 것은, 이를테면 바둑이 생각나서, 자칫 웃음이 날 수도 있는 일이었으나 나는 그녀와 가까워지기 위해 이효석과 채

만식 외에도 백석의 작품들을 읽곤 했다.

이 작가는 미묘한 말법으로 세상을 비트는 해학 작가이다. 검은 돌과 흰 돌! 바둑판이 느닷없이 떠오르게 하는 생각 띄우기! 해학은 누군가를 비틀어 웃기며 울리는 말법이다. 이 작품 첫머리에서 주인공은 '노벨 상 수상을 목표'로 하였기 때문에 스웨덴 학과를 골라 학부를 나왔다고 하였지만, 뒷부분에 오면 그게 그냥 던진 말이었음을 알게 한다. 이 말투 또한 지극히 해학적이며 풍자적이다. 엉뚱한 이야기로 이끌기 시작한 이 작품의 핵심은 천재 시인 백석에 대한 연구로 뛰어난 실적을 내고 골수 암으로 일찍 죽어 간 한 여성에 대한 안타까움 드러내기이다. 그러기에 빼어난 백석의 시들을 작품의 날줄로 삼아 이야기를 이끌면서도 작가는 넌지시 이렇게 자기 말을 비튼다.

나는 학교 교수를 할 생각이 없었다. 그렇다고 꼭 소설가로 입신출세할 결심을 한 것도 아니었다. 그런 것은 할 사람이 따로 있는 법이다. 나 같은 허무주의자가 할 일은 아니야, 라고 나는 스스로 치부하고 있었다.

그러니까 이 작품의 제목에 붙인 '흑석동'은 백석을 드러내기 위한 또 백석을 연구하고 요절한 한 여인을 드러내기 위한 겉장식일 뿐이다. 삶의 비의! 삶의 허허로운 지나감을 그는 이채영이라는 한 여자 교수 이야기로 하였던 것이다. 여기서 그는 백석이라는 빼어난 1920년대 시인을 오늘 우리 앞에 되살려 내었고 그를 통해 우리가 사는 이 도시가 그렇게 삭막한 사막만은 아니라는 것을 되짚어 놓았다. 왜정의 가혹했던 시대에 활동하였던 천재 시인 백석의 여러 편 시들을 인용하여 놓음으로써 작가는 우리 시대 이 도시가 지닌 허허로운 기운을 헤집어 놓는다. 왜 그랬을까? 삶에 대한 따뜻한 눈길, 그렇게 엄혹한 시절에도 따스하게 빛을 내던 말의 숨결을 보인 시인의 맘씨 보이기, 그게 아마 이 작품의 힘줄이라는 속뜻 보임일 터이다. 하지만 다시 묻건대, 그가 찾아 나선 삶의 비의란 어디 있는 걸까? 작가는 그 답을 독자의 눈길 몫으로 감추어 놓은 셈이다. 우리 옆에 살고 있는 무수한 사람들, 그들이 실은 모두 다 자기가 지닌 비의를 모른 채 그냥 살고 있을 뿐인 것, 그렇게 아쉬운 헤어짐, 잊어버림, 그리고 무턱대고 헉헉대며 살고 있는 그게 실은 삶의 비의라고 작가가 말하고 싶어 하는 것은 아닐까? 이런 전망 또한 실은 해학적인 전략인 셈이다.

(2) 신사동과 가희동, 상수동 말 비틀기

말 쓰기 수사법에서 웃기기(골계 滑稽) 범주의 아래칸 말길 갈리기에서 만나는 주관적 웃기기에는 해학과 풍자, 반어, 그리고 말 비틀기로 장난치는 기지가 있다고 독일 미학자들은 정리해 놓았다. 해학이 웃는 대상 속에 주체가 들어 있도록 하는 말법이라면, 풍자는 웃는 그 대상 속에 주체인 나는 빗겨나 있단다. 쌀쌀맞게 대상을 웃는 것이 풍자인 셈이다. 영국 이야기꾼 스위프트가 써 먹었던 『걸리버 여행기』나 1930년대 한국의 채만식이 썼던 「치숙」, 이문구가 잘 썼던, 『관촌수필』이나 『유자소전』들의 모든 말법은, 은근슬쩍 말을 비틀어 긴장된 마음을 누그러뜨리면서 사람들로 하여금 웃게 만드는 힘을 낸다.

「스폰서 검사와 메아리 전파사 아저씨-신사동」, 이렇게 '신사동' 이야기는 제목 그 자체가 무엇인가를 알리고자 하는 뜻으로 되어 있다. 이 작품 머리에는 이런 말 비틀기가 나온다.

우찌되었든 신사들이 많이 다니기에 신사동이라는 말도 틀린 말은 아니다. 왜? 인구 3만도 안 되는 이 동네에 전국 룸살롱의 반이 모여 있기 때문이다. 넥타이 매고 로비하러 오는 사람들은 거의 신사복 차림이니까.

이 작품 이야기는 그야말로 서울이라는 괴물도시 모습의 괴물다움을 아주 잘 보여주는 내용으로 되어 있다. 남의 글을 베꼈네 안 베꼈네 하는 지껄임이 장안을 떠돌았던 장편소설 『강남몽』의 작가 황석영이 말하고 싶어 한, 이른바 강남 개발로 쇠푼깨나 모았다는 졸부들과 그들과 이익을 함께 나눈 군사정치 깡패들의 돈 장난질 얘기는, 거 꼭 코미디 무대 같은 것들, 그게 다 이 박인성의 '신사동' 이야기에 오면 또한 닮은꼴로 판박이이다. 강남, 거기가 다 거기 아니었나? 1970년대 강남 개발로 떼돈을 모으는 방법이란 건물을 짓고 또 짓고 자꾸 지어 팔고 또 팔고 값 올려 되팔고 하는 돈놀이 놀음판 장난질이었다. 황석영의 빛나는 소설 『삼포 가는 길』이 바로 개발 쑤심질로 도시화를 부추기던 근대화의 어두운 그림자를, 거기 시든 여인을 통해 드러내 보여주었던 것이 아닌가. 뽀얀 안개가 서린, 그래서 '한 치 앞도 보지 못하게 만드는, 사람들로 하여금 강렬한 햇볕이나 센 바람이 불어오기를 기다리게 만드는(김승옥의 「무진기행」 얘기)' 안개 속에 가려진 사회 모습은 2010년도에 다시 박인성의 동자류 이야기 목소리를 통해 떠오른다.

박인성의 '신사동' 이야기는 이렇다. 돈벌이는 개발이 최고다. 아직도 개발 이념은 끝나지 않았다. 이게 이 시대의 어리석은 살림(경제) 철학이 아닌가? 1970년대 이후, 개발로 지어지는 신사동 중심 한 지역의 호텔 건물이 있다. 그런 호텔을 지으려면 그만한 너비의 땅이 필요하다. 그런데 그 아주 좋은 땅을 지닌 한 사람이 그걸 팔지 않으려 한다. 이익은 누구에게나 보이는 거다. 단지 끈질긴 놈만이 이익을 챙길 뿐이다. 으르고 꾀고 구슬려 드디어 끈질긴 돈꾼은 땅을 사들였다. 땅을 판 이 땅 주인이 호텔업자와 한 약속은 룸살롱에 설치할 시시티브이 설치권이다. 그것을 갖겠다는 조건이 그 좋은 땅을 파는 조건이었다. 구렁이와 지네의 도술 시합! 음하기는 둘 다 막상막하다. 그렇게 되어 몰래 카메라를 설치할 수 있었던 주인공이 바로 '메아리 전파사 아저씨'다. 몰래 카메라! 서울의 룸살롱에서 벌어지는 장면을 중계하려는 작가의 속셈에다가 제대로 된 복선을 깔아 놓은 것이다. 그가 설치한 몰래 카메라 장치를 통해서, 이 작품 이야기는 신사동 룸살롱 특별실에서 벌어지는 술자리 훔쳐보는 재미와, 그 은밀한 내용 까발리기를 즐기도록 이끌고 있다. 누구를 몰래 훔쳐본다는 것은 재미가 있을 터이다. 호텔이 개업되고 룸살롱도 시작, 드디어 몰래 훔쳐보기 시작!

　이 룸살롱에는 두 팀이 눈에 띈다. 매주 월요일이면 꼭들 거기 모여 술판을 벌이는 '7인회' 패와 금요일에 모이는 '7인회' 패! 이런 공룡도시 서울, 그것도 강남의 신사동, 사람들이 도둑마을이라 부르던 그런 곳에서 벌이는 일이 어떤 것인지를 들여다보는 일은 퍽 흥미를 끌 만하다. 월요일 7인회 패들의 사람됨들은 대강 이 사회에서 퍽 출세했다고 알려진 인물들이다. 외국어고등학교를 나와 당연히 '출세한 검사 두 명에 판사 한 명, 의사 두 명, 컨설팅 건설회사 사장 한 명, 그리고 소설가 한 명'으로 이루어진 이 패들의 은밀한 출세 전략 얘기들은 요즘 뻔질나게 신문에 떠도는 기업건설 회사들의 이권 따먹기와 그것을 보호하여 이익을 챙기는 권력 실세들의 지저분한 이야기들 드러내기와 꼭 같다. 황석영의 『강남몽』 얘기가 비슷한 꼴로 고스란히 여기에도 들어 있다. 그리고 금요일에 모이는 일곱 명 패들이 보이는 것은 이른바 가진 돈을 어떻게 쓸 수 있는가를 보여주는 아주 음탕한 얘기들로 되어 있다. 가진 자들이 더욱 갖기 위해 귓속말로 어떻게 이권을 흥정하는지, 그 이권을 누린 사내가 어떤 식으로 여자들을 가지고 노는지, 이런 성상납 실태 얘기들이 퍽은 꾀죄죄하고도 무지막지한 음란 행위의 꼬라지들로 튀어 오른다. 무슨 기업 사장의 즉석 숫처녀 따먹기, 빼어나게 아름다운 처녀 아가씨들, 어떤 신문사 사장과의 은밀한 술판, 돈 붙을 주식 알려주기 따위 오늘날 이 사회가 안고 있는 악취나는 곰팡이 실들 이야기는 이 신사동 소설을 축성하는 실줄이자 날줄이다. 그래서 아주 퍽 잘 읽히는 소설인데, 그 재미는 말발로 이 세상 비틀기와 천한 사람들을 비웃는 깔깔댐 가락 때문일 터이다. 출세의 비밀은 온통 이런 곰팡이 실의 은밀하고도 수상한 결탁과 담합에 의해 이루어진다는 부조리 사회 고발이 이 소설이 지닌 매력인 셈이다. 이런 풍자적인 얘기는 다시 그의 「**가회동**」이라는 동자 소설에서 같은 방식으로 이어져 있다. 월북 작가 박태원의 『**천변풍경**』이 그려낸 1930년대 도시 서울의 낭낭한 풍경이 2010년대 박인성에 이르면 더욱 구체적인 꼴새를 띄고 이 도시가 어떻게 바뀌어 가는지를 읽게 한다. 박태원의 청계천 변두리가 지금은 어떻게 바뀌었나? 딱딱하고 번쩍이는 돌무더기로 1930년대 청계천은 석화되었다. 이제 다시 가회동으로 가 본다. '가회동' 동자 소설의 정식 이름은 「**길동이의 출세전략-가회동**」이다.

가히 회동할 만한 곳이라는 뜻에서 온 것인지는 몰라도 이 동네 이름은 어쨌거나 가회동可會洞이었고, 모일 수 있는 장소도 많았다. 레스토랑이 곳곳에 있었고, 카페도 많았으며, 술집도 여러 군데 보였다.

목로 집, 목로주점, 주막집 이런 말들이 왜정 시절을 넘기고 나서, 슬그머니 서양말들을 슬쩍슬쩍 주워다 이 골 저 골에 붙인 게, 레스토랑이나 카페 따위 목로집들이다. 서울 한복판 가회동에 이렇게 여러 개의 고급스런 카페와 레스토랑, 술집이 모여 있다는 것은 뭔가 그곳이 사람들을 꾈 건더기가 있다는 뜻이겠다. 주막집은 손님들이 많이 들락거려야 수지가 맞는다. 서울은 수지가 잘 맞아야만 살 수 있는 동네다. 건더기란 뭔가? 도시란 돈벌이 말고는 생산이라는 다른 게 없다. 새끼 치는 돈을 쟁여 놓고 사람들에게 꿔주고 받는 돈놀이꾼들 사업이 번창하는 거기가 도시 서울이다. 그래서 거기 사는 이들은 끼리끼리 서로 그 돈을 주워 모아 그것으로 새끼 치도록 하면서, 뜯고 찢어 가지도록 하면서, 히히덕거리며 날을 밝히는 패들이다. 은밀하게 들어서는 이 주막거리를 드나드는 사람들의 성향과 카페로 이름 붙여진 술집의 잘되고 망하는 이야기들은 가히 서양 소설 샘물로 이야기되곤 하는 이탈리아 보카치오의 『데카메론』이나 영국 제프리 초서의 『캔터베리 이야기』투의 빛깔과 퍽 닮아 있다. 믿거나 말거나 이야기는 이렇다고 작가는 말끔한 이야기 가락으로 풀어 나간다. 그가 풀어 보이는 서울 도시 한복판에서 벌이는 음란함이나, 성공 비결에는 잔혹한 밀림법칙이 아주 잘 드러나고 있는데, 그 이야기 가락은 어디까지나 넘실대는 말 비틀기의 풍자 기법이다.

　　주막집 술장사가 성공하느냐 실패하느냐는 목로방의 분위기와 내놓고 파는 술값, 안주를 첫째 조건으로 치지만 뭐니 뭐니 해도 성패의 오랏줄은 목로집 주모가 쥐고 있다. 예쁘고 싹싹하며 요염하다든지 뭔가 사람들을 이끄는 힘이, 늙지도 젊지만도 않은 여인을 주모로 한 곳에서는 나온다. 그래서 이 술집 사업의 성패 여부는 이 주모의 수완으로 판가름 난다.

　　「길동이의 출세전략-가회동」, 이 작품에서 돈을 벌어 빌딩도 사고 돈을 모았다는 곳은 '버터플라이'라는 이름을 건 술집이었다. 이 집 주모 오봉자는 입으로 모든 남자 손님들을 녹인다고 작가는 썼다. 예쁘고 상냥한 아가씨들을 넷씩이나 거느리고 있지만 손님에게 비싼 양주를 안기는 수법은 오직 그 집 주모 오봉자만이 할 수 있다. 비싼 양주! 입으로 남자를 즐겁게 하는 방법, 펠라치오라 불리는 이 진귀한 유혹에 넘어가지 않을 남자들은 거의 없다. 게다가 층층다리 값으로 사내들의 값을 매기는 서양 술 양주!

12년산 양주에서 17년산, 21년산, 30년산 따위는 서양 술장사치들이 만들어 낸 경영의 낚시 밥이다. 속물 됨의 꼭지는 벼락 돈벌이와 그것을 자랑하고 싶어 하는 어깨 짓에 핀 꽃속에 들어 있다. 그래서 그들은 비싼 자동차, 비싼 외제 옷, 명품 물건 따위로 자기를 치장한다. 어리석은 사람들이 야만스럽게 벌어들인 돈은 이렇게 자기 드러내기를 위한 쓰임새로 나간다. 서양 술장사들이 일본 사람들하고 한국 사람들을 밥으로 여겨 파는 이 양주의 값들은 그야말로 웃기는 수준이고 이 양주 먹는 패들이 한때 어깨에 힘주는 따위 얘기들을 들어보면 이 나라 못난이들의 얄팍한 문화 감각 수준이 잘 보인다. 술은 그냥 술일 뿐이다. 사람을 취하게 하는 술, 거기에 층층다리 계급을 만든 것은, 다 시커먼 장삿속 속셈이 들어 있다. 너와 나 사이에는 다른 게 있다. 높낮이 또한 너와 나는 다르다. 나는 높고 너는 낮다. 나는 문명국 사람이고 너는 미개국 사람이다. 한국의 앞 패들이라는 이들은 '선진국에서는 이러한데 후진국 우리는 어쩌고저쩌고' 따위 이 나라의 모든 생활수준을 말하는 데 아무 주저도 없다. 그래서 서양 패들이나 거기서 공부하고 온 패들은 툭하면 서양이라 부르지 않고 선진국이라 부른다. 왜정시절에 왜국에 가서 눈 공부들을 하고 온 패들이 저질러 놓은 지워지지 않는 검은 금줄이다. 한 폭의 코미디 무대 꼴새!

소설 「**길동이의 출세전략-가회동**」에도 정치 이야기는 은밀하게 출몰한다. 소문에서 소문으로 퍼지는 게 서울 인심의 곰팡이 실들이다. 소문은 은밀할수록 퍼지는 속도가 빠르다. 정치 패들이 이런 곰팡이 실을 뿌리는 책략꾼들임은 두말할 필요도 없다. 우리 사회에 필요한 것은 제

5의 길이라는 게 있다고 수군거리면서 한 사내가 검은 망토를 휘두르며 움직인다. 정치술책의 소문지르기! 거기에 길동이의 길은 열려 있다. 가 가대소! '상수동' 이야기! 상수동 이야기의 제대로 된 제목은 「**덕동 화백 활약기-상수동**」이다. 이 작품 또한 읽기가 아주 재미있고 또 풍자요소가 많은 이야기로 되어 있다. 홀로 나무 그림 그리기를 무려 40여 년 동안 해 왔으나 이룬 것이라고는 아무것도 없이 헛늙은 한 화백 이야기. 작가는 먼저 상수동의 유래에 관한 이야기를 앞에 들이댄다. 병이 든 어머니를 공양하던 효자 앞에 나타난 '거지차림의 한 노인네'가 들려준 물 이야기를 「**조선지리야사**」라는 책에서 따왔다고 하면서 작가는 이 '상수동'이 '상숫골' 또는 '상수꼴'로 불린다고 하였다. 이 효자가 찾아낸 샘 물터에서 길어다가 어머니를 공양하여 병을 고쳤다는 물 이야기! 그래서 그곳에 사람들이 모이기 시작하여 한 마을을 이루었다. 이런 곳에 살던 덕동 화백은 이제 낙백하여 자칭 하숫골인 그 아랫마을에서 나무 그림으로 세월을 보낸다. 그곳에도 즐비한 술집 이야기가 나오고 이른바 예술가들이라는 패들 이야기로 눈길을 끈다. 이 작품 또한 풍자적으로 말 비틀어 꼬집는 장면은 읽기를 퍽 편하게 한다. 여기서 문학평론가를 짓씹는 이야기 하나는 퍽 재미있다. 남을 씹거나 비판하는 자리가 술집에서 이루어지는 건 퍽 자연스럽다. 술집이란 다 그렇게 누구를 안주 삼기 위해 마련된 목로판이니까!

　'상수동 텐회를 위하여!'
　'위하여!'
　이런 진설이 있는가 하면 익산의 방에서 밤을 새며 술을 마시고 또 낮까지도 마실 때는 쌍욕도 거침없이 나왔다.
　'어이 오 형! 거 386인지 뭔지 하는 소설가 새끼들은 거 뭐요? 무슨 공상과학 영화도 아니고, 괴기 영화도 아닌 것을 거 소설이라고 발표하고 거들먹거리는 것들 말이요. 바야흐로 21세기가 시작됐다고 개소리를 나부랑거리는 거여? 그걸 또 거 작품이라고 실어 주는 잡지들은 어떻고?'

'그러니까 걔네들 중에서 벌써 국회의원도 나왔고, 쓰레기 국물상 같은 문학상을 받은 애들도 있는데, 저도 참 잘 모르겠습니다.'

(…… 한참 몇 장을 건너 뛴 다음 ……)

그중 말석인 평론가 이유식은 소설이나 시가 출판될 때마다 이른바 해설을 도맡아 했는데, 예를 들면 '이 소설은 전통적인 문법의 전통을 배반하는 일탈적 해체를 초현실적 문체와 결합하여 깊은 감동을 주면서도 진정성을 잃지 않는 구성으로……'와 같은 표현들이 난무하면서 주례사 비평을 넘어 아예 노벨 문학상 후보로 꼽힐 만하다고 느껴지는 표현들을 적재적소에 배치하는 타고난 아첨꾼 기질이 빼어났다. 이런 해설을 읽다보면 어리석은 독자들은 사지 않으면 이 시대의 예술 패션에서 밀려날 것만 같은 두려움에 빠지기 마련이었다.

정말 예술 작품의 진짜 값은 어떻게 매겨야 할까? 모두 가소로운 글쓰기나 그림 그리기로 세월을 되질하는 살아 있음이 곧 사람됨의 전부가 아닐까! 작가는 그 얘기를 하고 싶은 것이다. 이 작품의 끝에 오면 또 한 번 우리를 웃기는 재미거리를 심어 놓았다. 그리고 그려도 팔리지 않는 그림을 수십 년째 그려온 이 덕동 화백 앞에 한 노부인이 나타나 그 나무 그림 전부를 사겠다고 한다. 횡재를 만난 것이다. 50여 점의 나무 그림이 눈 깜빡할 새에 4억 원에 팔려 나가는 것이다. 그러나 실은 그의 홀어머니가 평생 모은 돈으로 그 아들의 그림을 사 주고 있다. 물 맛 좋은 상수동, 그 아랫물 '하수동'에 살며 그림 그리던 한 화가에게 돈벼락이 떨어진 것이다. 효성이 그만한 아들과 평생 모은 돈으로 자식 그림을 아들 모르게 사들인 어머니의 태깔 고운 사랑 얘기, 깔깔깔!

(3) 홍은동과 성수동 이야기

서울 사람들은 이 동네 저 동네로 집을 옮겨 다니는 걸 대수롭지 않게 여길 수가 없다. 떠돌이 삶이 어쩌면 도시 생활이기 때문이다. 서울에서 한곳에 붙박이로 살 수 있는 사람은 꽤 여유롭게도 물려받은 재산깨나 지닌 사람들이기 쉽다. 시골에서 올라와 뭔가 서울에 둥지를 틀어보려고 하는 이주민들의 삶은 그때그때 가장의 직장이나 밥벌이 터전에 따라 옮겨 앉아야 한다. 초등학교 시절부터 대학교를 다닐 때까지 일곱번쯤 옮겨 산 사람들은 우리 주변에 꽤 많다. 서울은 그런 곳이다. 작가 박인성은 어린 시절에 신설동에서 살았던 모양이다. 신설동! 이 '신설동'보다 한참 뒤에 많이 알려지기 시작한 '홍은동' 얘기부터 하기로 한다.

「봄날은 가고-홍은동」이라는 제목의 이 소설은 정말 이 작가가 말비틀기로 풍자한 우리 시대 서울의 한 꼴새를 가장 잘 드러내고 있어 보인다. 우리 시대 한국 사회에 엄청난 세력으로 퍼져 버린 종교 장사꾼들 이야기를 그는 이 홍은동에다가 심어 놓았다. 그 첫 말은 이렇다.

원래 은혜가 넓고 큰 곳에는 종교시설도 많은 법이다. 그곳은 5~60년대 지방에서 올라온 이들이 정착을 시작해서 제법 큰 마을을 이루었는데, 그래서 얼마 전까지만 해도 택시를 타면 00동 대신에 보통 **촌으로 가주세요라고 들 했던 한참 후에 재개발이 되어 50평형대의 대단지 아파트도 들어서고 하면서 동洞으로 확실히 자리매김을 하게 되었다.

그러고 나서 이 작가는 이렇게 그 동네에 들어선 종교 얘기를 하고 있다.

한 일 없는 누군가가 조사한 바에 따르면 이 동네의 교회 수는 다른 동네의 2배 가까이 되었다. 제일교회, 영광교회, 신은교회, 홍은교회, 천성교회, 은혜교회, 여호와의 증인교회, 주반석 교회, 미란회, 유일영생교회,… 약간의 치매가 있는 노인네가 다 외우려면 3년은 족히 걸린다고 하였다.

이 작품은 홍은동 소재 교회당에서 몇몇 목사들의 목회 방식 얘기와 함께 각 교회에서 서로 자기 교회로 신자들을 끌어가려고 나선 사람들 얘기, 그리고 사람의 욕망이 어떤 방식으로 교회 속에 몸을 숨기면서 활동하는지, 그런 얘기가 주를 이룬다. 이 작품이야말로 풍자 작품에 가장 걸맞은 이야기 틀이다. 여기 쓰이는 시니컬한 말투는 이 작품을 단숨에 읽도록 돕는다. 여기 기웃 저기 기웃 서울 삶들의 이런 사람들은 믿음모임 자리를 꽤 잘 이용한다. 금배지를 달고 싶어 하는 한 친구 김태문이라는 재수 없는 인물 이야기도 여기 끼어들었다. 거기다가 화자 박진성의 어린 아들 준범이가 묻는 말들은 우리 시대 서울 사람들이 어떤 사막 위에서 떠돌며 흘러 다니는지를 아주 기막히게 잘 보여주고 있다. 아무도 대답하기 어려운 이 꼬맹이 물음들 위에서 우리는 하루하루를 살아 떠다닌다. 그게 작가가 말하려는 속뜻이다.

'예수님은 왜 하필이면 하나님 우편에 앉아 계셨죠? 올림픽에서 보면 왼쪽이 2등 오른쪽이 3등인데 예수님은 그럼 3등인가요?' '사도신경에서 말하는 우편은 그것이 아니라……' '그런데 이스라엘 사람들은 왜 죄 없는 팔레스타인들을 그렇게 많이 죽이고 전쟁을 일으키나요?'
(가운데 줄이고)
국회위원에 당선된 김태문은 당선 뒤에 장로로 취임을 했지만 교만이 더해져서 박과 진에게는 연락조차 하지 않았다.

이 교회 저 교회로 다니면서 나쁜 짓을 저지르던 파수꾼들의 말 행패와 그 교주라는 자가 필리핀에서 체포되었다는 얘기 또한 절묘하다. 오늘날 한국 사회는 아마도 이런 질병 속에 걸린 채 누덕누덕 기운 생각의 돗자리를 굴리며 가고 있는지도 모를 일이다. 서울에는 엄청난 교회당이 있다. 밤길에 서울로 들어오면서 교회당 꼭대기에 설치된 십자가의 붉은 불빛들을 보면 꼭 서울이 무덤 같다는 생각에 젖게 한다. 교회가 그렇게 많다는 것을 무슨 뜻으로 풀어야 할까? 그것은 오늘 우리들 삶의 도시에 뭔가 치명적인 질병이 뼛속 깊이 퍼져 있다는 증언은 아닐까? 홍은동! 넓은 은혜마을, 가가대소! 아니면 너무나 살기가 심심하니까 심심풀이 삼아 교회가 그렇게 서 있다는 뜻일까?

「**죄를 사하여 주옵시고-신설동**」, 이 작품은 작가가 정말 찢어지게 가난하게 살았던 신설동에서의 어린 시절 이야기이다. 도맡아 물을 길어 오곤 하였던 주인공은 어려서 꼬맹이 여동생을 깔고 앉았었고, 가끔씩 개천물에 그릇을 씻어 여동생이 장티푸스에 걸려 심하게 앓았다는 얘기를 트며 눈 아리게 자아를 들여다본다. 가난살이 얘기는 1960년대나 70년대 작가 작품들의 가장 큰 특징을 이루던 화두였다. 물론 왜정시대였던 1930년대 소설 작품들의 특성 또한 이 가난살이 얘기로 채워져 있질 않는가. 한국 소설사의 전통적인 내용 이어짐일 터!

여섯 살 때부터 아홉 살 때까지 신설동에 살았다. 전라북도 김제에서 올라와서였다. 완행열차를 타고서 왔던 기억이 어렴풋이 난다. 한강 철교를 건널 때의 굉음이 생생하다.

4년 동안 살았던 '신설동', 서울 그곳은 이제 작가가 되돌아보는 자기 지난날들의 삶 판 자취들이다. 어렴풋하고 또 희미한 옛 기억은 모든 사람의 고향으로 향해 열려 있다. 작가에게 있어, 진짜 고향일 전라남도 김제는 아예 까마득한 기억 저쪽에 있으니, 껑충 뛰어 여섯 살 때부터가 진짜 그가 되돌아갈 수 있는 지난날이다. 신설동, 10년도 더 넘은 기억의 저 쪽에서 한 소리가 난다. 지하철 안내방송에서 내는 안내 소리! '다음은 신설동 역입니다.' 문뜩 작가 '나'는 이 소리에 일깨움을 받는다. 맞다! 이곳에서 살았던 적이 있지! 그렇게 엉뚱한 시간대에 듣는 안내방송 소리에 일깨움 받은 작가의 한살이는 소설 이야기로 푸르게 살아났다.

　　신설동新設洞은 그 이름답지 않게 역사가 깊다. 조선 시대 숭신방에 새로 설
　　치된 마을이라 하여 신설계라고 하던 것을 갑오개혁 때 신설동이라 하였다.
　　새말 또는 신리라고도 불렸다. 1914년에 경기도 고양군 숭인면 신설리가 되었
　　고, 1936년엔 경성부에 편입되어 신설정이 된다. 1943년에 이르러 동대문구
　　에 속하였고, 1946년 신설동으로 바뀌었다.

이곳은 도시 서울 밖에 길게 뻗은 워낙 외진 곳이었다. 야채나 미나리 등속이 이곳에서 서울로 옮겨지던 탓에, 1960년대만 하여도 이곳은, 서울 사람들의 오물들 모두가 그곳 농토에 뿌려져 여름이면 후끈대는 똥냄새들에 섞여 왱왱대는 파리들이 들끓었던 동네였다. 신설동!

　모든 사람은 다 가정이라는 울타리에서 지낸다. 그 울타리가 얼마나 따뜻한지 추운지는 그 울타리 파수꾼인 아버지의 사람됨에 달려 있다. 이 작품 배경인 신설동에 사는 한 집안의 식구는 모두 넷이었다. 아버지, 어머니, 누이동생 그리고 화자 나이다. 화자의 아버지는 전쟁에 나갔다가 총상을 입고 퇴역한 상이군인이었지만 가정을 지킬 만한 힘이라곤 없는 인물이었다. 어머니가 어렵사리 모아 만들어 준 운전면허증으로 택시 운전을 하여 돈벌이는 꽤 쏠쏠하였으나, 아버지라는 이는 버는

족족 창녀를 사는 데 쓰거나 술로 탕진하는, 술 태백이었다. 그러나 주인 공 나는 이웃집 노인 한학자로부터 한자를 익히는 재미를 붙여 뒷날 학 교생활은 잘하게 되었지만, 두 자매가 늘 어머니 손에서 자라는 동안 겪 는 가슴앓이는 깊은 흔적으로 남아 있다. 그래서 그는 누이동생에게 늘 미안한 마음 빚을 지고 있다. 누이동생이 그렇게 먹고 싶어 하던 라면 두 봉지를 사다가 끓이려다 성냥 통에 불이 붙어 누이에게 얼굴 화상을 입 혔고, 언제인가 누이를 깔고 앉았던 기억, 장티푸스로 고생한 누이 얘기 들은 모두 작중 화자가 지닌 쓰라리고 아픈 옛 흔적이다. 그래서 이 소 설 뒤쪽으로 이야기가 이어지면 스르르 그 누이동생 이야기로, 그 미안 한 마음 빚 이야기로 들어선다. 작품 제목 앞에 붙인 '죄를 사하여 주옵 시고'는 바로 이 흔적 지우기와 깊은 관계의 고해일 터다.

3) 일본 여행 얘기 속에 든 작두날과 사막

(1) 이야기 사막 속에 숨겨진 풀밭 샘물

앞에서 이어진 여덟 편의 소설들 가운데 두 편은 일본 여행을 다룬 것 이다. 「아들과의 마지막 여행-하카다」, 이 작품은 참 아픈 이야기를 품 었다. 그러면서도 신비한 삽화 두 개가 이 이야기를 아름답게 가꾸고 있 다. 대여섯 살짜리 어린아이를 잡아다가 팔을 작두로 자르고는 길가에 앉혀 앵벌이를 시킨 끔찍한 악당 얘기가 숨겨진 큰 줄기이다. 이와 같은 끔찍한 이야기는 도시 서울, 아니 우리들 삶 판이라는 게 얼마나 무섭고 더러운 사람들이 어슬렁대고 있는 곳인가, 하여 한탄 뚜껑은 이런 자리 에서 저절로 열린다. 앵벌이를 감시하는 엄마 역 앵벌이 배우, 앵벌이 아 이에게 상처를 입혀 고름이 질질 흐르게 하여 돈을 많이 얻어 모으는 장면의 끔찍한 인간쓰레기 통 얘기와 함께, 이 작품은 그런 썩은 도시 쓰레기를 다시 빼앗고 달려드는 패들이 있다는 것까지 밝혀내고 있다. 군장성 출신 깡패들! 쓰레기는 쓰레기에게 총에 맞아 죽거나 두엄자리를 강탈당한다. 정말 그럴까? 이 이야기는 소설이다.

후쿠오카 행 비행기를 타고 여행을 떠나는 장면에는 무언가 이상한 낌새를 띄고 있다. 소주 팩을 꺼내어 아버지에게 주면서 너무 많이 먹어선 안 된다고 다짐 받는 아주 어린 아들과 간경화 환자인 아버지의 장면부터 낌새가 이상하다. 엉뚱하게도 이 어린 아들은 병든 아버지와 떠나는 후쿠오카 여행의 의젓한 보호자이다. 윤동주와 송몽규가 감옥에서 죽어간, 하필 그곳 후쿠오카, 일본으로 이 기이한 동반자는 여행을 떠났다가 무사하게 잘 돌아왔다. 아버지라고 불리는 이 어른은 하루 소주 세 병씩 술을 마셔야 하는 간경화 환자다. 깃동 무슨 삶의 꿍꿍이속이 이런 기이한 여행길을 만들어 놓았는가? 간경화 환자 앵벌이 술꾼! 평생 처음으로 가 본 병원에서 알아낸 병 이름 간경화!

끼워진 이야기들은 여기서부터 별처럼 떠오른다. 조각 그림 맞추듯 작가는 이 이야기에 숨은 그림들을 차곡차곡 쌓고 있다. 첫째 끼움 얘기는 한 목사의 행적으로 몸꼴을 세웠다. 길가에 웅크려 불쌍함을 구걸하던 한 나이 든 앵벌이를 데려다가 자기 숙소 한 방에 살게 하면서 그를 지켜주는 서도형 목사 이야기가 그 하나다. 앵벌이는 그를 부리는 뒤 패들의 눈길을 떠나지 못하도록 묶인 있음이다. 불량배 조직의 부림을 받아 구걸하거나 도둑질하여 돈을 벌게 하는 앵벌이 사업(?)들이 도시에서는 버젓이 벌어지고 있다. 밀림에서 풀이나 뜯는 짐승과 그 새끼를 잡아 뜯어 먹는 하이에나가 있듯 도시에도 그런 하이에나는 있다. 도시 속에는 이런 사람 작두날이나 도끼들이 숨겨져 있다. 이 작품의 숨은 그림 하나는 어린 아이를 잡아다가 작두날로 팔을 자르는 잔혹한 짐승 그림이다. 30여 년 동안을 그렇게 앵벌이로 지내던 사람, 돈 버는 미끼. 서도형 목사는 아무도 거들떠보지 않되, 참혹하게 부림 받으며 사람들 눈길 변두리로 버려진 이런 병자를 데려다 보호하던 사람이다. 조직 악당들에게 팔을 잘리고는 어린 나이 때부터 평생 앵벌이 노릇으로 굽실댄 이 이야기 속의 삶은 눈이 시리고 가슴을 찌른다. 둘째 끼움 얘기는 누군지도 밝히지를 않는 한 여인의 뜻밖의 행적 이야기이다. 둘째 숨은 그림! 그렇게 병든 앵벌이에게 다가가 성관계를 맺어 아이를 낳고 사라진 여인! 그가 앵벌이의 아들 서동혁이다. 여기 숨은 그림 얘기는 이렇다.

내가 나쁜 사람입니다. 이 아이는 관리 집사의 아들이랍니다. 아홉 달 전의 일을 관리집사는 기억하지 못할지도 모릅니다. 목사님이 키워주십시오.

(중략)

어떻게 이런 일이 있었을까? 바보 병신 소리를 듣는 그를 데리고 교회 뒤편 야산으로 가서 섹스를 한 사람은 믿음이 강한 성도였다. 그 일이 있고 난 뒤에도 그녀는 교회에 열심히 나왔다. 그러다가 어느 날인가부터 사라져 버렸다. 그리고 강보에 싸인 아기를 그의 아들이라고 목사 사택 앞에 놓아두고는 사라져 버렸다. 서 목사는 이 문제를 풀려고 해보고, 기도도 늘상 하지만 도무지 알 수 없었다.

이 작품은 참 따뜻한 소설이다. 그래서 이 이야기를 말 비틀기 풍자나 해학으로 씌어진 '동자류 소설' 범주에 집어넣을 수가 없다. 이 이야기에도 물론 아이를 잡아다가 팔을 자른다든지 평생을 악행으로 일삼는 패들이 있다는 것을 비추지만, 그런 아픔을 안고 사는 사람을 끝끝내 감싸 안아 보호하고 슬퍼하며 사랑하는 사람들이 있다. 서도형 목사, 신비한 삶의 걸음을 내디며 아이를 낳아준 여인 같은 이들이 이 세상에는 있다. 매일 술을 입에 달지 않으면 아픔을 견디지 못하지만 교회 뜰이나 주변을 나날이 청소하여 깨끗이 일하는 앵벌이 출신 서 씨! 서 목사는 그에게 주민등록증을 만들어 서 씨라고 이름을 지어 주었다. 어둠 속에 있던 있음이 존재의 빛 속으로 떠올라 온 이 사람이 어느 날 목사에게 부탁하여 아들과 단 둘이 외국 여행을 다녀오고 싶다고 조른다. 곧 죽을 목숨인 그가, 스스로 모은 돈 2천여만 원 가운데, 여행하고 나머지는 아들 동혁이 공부시키는 데 써 달라고 말하는 어둠의 빛 서 씨! 이렇게 숨은 그림을 맞추고 보면 이 작품이 이야기하고 싶어 하는 작가 속뜻이 환하게 보인다. 사람의 한살이는 어떻게 풀어 그 뜻을 밝힐 수가 있을까? 살아 있는 이들의 꼴 값은 어떻게 매겨야 될까?

지하철 입구나 붐비는 발걸음 앞에 엎드려 동정을 구하는 아이들이나 상처투성이의 젊은이나 늙은이들을 우리는 무심하게 지나친다. 흐르는 피고름이나 눈물, 콧물 범벅을 보면서 사람들은 도시가 참으로 참혹하다는 생각에 젖기 쉽다. 게다가 도시에 사는 우리는, 그런 그들을 오래 지켜 볼 여유조차 없이 무엇인가에 쫓기며, 꽁지에 불붙은 짐승처럼 바쁘다. 그런데 거기 그런 악마들이 있고 또 그런 천사들이 있다. 일본 여행을 하면서 말을 열기 시작하는 장면 이야기는 가슴이 아리며 목이 멘다. 도시에 떨어진 악마와 거기 다가가는 천사! 누가 정말 악마이고 천사일까? 거대한 몸통으로 커진 도시마다 이런 곰팡이 실은 어둡게 퍼져 사람들을 실신시키지만 그것을 거두어 빛 속에 말리는 또 다른 삶도 있다. 작가 박인성이 마음먹고 주장하고 싶어 하는, 그래도 살 만한 빛이 우리 옆에 있다는 그런, 소설 철학 또는 슬기 맑힘의 심줄 박기가 이 작품 속에 맑고도 단단한 이야기 가락으로 이루어지고 있어 보기가 좋다.

(2) 하염없는 떠돎과 헛말질

사람들은 늘 떠돈다. 마음이 허공을 빙빙 돌기 때문에 몸도 자주 이곳저곳을 떠돈다. 헤맴(방황)은 어쩌면 사람이 지닌 절대적인 뼛골 느낌情調일지 모른다. 19~20세기 초에 유럽 앞 패들이 구시렁대며 지껄이던 실존주의 얘기 가락에서 '불안不安'을 가장 뼛골이 되는 마음속 느낌이라고들 중얼거렸지만, 따지고 보면 '헤맴'이야말로 사람이 살면서 진짜 겪는 '마음의 헛질'로 내겐 읽힌다. 마음의 헛질! 꿈꿈이며 그리움, 바람 따위 모든 게 실은 다 마음의 헛질이 아니고 무엇인가? 박인성이 내보인 일본 여행 길 이야기인 「**지천명이 장난이냐-아키타**」는 이런 사람들의 헛질 이야기를 그려 놓고 있다.

'헛질'이라고 만든 말에는 헛발길질을 비롯하여 헛된 말질, 헛된 주먹질 따위 우리가 '짓'이라고 부르는 움직임에 따르는 별다른 뜻이 있지는 않다. 그냥 움직이고 꿈틀대며 서성거린다. 그게 그냥 삶이다. 이 작품은 그냥 평범한 여행객들이 모여 일본 아키타로 2박 3일 일정의 길을 떠나면서 듣고 본 것들을 지껄이는 이야기이다. 여행이란 어쩌면 뭔가 새로운 것을 보고 들으며 먹고 마시고 그리고 새로운 남녀가 만나 교합을 꿈꾸게 하는 떠돎의 한 꼴새이다. 있던 곳으로부터 다른 곳으로 떠나는 것은 새로운 뭔가가 이 세상 어디엔가 있을 것 같다는 기대 쫓기의 한 형식이다. 하지만 아무리 따지고 보아도 그런 곳이 이 세상 어디에 있겠는가? 모두 다 속살을 파고 들다보면 그 다른 곳에는 전갈도 있고 모기도 있으며 쉬파리나 더러운 똥들도 널려 있는 법이다. 이 작품 「**지천명이 장난이냐-아키타**」에서 눈에 띄는 주인공은, 앞에 적은대로, 뭔가 새롭게 마주쳐 나아가는 중년 남자와 그 밑도리쯤 되어 보이는 여자이다. 그들의 만남 이야기가 우리 독자를 이끄는 힘이며 그 말투 또한 여간 맛깔스럽지가 않다. 그들은 얼핏 보아 퍽 자유스런 사람들이다. 아내가 있는 남자 주인공, 중견회사의 상무. 이 사내는 이구병이라는 친구를 꾀다가 실패하여 홀로 일본 온천 여행을 떠나온 사람이다. 그는 꾀어내려던 친구 이구병에게 전화를 스물두 번이나 하였으나 끝내 그를 데리고 오지는 못하였다. 이것이 이 소설의 중요한 이야깃거리이다. 그들 여행객들이 탄 버스 안에서 그는 40대쯤 되는 아름다운 여인과 같이 앉게 되었다. 행운이다. 눈이 펄펄 힘차게 퍼붓는 일본 땅! 눈 내리는 길에서 본 이 여인은 참 아름답다. 그 여인은 '일어학원 강사고, 아직 미혼이고, 혼자서 살고…', 그런 인물이다. 눈 내리는 일본 땅에서 만난 이 두 남녀가 나누는 말맛은 훈훈하고 아기자기하다. 말 비틀기와 특이하게 비꼬는 듯한 말투는, 그들 말 부딪치기에서 서로를 가까워지게 하는 달콤함을 더욱 높인다. 이야기를 잘 듣게 하거나 또는 잘 읽게 하는, 재미에 맛을 치는, 작가의 의도적인 이야기 방식일 터이다. 남자 주인공이 떠벌리는, 시 쓰는 친구에 관한 이야기는 이렇다.

'이혼 후 어머니와 아들과 함께 사는데 10년 동안 해외여행을 안 했습니다. 그래서 내가 강제로 데리고 나오려고 했죠. 그런데 공항에 나오지 않았어요. 출발 30분 전에야 저는 친구를 포기하고 세관을 통과했지요.'

'간단명료하군요. 저는 복잡한데…'

'사실은 복잡합니다. 문학적으로 그렇다는 겁니다. 전화를 스물두 번이나 했습니다.'

'공항에서요?'

'아뇨. 처음부터 해서. 첫 전화는 이랬어요. 야, 너 여권 있냐? 만들어라. 나랑 한 이틀 나갔다 오자.'

'그랬는데요.'

'이 친구 말투가 이랬습니다. 여권이랬겠다. 내가 그런 게 어딨어? 혹시 여

관이라고 말한 거 아니겠다? 읊다. 왜?'

'번번초록이로군요.'

'블랙적 희희낙락이에요. 그 친구, 위가 흔들려서 아무 것도 못 먹겠는데 초코파이만은 들어가더래요. 그래서 두 달을 초코파이만 먹고 살았더니 몸 무게가 10킬로로 줄더래요.'

이런 말장난, 이른바 미학이론이 정한 금줄에 맞추면, 기지(위트)가 작품 전체를 감고 돌면서 이 두 주인공의 말투에는 거침이 없고 막힘도 없다. 비아그라, 시알리스 이야기가 남녀 모두에게서 넘나들고 이런 둘의 말 넘나듦은 스스럼없이 다가선 관계로 익어 갔음을 나타낸다. 이야기가 이어지는 동안 동승한 여행객들의 여러 눈길에 대하여 그는 이렇게 적어 놓았다.

　　역시 그랬다. 버스에 올라타던 일행들이 둘이 같이 앉아 있는 여자와 남자를 보면서 누구는 웃었고, 어떤 아주머니는 째려보았고, 어떤 노인네는 침을 흘렸고, 어떤 아이는 히히거렸고, 어떤 커플은, 어머나, 낮게 소리를 냈다.

　　사람의 한살이란 무엇인가? 자아 '내'가 누군지를 찾아 이리저리 끊임없이 떠돌며 헤매는 발걸음을 이 작가는 꽤 깊이 있게 읽고 있다. 식사 자리에서도 다시 버스에 앉는 자리에서도, 하루 종일 함께 붙어 다닌 그들이 마지막 헤어지면서 은밀하게 주고받은 말은, 그날 밤 여인의 방으로 와도 된다는 미끼 말이었다. 친구를 생각하면서 대어를 낚을 수 있겠다고, 여인 후리는 일을, 그렇게 생각하였던 그 낚는 일을 고심 끝에 등지고, 그들은 그날 밤을 아무 일 없이 잘들 잤다. 그렇게 남녀가 아무런 관계를 잇는 일에 나서지 않고 홀로들 그날 밤을 지낸 다음 이 여행은 모두 끝났다. 깊은 만남은 뭔가, 서로가 깊이 부딪쳤을 때, 비로소 서로를 묶는 형식으로 짜인다. 이렇게 밋밋한 밤잠을 지내고 나서, 헤어지는 마당에 주고받으려던 알림 길, 얘기나 뒷날을 기약하는 약속 따위는 그저 밋밋한 파장일 뿐이다. 그러니 이 두 남녀가 만난 여행에서 작가가 하고 싶어 한 속뜻은 무엇이었을까? '삶의 비의' 찾기! 너와 나, 나와 내 아내, 그리고 아내와 남편, 그들은 서로 건너 편 강둑 위에 서서 서로 아무 것도 모르는 채 그럭저럭 살고 있는 게 아닐까? 너와 내가 홀로 짊어지고 건너가는 삶이라는 시퍼런 강물, 그 묵묵한 걸음 속에 삶의 비의는 숨어 있는 것이 아닐까! 그게 바로 우리가 찾는 '삶의 비의' 속에 숨겨진 어떤 것이라는 외침, 그것일 터이다.

그가 우산을 받아 들었다. 어쨌거나 쏟아 내리는 눈을 막기는 역부족이었다. 하지만 둘 사이의 친밀감은 증폭되었다. 이것은 무슨 인연인가. 이국에서 봐서 그런지 여자는 예뻐 보였다. 가만 가만 걷는 데도 눈 속에 발이 푹 빠지곤 했다. 인도 북부를 헤매던 15년 전에도 그랬었다. 잘못했으면 얼어 죽을 뻔 했다. 그랬으면 마누라는 교회에 더 매달렸겠지. 그때나 지금이나 인생의 비의秘意에 빠져 헤매긴 마찬가지다. 아이그너 핸드백에 무슨 비의가 있겠는가. 아내는 그걸 알지 못한다.

이 서로가 서로를 모른다는 비의는 아마도 작가가 남자인 자기 한 쪽으로만 눈길을 준 탓으로 그렇게 보였을 수 있다. 아내들이 아이그너 핸드백에 빠지는 건, 그들이 비의란 이 세상에 없다는 걸 이미 깨우쳤기 때문일 수도 있다. 누구도 내 앞의 너는 모른다.

4) 끝 말

작가란 무엇을 하는 사람인가? 우리는 일상적으로 우리 앞뒤나 옆에 있는 모든 물상을 다 보고 들으며 읽는다. 그러나 우리가 보는 것은 실은 보이는 것만 보거나 들리는 것만 듣는다. 게다가 우리는 우리가 보고 싶은 것, 듣고 싶은 것만을 또한 골라 보거나 듣는다. 그렇기 때문에 우리가 보는 세계가 다 올바르게 보인 것이라고 말하기는 어렵다. 그런데 작가는? 이라고 물으면 아마도 이렇게는 대답이 될 수 있을 터이다.

첫째, 작가란 여러 사람들의 손짓 발짓을, 눈 치뜬 짓들을, 본 대로 들은 대로, 그가 특별하다고 본 것을 이야기로 말하는 사람이다. 그러나 그런 특별한 것은 별로 많지가 않다. 그래서 작가는 그의 작가 됨에 큰 짐을 진 꼴새이다. 여기 박인성이 옮겨 적은 이야기들은 어쩌면 모두 다 꾸민 이야기일지도 모른다. 그러나 그 꾸밈은 어디까지나 작가 마음 겪음의 열매일 터이므로 그 값은 크다. 둘째, 그러면 그가 읽고 본 것은 진짜에 가까운 것인가? 진짜가 아니라면 어떻게 사람들이 속아 그걸 진짜로 읽겠는가? 적어도 그런 치열함이 없이 작가가 되기는 어려울 것이다. 셋째, 작가는 적어도 물상의 겉들 속에 감추어진 진짜 속살을 캐어 드러내는 일에는 정말 머리를 싸매고 파고들어야 하는 짐을 진 사람일 터! 이것이 이 작품집 속에 들어 있는 소설적 비의의 큰 빛이다. 넷째, 그들은 나쁜 것과 좋은 것을 골라내어 빛에 비춰 주는 짐을 진 사람이다. 박인성이 이 소설집에서, 나쁜 짓을 한 사람들에 대해서 미워하는 마음을 감춘 채 거기에다 따뜻한 불길을 주어 봉합하는 이야기 기법을 쓴 것은, 덕도 있고 손해도 있을 것이다. 예컨대 「**아들과의 마지막 여행-하카다**」에 등장하는 앵벌이 사업꾼들에 대한 분노를 폭발시키지 않고 곧바로 그것을 깁는 서도형 목사 얘기로 넘어 서는 것 같은 예가 바로 그것이다.

앵벌이 꾼들에 대해서, 그 조직의 악랄함에 대하여 독자는 알고 싶다. 그것을 그렇게 놔두는 경찰이나 정부 얘기도 듣고 싶다. 그러나 작가는 거기서 입을 닫았다. 왜 그랬을까?

그런 따위 악마들에 대한 분노심을 확장하여 이야기를 이끈다면 어떤 이야기로 바뀔까? 그래서 다시 장성급 군인 깡패 이야기와 함께 이 화두를 깊게 한다면? 그것은 아마도 비판적 사실주의 따위 소설로 나아갈 확률이 높겠다. 하지만 그 길에서 반드시 성공하리라고 장담하기는 어렵다. 그래도 그런 사회 병균을 치유하는 도덕적 실천으로 또한 힘차게 지켜 나간다면 거기에 성공의 보장은 있을 수 있을까? 그것 또한 장담거리는 못된다. 그러니 이 선악 문제에 대한 작가 심판 얘기는 여러 독자의 몫으로 맡기는 수밖에 없다.

2010. 11.

집짓기 공리로 읽는
버력도시 서울

–구연상의 장편소설 『부동산 아리랑』에 부쳐–

자기가 지닌 것으로 남을 부리거나 무릎 꿇게 할 수 있는 자유가 보장된 사회! 많이 지닌 사람들이 누리는 그런 그들의 자유란 얼마나 신나는 일일까? 그러나 그런 이들에게 부림당하면서 일생을 굽실대는 삶밖에 허여되지 못한 사람들에게 자유란 그저 설움을 참고 견딜 굴욕의 몫일 뿐이다. 더러운 모여살이 꼴새이다. 인류는 이런 자유질서를 동서양 역사 속에서 아주 오랫동안 유지해 왔다. 그래서 작가는 늘 반역의 길 위에서 말로 그들 부라퀴의 뒤통수를 까뭉개는 곡괭이질을 할 수밖에 없다.

1) 금광도시, 금 캐는 이들의 버력도시

⑴ 출세와 돈벌이, 질 좋은 교육과 삶의 질 또는 환상

1930년대 작가 김유정은 「금 따는 콩밭」, 「따라지」, 「노다지」 등의 단편 작품들을 써서 당대 사회가 일확천금을 노리는 거지 패들의 삶임을 밝혀 보여주었었다. 거지란 누구인가? 하루하루 입에 넣을 음식을 구할 수 없는 데다가 잠잘 자리조차 없어 다리 밑이나 산비탈에 움을 파고 거적때기로 비바람을 막은 곳에 옹기종기, 얻어온 깡통의 밥과 반찬을 먹으면서 나날을 버티는 인생을 우리는 거지라고 불러왔다. 하지만, 실은 남의 것을 빼앗아 뒤에 감추면서 눈알을 뒤룩거리는 너무 많이 가진 자들, 그들이 진짜 거지임을 우리들은 눈치 채지 못하고 있다. 왜국이 그 당시에는 그런 거지 나라였다. 남을 수단으로 삼아 제 나라 경제를 일으키겠다는 것은 거지들에게나 맞는 행티이다. 세계역사가 제국주의의 갓길을 내면서 나라를 일으켰던 로마제국으로부터 대영제국, 몽골제국, 일본 제국, 미제국 따위 남을 먹이로 삼는 나라 패들이 툭하면 지껄이던 말은 자유였다. 대영제국 시절에 소설을 썼던 영국 작가 조지 오웰이 꿰뚫어 읽었던 것은 이렇게 힘을 가진 자들의 횡포였다. 그가 미처 표면적으로 출판하지는 못하였다던 말 가운데, 자유에 대한 시큰둥한 이야기 하나가 늘 내 눈을 찌른다.

모름지기 자유라는 것에 그 어떤 뜻이 있다고 한다면, 그것은 상대가 듣기 싫어하는 것을 억지로 귀에 쑤셔 넣는 권리일 것이다.

영국 식민지였던 미얀마에서 영국인 경찰 노릇을 하면서도 그는 세상살이의 고약한 불균형과 부조리, 더러운 폭력조직의 폐해를 제대로 읽었다. 이른바 자본주의라는 말은 제국주의라는 말이나 식민주의라는 말과 같은 말이다. 이것은 신자유주의라는 말로 몸을 바꾸면서, 너무 많이 가진 자들의 고약한 탐욕을 부채질하는 세계로 재편되어 왔다. 그런 고약한 삶 판에 묶여 살면서, 당대 삶에 대하여, 작가란 정말 어떻게 무엇을 말해야 할 것인가?

구연상의 장편소설 『부동산 아리랑』을 읽었다. 이 소설은 독특한 빛을 내며 사람을 이끄는 힘을 지닌 작품이다. 이 작품은 대학교 시간강사로 입에 풀칠하는 주인공 한창국과 그의 부인, 그리고 예진이라는 큰 딸과 둘째 딸 그리고 셋째 아들을 낳고 사는 그야말로 아주 평범한 한 가족의 살림살이 얘기이다. 가족이 살려면 집이 필요하다. 그는 대학교 시간강사이므로 고정된 월급은 없다. 강의하는 시간 수만큼만 정해진 급여를 받는다. 강의가 없는 방학 때면 들어올 돈이 없다. 노동시장에서 말하는 막일 품팔이꾼의, 한국 대학교 지식사회의 현주소에다, 그는 이야기의 닻을 내렸다. 이 주인공에게는 학교에 갈 딸아이가 있기 때문에 한국 사회 초등학교의 교육 실태 또한 이 이야기의 한 틀로 살아난다. 초등학교 담임교사 이야기가 칙칙하게 끼어든다. 촌지를 받아 챙기려고 아이들을 따돌리거나 학부모를 걸터듬는 교사 이야기가 참 꾀죄죄하다. 작품 이야기의 핵심은 짐짓, 내 집 장만하기라는 서울의 떠돌이 이야기이지만, 그들의 떠돎 속에는 그들이 그렇게 떠돌 수밖에 없는 어떤 거대한 훼방꾼 안개가 어딘가 도처에 도사리고 있다는 진술을 목표로 하고 있다. 이상하게 읽기에 재미있는 이 이야기를 어떻게 풀어 보여야 할까? 1930년대 박태원의 『천변풍경』에 빗대 볼 수나 있을까? 제목부터 우리 시대가 가고 있는 미심쩍고 어딘가 수상한 삶의 틀을 상징하고 있다. 사람이 지니는 재산 가운데 가장 든든하고 튼튼한 것은 무엇인가? 금이나 돈 또는 채권, 은행잔고 따위를 가장 믿을 만한 재산의 몫으로 치지만 어느 때였나? 아파트라는 이름의 집은 그런 재산 모으기의 가장 큰 쓸모로 들썩거리기 시작하였다. 미국과 영국 등지에 둥지를 튼 거대 돈놀이 패들의 돈놀이로 세계인을 노예로 삼아 온 사채꾼들의 무자비한 어둠은, 이 작품에는 어렴풋한 땅거미쯤으로만 깔려 있다. 골드만 삭스, 모건 스탠리, AT&T, 리먼 브라더스, 메릴린치, 뱅크 오브 아메리카, 제너럴 모터스, AIGAmerican International Group, 시티 뱅크, 월가 따위 무수한 돈놀이 재벌들은 많은 사람들의 희생으로 몇몇 사람들 배만 불리는 탐욕에 젖은 악당들로 이루어져 있다. 이 경우는 한국의 경우도 모두 이어(연동되어)져 있어서, 재벌들은 끊임없이 돈놀이로 돈을 불린다. 이런 재난자본주의(나오미 클라인의『쇼크 독트린』참조) 치하에서 떠돌이 노동자들의 삶은 고달프고 힘겹기 짝이 없다. 철학자 구연상은 이 사회의 그런 어둠을 읽었다.

『공포와 두려움 그리고 불안』이라는 방대한 철학논문을 책으로 묶어낸 중견 철학자 구연상 박사는, 지금 숙명여자대학교 교수로 강의와 연구를 하며 애쓰는 학자이다. 그가 처음 대학원에서 학문 글쓰기의 출발 길잡이로 삼은 사람은 독일의 철학자 하이데거의 생각하기였다. 그래서 위의 그가 쓴 논문집은, 바로 하이데거를 길잡이로 하여 그가 잡은 한국인들 삶의 문제를 풀어내려는 이들의 사람됨 꼴새에 대한 생각 틀로부터, 슬기를 맑힌 글쓰기였다. 한때 그렇게 전 세계에 이름을 흩뿌린 하이데거도 따지고 보면, 히틀러가 미친 부라퀴 짓으로 세계를 온통 어둡게 하였던 시절에 독일의 어떤 대학교 총장질을 하며 나치당원으로 광기 어린 히틀러의 독재를 옹호하였으니, 비교적 떳떳한 철학자는 못 된다. 하지만 그는 그가 살던 시절에 미친 히틀러가 흩뿌리던 광기가 얼마나 무섭고 두려우며 불안을 부채질하였는지는 실존적 물음으로 제대로 적바림하였다. 그것을 잘 읽고 나서 구연상은 우리가 사는 이 시대의 모습은 정말 그런 따위 히틀러 시절과는 어떻게 다른지 또는 같은지를 철학 이야기로 물었다. 그것은 일종의 우리들 삶 판의 옳고 그름을 묻는 슬기 지표이자 슬기 맑힘이었다. 그런데 그가 이제 소설을 썼다. 삶의 옳고 그름을 따지는 말길을 바꾼 것이다. 말로 삶을 이야기하려는 생각 길 넓히기의 한 말투 바꾸기인 셈이다. 변신이다. 그의 작품『부동산 아리랑』은, 대체로 아래에서 보여줄 다음과 같은 세 낱의 말틀을 세우면서 이야기를 이끌어 나가는 소설이다.

(2) 소설 쓰기와 슬기 맑힘

소설 글쓰기는 슬기 맑힘 글쓰기와는 좀 다르다. 말 속에 든 삶의 버력과 금을 바르거나 바르지 않다고 따지는 것이 슬기 맑힘 꾼들이 흔히 쓰는 말투라면, 삶의 금이란 정말 무엇인지를 이야기로 풀어 보이는 말길은 소설 글쓰기에 속한다. 그가 소설을 쓰기로 마음먹으면서 찍어낸 자기 현실은 대체로 다음과 같다.

첫째, 그는 버력으로 가득 찬 도시에 대한 물음을 던지고 있다. 도시에 정말 금은 있는가? 그리고 금이란 정말 가져 볼 만한 값을 지닌 어떤 것인가? 버력이란 금광에서 캐어 내는, 땅속에 수북하게 쌓인, 금이 섞이지 않은 자갈들을 이르는 말이다. 삶의 금광을 찾아 사람들은 금 캐는 금광이나 휘황한 도시로 모인다. 금은 휘황한 빛을 내뿜으니까 도시도 일종의 금광과 같은 곳이다. 도시란 어느 때나 금광과도 같이 사람들을 불러 모으는 곳이다. 그 도시 가운데서 서울은 가히 하나의 공화국이라 이를 만큼 두껍게 커 버렸다. 그래 그곳에서는 누가 진짜 삶의 금붙이를 지녔는지? 서울은 이미 번쩍이는 건물들과 흙을 덮은 시멘트 콘크리트와 콜타르 따위로 생명을 숨 막히게 하는 괴물로 몸 바꾼 지 오래 되었다. 그곳은 낮이나 밤이나 번쩍거린다. 그렇게 서울은 금빛으로 반짝이는 금광이다. 번쩍이는 도시 금광에서 정말 '삶의 둥지'로 값하는 금이란 있는 것인지? 우리는 그걸 자주 묻곤 하였다. 그런데 이 작품 속의 한 인물이 서울로 올라와 삶의 보금자리를 찾아 여기저기로 떠돌면서 지쳐간다. 작가는 이 인물의 지쳐가는 모습을 치밀하게 추적한다. 삶은 집짓기로부터 시작된다. 이 작품 인물은 집짓기에 공력을 들이는 한 순진한 젊은이다. 그런 젊은이의 입을 통해 작가는 자꾸 묻는다. 현대 도시 사람들에게 집이란 정말 무엇인가?

조지 오웰이 20세기 초에 이미 꿰뚫어 읽었고, 그것을 비유로 써 보였듯이, 도시조직 속의 삶이란 무턱 댄 복종의 한 어두운 노역일 뿐이다. 그것은 누군가에게 복종을 일상화하는 종살이일 뿐이다. 파리와 런던의 뒷골목, 인간 시궁창들의 꿈틀댐을 드러내어 가진 자들의 무심함을 비웃었던 조지 오웰은 그래서 조국 영국에서 그의 책들 출판이 거절되곤 하였었다. 집이란 무엇일까? 그것은 현대로 들어서면서 점점 더 흉악한 상품으로 금광 진열창에 즐비하게 내놓아졌다. 그런 집들 속에 사는 사람들은 돈이라는 주인의 종이 되어, 도시라는 금광에서 너도나도, 헛곡괭이질만 해댈 뿐이다. 그러니 그 속에 사는 이들이 누리는 자유란 정말 어떤 것인가? 자유? 오웰이 이미 오래 전에 씁쓸하게 던진 이 '자유'라는 것이 실은 남에게 굽힐 자유, 억압에 눌리고도 참고 견딜 자유, 정권 폭력배들의 폭력에 순종할 자유뿐임을 구연상은 묵묵히 예시하여 보여주고 있다. 구연상의 소설에서 자유의 몸짓이란 끊임없이 뭔가를 꿈꾸면서 이 집 저 집을 내 것으로 하려는 젊은 부부의 애타는 계산과 부지런한 발걸음으로만 치환되어 보인다. 그러나 돈이 없는 사람에게 그럴듯해 보이는 남의 집은 그림의 떡일 뿐이다. 이 소설에서 아파트는 가장 빛나는 집이다. 지닌 돈이 없는 가난한 이들에게는 가진 자들에게 굽실대거나, 아니면 도시 변두리에 뾰족뾰족 솟아난 낭떠러지에 굴러 떨어져, 영영 사라지는 자유도 있다. 힘겨운 노역과 빚더미로 가득 차 있는 금광 도시 서울!

둘째로, 그가 읽은 것은 대학 사회라는 커다란 공룡들의 움직임에 대해서다. 구연상은 대학교의 박사학위를 가진 한 신진 학자가 견뎌야 할 수모에 대해서 깊은 시름을 내보였다. 그는 오늘날 한국 대학교의 지식노동자들이, 배운 앎을 펼칠 기회를 찾지 못한 채 자기 시간을 어떻게 허방치며 보내야 하는지, 그 의미를 묻고 있다. 이 소설『부동산 아리랑』은 가난한 사람의 집짓기라는 힘겨운 노역에 대한 것이지만 그 이야기와 나란히 내세워 보이고 싶어 한 것은 대학 사회가 안고 있는 또 다른 자본주의 폐해에 대해서다. 공룡들의 몸통은 크게 눈에 띄지도 않고 겉에 드러난 행악 또한 뚜렷하게 보이지 않는다. 용이란 원래 눈에 띄는 존재가 아니다. 그러나 대학 사회를 움직이는 것은 어딘가 웅크리고 앉은 이 공룡들에 의해서이다. 오늘날 수많은 재화는 어느 한 곳으로만 흘러간다. 어디로부터 들어 온 것인지도 모르게 슬그머니 기어들어 온 신자유주의라는 이름의 자본가 위주의 경제 구조가 이 나라를 온통 휩쓸어 버리자, 어느새 각 대학교에는 이상한 이름의 비정규직 학자들로 채워져, 실력을 쌓은 신진 학자들이 언제 대학교수가 되어 안정된 학문을 할 수 있게 될지, 아무도 감을 잡을 수 없는 시대로 바뀌어 갔다. 학문에 대한 열정과 꿈이 있는 인재들이 대학원에 들어와 근 십여 년에 걸쳐 비싼 등록금을 내고 박사학위를 마치고 나면, 시간강의를 받아 전임교수나 수강학생들의 눈치나 살피면서, 쥐꼬리만한 강사료로 책 사 읽으랴 생활하랴 각종 학술 발표 모임에 나가랴 돈 쓸 데는 점점 많아지는데, 강사료는 제자리걸음인 채 방학이면 그것조차 뚝 끊어진다. 학부를 졸업하고 나서는 대학원 수업을 들어야 하고, 또 논문을 써서 통과해야 하는 나이에 들면, 대체로 혼인하여 아이들도 낳고 아내에게 살림할 돈도 줘야 하는 짐을 지게 된다. 신진 학자들은 박사라는 이름만 어깨에 달고 자존심 하나를 달랑 멘 채, 대학교라는 허영의 시장에서 눈 똑바로 뜨고 또 힘차게 발걸음을 내걷기에 영 힘이 빠지는, 그런 삶을 겪어야 한다. 앞날에 대한 보장을 도무지 짐작할 수가 없기 때문이다.

신자유주의 얘기가 겉으로 떠오르기 전에는, 그래도 박사학위를 받은 뒤 으레 시간강사를 좀 하다가 교육 경력을 쌓고 논문이나 저서를 써서 연구 실적이 쌓이면, 전임강사로 임용이 되기도 한다. 그러면 월급을 정식으로 받는 학자로 설 수가 있었다. 그렇게 열심히 가르치고 연구 실적이 오르면 당연히 조교수가 되었다가 다시 부교수가 되고 결국은 정교수가 된다. 그러면 일단 한 학자로서의 일생은 먹고 살면서 생활하는 데 큰 걱정 없이 살아갈 수 있다. 그나마 체면이 선 것이다. 그러나 언제부터인가, 바로 그 신자유주의 물결로 재산가들이 각 대학교에 슬그머니 발을 딛기 시작한 뒤로부터 학자들은 그냥 피고용인으로 전락하고 말았다. 이 가운데서 시간강사들의 나날이란 어느 때부터였는지 앞날이 안 보이는 비정규직 노동자로 굴러 떨어졌다. 비정규직 노동자란 땅 파고 짐 져 나르거나 학생들을 가르치고는, 막노동자들답게 고용주가 주는 대로 돈을 받는다. 그런 일터는 고용주들의 마음이나 그 사정에 따라 다시 나오게 되거나 못 나오게 되거나 한다. 그러니 그들의 삶이란 하루 벌어 하루 살고 또 하루 벌어 하루 사는 삶을 연명할 수밖에 없다. 오늘날 우리 시대가 안고 있는 가장 심각한 사회 문제들 가운데 하나이다.

2) 둥지치기 또는 땅의 집짓기

사람들은 일생을 살면서 몇 낱의 집을 짓는다. 남자든 여자든 나이가 들면 자기의 짝을 찾는 일에 눈뜬다. 시절을 따라 짝을 찾는 방식도 다르고 오랜 풍습이나 믿음, 생활환경에 따라, 이 두 남녀가 만나 하나의 집을 짓는 절차는 다르다. 하지만 젊은 남녀가 만나 서로 살을 붙이며 사는 것은 '하늘의 집짓기'라 부르는 집짓기에 이른 것이다. '하늘의 집'은 두 남녀가 그들의 부모 친지는 물론 이웃의 눈빛 아래에서 만나 자식을 낳아 기르면서 자기들 삶의 방식을 이어가는 것이다. 먹이 구하는 법, 잠자는 법, 그리고 둥지를 트는 법 따위를 배워 익히며, 그 만남을 안온하고 따뜻한 햇볕 아래 이어가려고 마음 쓴다. 다음은 '땅의 집짓기'

이다. 하늘의 집으로 가정을 이룬 이들은 마땅히 그들이 먹고 마시며 잠자며 쉴 집을 짓는다. 이 집짓기가 사람들에게는 반드시 거쳐야 하는 집짓기 행보이다(민족의 집짓기나 우주의 집짓기 또한 사람들에게는 한 몫으로 남아 있지만 여기서는 줄인다). 땅의 집짓기와 관련한 빼어난 시조가 우리 앞에 놓여 있다. 한국 사람들이 자주 외는 빼어난 시이다. 16세기 조선조에서 한성부윤 등의 벼슬살이를 했던 송순(1493~1583)은 우리가 알기에 「면앙정가」로 유명한 문인인데 그가 쓴 시조에 이런 마음이 있다.

> 십 년을 경영하여 초가삼간 지어내어
> 나 한 간 달 한 간에 청풍 한 간 맡겨두고
> 강산은 들일 데 없으니 둘러두고 보리라

　머릿속에 그림으로 그려지는 이 집짓기는 참 아름답고 여유로운 풍경의 하나이다. 이 시절에 집이란 어떤 뜻이었을까? 섣불리 속단할 일은 아니다. 4백여 년 전 사람인 데다 일흔일곱 살에 한성부윤(지금 서울시장 격)을 지내다가, 벼슬을 사양하고 경관 빼어난 지역인 전남 담양에 내려가 유유자적하였을 터이니, 이런 집이야말로 정말 시조 속에 살아 펄펄 나는 아름다운 땅의 집짓기로 읽힐 수밖에 없다. 그때엔들 왜 큰 집에다 번쩍이는 가마, 굽실대는 종들이 없었겠는가? 대대로 내려오는 양반가문에서 벼슬살이를 50여 년이나 하였다 하니 그가 산 집이 정말 어떠했는지 잘 가늠이 가지 않는 형편이지만 그가 그린 집은 저랬다. 큰 집, 큰 자동차, 번쩍이는 기물이야말로 여유가 통 없는 인생에게는 눈요깃감으로도 시큰둥한 장식물이나 아닐 것인가?

　그런데 이 소설 『부동산 아리랑』의 주인공 한창국은 대학교의 한 시간강사일 뿐이다. 대학교에서는 가장 심란한 입장에 서서 스스로 앞날을 열어 가야 하는 비정규직 지식 노동자라는 뜻이다. 시골에 살았던 이 젊은 학자는, 부모님의 정성으로 서울에 유학 와서, 대학원까지 마치고 박사학위를 받아 이제 겉보기에는 어엿한 대학교 시간강사이다. 비록 시간강사일지언정, 실정을 잘 모르는 학생들이 가끔씩 교수님이라 불러 주기도 하지만, 그의 마음이나 주머니는 늘 텅 비어 있다. 그러나 그래도 그를 믿고, 사랑한 여인과 혼인하여 위로 두 딸과 막내아들까지 자식을 셋이나 둔 가장이니 마음의 무게는 엄청나다. 하늘의 집짓기에 성공한 사람이므로 이제는 땅의 집 한 간은 온전히 지어야 한다. 그러나 이 '땅의 집짓기'를 성공하지 못하면, 삶은 나날이 어둡고 괴로울 수밖에 없다. '땅의 집짓기'는 '돈'으로만 결판이 나게 되어 있다. 돈은 서울이거나 사회라는 금광에서 금을 캐야 나온다. 서울은 금광도시인 데다가 사방을 둘러보아도 책상물림에게는 버력들만 우툴두툴 널려 보이는 곳일 뿐이다. 비정규직 지식 노동자인 시간강사가 집을 구하려고 다니는 나날! 그 괴로운 이야기를 그는 이렇게 표현하였다.

재건축에 관한 뭉글대는 생각들이 머릿속을 뒤죽박죽 들락거렸지만, 나는 더욱 늘어난 강의 시간에 쫓기는 바람에 부동산 문제는 거들떠볼 겨를조차 없었다. 아내는 아내대로 초등학교 다니는 큰 애와 유치원에 다니는 둘째 그리고 갓난아기의 뒷바라지에 눈코 뜰 새가 없었다. 우리들의 어제와 오늘 그리고 내일은 마치 그 끝이 보이지 않는 흰 종이 위에 그려지는 밑줄처럼 하루하루 막막하게 이어질 뿐이었다. 우리가 하루를 아무리 새벽부터 늦은 밤까지 꼬박 꽉꽉 채울지라도 아침이면 우리 앞엔 또 다른 텅 빈 하루가 댕그러니 펼쳐져 있었다. 하루와 또 하루는 땡볕 아래 늘어진 엿가락처럼 서로 찍찍 달라붙곤 했다. 어느 날은 새지도 않은 채 흘렀다. 시간의 끈적대는 더듬이 손에 붙잡힌 우리는 똑같이 되풀이되는 아침이 차라리 오지 않기를 바라곤 했다.

이 장면은 작품의 뒷부분에 해당하는 곳이다. 이미 그들은 여나무 군데 이·저 부동산을 거쳐 손에 쥔 돈에 맞는 집을 고르려고 이리저리 바쁘게 돌아다녔다. 그러나 그들에게 잘 맞는 집은 버력도시 서울에는 없다. 그곳은 이미 모두가 자갈들로만 쌓인 곳이자 곧 금광이기 때문이다. 금광의 주권은 언제나 다른 사람이 지니고 있다. 돈을 구하는 방법은 빚이다. 빚! 금광도시 서울은 사람과 사람들 사이에 이루어진 '빚'으로 쌓인 허허벌판이다. 이 작품 첫 머리는 이렇게 시작한다.

'야 이 개새끼들아!'
아내가 후다닥 안방으로 뛰어 들어가는 소리가 들렸다. 나도 엉겁결에 자리에서 벌떡 일어났다. 내가 문을 삐죽 열고 들어서자 아내는 손을 휘휘 내저으며 짜증 섞인 목소리로 외쳤다.
'얼른 나가서 좀 말리고 와!'

이 작품 첫 장면은 아파트라고 하는 물건을 서울 어떤 지역에 지어 팔곤 하는 집짓기 이야기로부터 시작한다. 전세 들어 사는 사람은 늘 주눅이 들어 살 수밖에 없다. 언제 집세를 올려 달라고 요구할지 모르는 나날의 삶! 그러나 문제는 집주인에게도 닥친다. 빚내어 지은 집이 잘 팔리지 않거나 빚 감당이 되지 않으면 그도 또한 길바닥에 나앉게 되어 있다. 그런 입장에 처한 한 빌라 집주인은 밤낮을 가리지 않고 소리소리 지른다. 금광도시에서 살아남기 위한 어이없는 꿈틀댐! 그것이 이 소설 첫 장면부터 우리에게 다가서는 긴장이다. 술을 퍼마시고 밤낮 가리지 않고 전세 돈을 올려 달라고 을러대는 행패 이야기는 도시 서울이 그야말로 삭막한 사막임을 암시한다. 너도 나도 그냥 떠돌이인 채 금을 캐겠다고 서성대는 도시인들의 안타까운 삶, 그것이 이 이야기의 핵심이다. 전셋집 주인과 전세 든 손님! 주인공 한창국에게 돈은 딱 그곳 전셋집 주인에게 낸 5천만 원뿐이다. 그런데 거기서 더 올려 달라고 한다면 그 돈으로 마땅한 집을 얻기란 도무지 불가능하다. 집이 그냥 재산 불리는 물건으로 굴러 떨어진 도시 서울의 썰렁한 풍경이 이야기 마디마다 풀린다.

1970년대 들어 이악스런 사람들은 아파트나 빌라를 지어 전세를 놓거나 푸짐한 값으로 팔아 엄청난 떼부자가 되곤 하였다. 한국의 재벌들이라는 패들이 실은 모두 다 이런 집짓기 공사로 돈을 벌었다. 돈이 늘어난 재벌들은 나중에 다시 돈놀이로 돈의 부피를 불려 나간다. 박정희를 필두로 한 총잡이 패(군벌)들이 정권을 통째로 빼앗자 '잘살아 보자!'는 근대화 구호로 떠들썩하게 사람들을 혼란시켰다. 그들이 키운 것은 조용히 있던 산야를 까뭉개면서 '개발! 개발!' 뭔가가 달라진다는 느낌을 주면서 땅과 갯벌을 파헤쳐 시멘트 구조물을 세운 일이었다. 휘황한 건물들이 세워지면서 이른바 근대화가 이루어진 것처럼 키운 것이 실은 돈놀이꾼들의 주머니를 배불리게 한 강도질 놀이었다. 농촌의 도시화는 곧 근대화였고 근대화는 농민과 노동자를 하층계급으로 편입시키는 정치 경제 사기였다. 돈은 늘 새끼를 친다. 그것도 곱에서 곱으로 눈덩이처럼 늘어나는 게 돈의 새끼치기이다. 가난은 그렇게 대물림으로 늘어나고 부자는 또 대물림으로 쉽고도 편하게 돈을 늘린다. 그게 이 시대 돈벌이의 공식이다. 은행 뒤에 숨어 사람들을 종으로 만드는 부라퀴 거지들! 그렇게 돈 늘리는 공식 속에 섞여 사는 돈 없는 사람들은 그들 돈놀이 패들의 종살이로 떨어질 수밖에 없다. 이런 장면은 70년대를 살았던 작가들의 눈에 뚜렷하게 뜨인 풍경이었고 그들의 소설은 바로 그런 것들을 그려 보인 내용이었다. 지금은 고인이 된 이문구나 황석영, 윤흥

길 등 원로급 작가들이 즐겨 잡아내어 쏘아 댄 말 총질들은 바로 이 개발 금점꾼들에 대한 고발이자 역사적 증언이었다. 「해벽」, 「삼포 가는 길」, 「아홉 켤레 구두로 남은 사내」 등의 작품으로 1970년대를 달구었던 개발투기꾼 장면은 이 작품 속에서도 어렴풋한 내림으로 드러나 보인다. 아파트는 하늘로 치솟게 집을 지어 파는 방식의 집이다. 이 작품의 주인공이 본 것은 사고팔 집들을 지어 큰돈을 벌려고 하는 사람, 즉 망가져 가고 있는 여러 금점꾼들의 모습이었다. 금점꾼! 일확천금을 노리는 사람들은 금광으로 몰려든다. 그들을 일러 금점꾼이라 부른다. 거기 말려드는 노동자들이란, 말이야 일확천금이지만, 실은 살아남기 위한 가난 병 환자들이 땅 속에 묻힌 금을 찾아 나섰던 내용이다. 그러나 그들 또한 금광의 주인, 자본가, 재벌, 돈 댄 사람들이 부리는 그냥 막노동꾼, 종에 지나지 않는다. 1930년대에 날쳤던 금 캐기 산업은 1970년대로부터 서울이라는 집짓기 금광으로 바뀌었다. 「서울찬가」가 울려 퍼지는 가운데, 군부독재 시절의 한국은 떠들썩한 개발독재 열기에 휩싸였다. 서울로, 서울로 사람들은 몰려들었다. 도시 계획 지점을 아는 사람들은 이리저리 개발될 땅을 싸게 사서 집을 짓기만 하면 비싸게 팔아 떼부자가 되는 판이었다. 알토란같은 금광이 곧 집 장사였다. 재난자본주의의 정확한 한 모습이었다. 농촌의 도시화! 그것이 곧 자본주의였다. 순식간에 가진 자와 못 가진 자로 바꾸는 일을 근대화는 저질러 놓았다. 박정희가 빌어다 밀어붙인 미·왜식 개발 근대화, 자본주의식 농촌의 도시화 추진이었다. 그를 부추긴 것은 누구일까? 분명 눈에 띄지 않는 자본일 터이다.

어떤 지역에 사느냐, 어떤 아파트에 사느냐, 빌라냐 단독이냐? 몇 평짜리 아파트냐? 사람됨의 값은 이것으로 순식간에 결판나도록 꾸며져 왔다. 금광도시 서울은 점점 몸을 부풀리며 늘어나곤 하였다. 이 작품 주인공이 발품 팔아 떠돌며, 여러 동네 복덕방(이 이름은 부동산이라는 이름으로 바뀌어 일종의 학문으로까지 승격되었다.)을 이리저리 찾아다니면서 익히고 알게 된 것은, 서울이 돈의 종살이로 전락한 삭막하고도 쓸쓸한 동네라는 것이었다. 그는 이런 삭막한 금광도시에 버력질만 하면서 지쳐가는 스스로를 이렇게 규정하고 있다.

나는 정신의 고귀함을 탐구할 때 자족을 배우지만 육신의 비천함을 인정해야 할 때 하루하루 닳아 버린 배터리 신세가 되는 오도 가도 못하는 이중생활자와 같았다. 그렇다고 내가 그 이중의 땅에 뿌리를 내린 것도 아니었다. 내 삶에는 아직 뿌리내릴 고향이 없었다. 나는 탈을 뒤집어 쓴 해학과 풍자의 얼굴로 삶의 갈림 길목에 이정표처럼 새겨진 못생긴 나무 토막일 뿐 하늘과 땅, 들판과 그늘 터 그리고 삶을 아름답게 보살피는 아름드리나무가 아니었다. 내가 삶을 살아가는 곳은 집이 아니라 비바람 피할 길 없는 길가였다. 누군가에 의해 조각된 얼굴을 달고 서 있는 나는 뿌리가 끊기고 가지 부러진 몸으로 시름시름 앓으며 새들새들 시들어갈 뿐이었다. 해와 달과 별 그리고 꽃과 나무와 모든 생명체가 태어나면 끝내 이울고 말지만 나는 조잡든 삶에 메말라 온몸이 쩍쩍 갈라지고 피폐해졌다.

도스토예프스키 작품 『어느 지하생활자의 수기』가 그려낸 금광도시 뻬쩨르부르그에서 겪는 춥고 삭막한 한살이 분위기를 이 작품 주인공은 빼닮았다. 그러나 이 작품 주인공 한창국 옆에 그래도 진짜 금은 반짝이며 늘어서 있었다. 그것은 사람 몸속 어딘가에 자리 잡혀 있는 사랑을 담고 있는 우정이고, 사람 사이에 아직도 사라지지 않는 믿음이 그것이다. 그것이 바로 이 작품을 읽게 하는 감동이며, 반짝이는 금물결이고, 사람이 찾아 나서는 금 캐기의 중요한 몫이다.

3) 버력 어딘가에 숨은 금 찾기-맺음말

금광을 개발하던 패들이, 가난한 사람들을 감질나게 하면서, 한국의 온 산을 파헤치던 시절이 있었다. 바로 왜정시대였다. 위에서 밝힌 대로 김유정의 「금따는 콩밭」이나 「노다지」, 「만무방」 속에서는, 일확천금의 지름길인 금 캐기에 중독이 들었던 떠돌이들을 집에 가만히 있게 하지 않았다. 아니 그들은 나날을 굶으면서 살 수밖에 없는 극빈의 처지 속에 놓여 있었다. 왜놈들이 들이닥쳐 빼앗아 간 기름진 농토나 재산이 될 만한 산이나 강, 갯가나 바다의 물산들은 모두 다 왜정 부라퀴들에 의해 완전히 갈취를 당했었다. 그래서 한국에 몇 남은 젊은이들은 고된 노역으로 하루하루를 겨우 버티는 삶을 꾸려 나갔다. 게다가 싼 임금의 떠돌이 일꾼들을 일터에 놓고 부려 큰돈을 움켜쥐는 데 맛을 들인 부자들은 좀처럼 그 욕망의 덫을 풀 생각을 하지 않았다. 인간의 덫, 그것은 욕망의 끝없는 확장이었기에 노역에 시달릴 대로 시달리는 일꾼들도, 실은 다 같이 똑같은 사람이라는 생각에 아예 눈을 돌리지 않았다. 왕권 이념에 젖어 있던 시절에 쓰레기 같은 인간은 양반이라는 텃세로 거들먹거리면서 스스로 짐승만도 못한 부도덕성을 눈 감았었다. 그러나 재난자본주의의 세력이 커지면서 돈의 위력이 양반 이상의 고자세를 누릴 수 있게 되자, 돈을 지닌 패들은 더욱 고약한 이기심과 탐욕으로 스스로 사람됨의 값을 더럽혀 왔다.

그러나 이런 삶의 싸구려 삶 판에도 진짜 반짝이는 삶의 금은 있었다. 이 작품에서 가장 반짝이는 금빛은 그의 친구 평수였다. 그는 주인공 한창국이 돈을 늘려 빌라의 평수를 넓히려 하자, 그에게 조건 없이 돈 3천만 원을 꾸어 주었다. 이 돈 빌리기 길목에서 우리는 주인공 창국의 사람됨을 만나게 된다. 이 작품 이야기 진행 길에 나선 주인공은 우욱 성도 잘 내고, 파르르 하는 말투조차 평범하고 요령 없는 인물이지만, 그 사람됨의 깊이는 바로 이 장면에서 튀어 오른다. 조그만 삽화 하나는 친구 평수에게 돈을 준 사건 이야기이다. 학생 시절 친구 평수는 자기 아버지가 병들어 수술을 해야 하는데 비용이 없었다. 그때 주인공 창국이는 조건 없이 선뜻 돈을 빌려 주었다. 나중에 안 사실이지만 그 돈은 창국이의 대학 등록금이었다. 학교에 낼 등록금을 친구에게 빌려준 것은 바로 평수의 기억 속에 살아 있는 금이었다. 그 금은 곧바로 한 창국이 어려울 때 선뜻 3천만 원으로 되돌아왔다. 우리들 삶의 금이란 결국 무엇인가? 그것은 사람다움일 터인데, 사람다움이란 마음의 따뜻함이고 그것을 남에게 전하는 불 지핌이다. 금광도시 서울은 겉보기에 불을 지피는 마음의 따뜻함이 메말라 버린 곳이 되었다. 그러나 그에게는 또 다른 숨겨진 서울의 금이 있었다. 태우라는 옛 친구가 그 금이다. 이 장면은 직접 이야기를 옮겨 보겠다.

　'누구? 창국이? 오랜만이다! 연락 좀 하고 살아라! 그런데 무슨 일로 전화했어?'

　'지금 통화 가능해?'

　'길게는 안 되고…. 지금 물 배달하고 있는 중이거든. 얘기해!'

　나는 간단히 집을 사게 된 경위와 돈을 빌리고 있다는 얘기를 시작했다. 정치 선배도 통화에 쫑긋 귀를 기울였다. 태우는 다른 사람에게 말을 건네 가면서 내 얘기를 듣고 있는 듯 했는데 내 얘기를 알아듣자마자 먼저 빌려 줄 수 있는 액수부터 얘기했다.

　'현재는 2천 5백밖에 못 빌려 주는데, 어쩌지? 내가 카드 결제가 어렵게 돼서 현금이 좀 필요하거든. 급하게 막아야 할 현금 결제는 끝났으니까 그 정도는 빌려 줄 수 있어. 필요할 때 전화해! 나 일해야 하니까 나중에 통화하자! 미안!'

이렇게 각박한 도시 삶 속에도 이런 금빛은 늘 살아 있다. 그것이 이 작가가 돈으로 온통 뒤발라진 인간 사막 속에 박아 두려고 작정한 금맥이라고 나는 읽는다. 그렇게 이 주인공은 5천 5백만 원을 손에 넣게 되었다. 그리고 이 버력도시 서울 한복판에는 또 다른 금맥이 있었다. 그 하나는 전에 자기 집엘 들려 가난 얘기를 그렇게 맛깔스럽게 들려주었다고 나오는 정 교수다. 계용묵의 「별을 헨다」를 맛깔스럽게 이야기해 주었다고 소개한 이 정 교수는 이 작중 인물과는 퍽 관계가 깊은 사이이다. 그에게서 주인공 창국이는 집 이야기를 하였고 그 또한 선뜻 2천 5백만 원을 빌려 준다. 돈을 빌린다는 뜻은 무엇인가? 그것은 곧 믿음과 이어진 관계맺음이다. 빌린 돈은 언젠가는 반드시 갚아야 하는 빚이다. 빚을 주고받는다는 것은 사람살이의 품앗이에 속한다. 시골 삶은 일품을 서로 빌려 주고 받는다. 농경 사회에서 농촌은 그래서 살아 있는 인정의 숲이었다. 도시는 그런 온기나 습기가 없다. 「별을 헨다」는 작품 이야기조차 이 작품에서는 아주 맛깔스럽다. 이 이야기에는 분단 조국의 아픈 상처도 따뜻한 마음으로 깃들어 있고, 사람됨을 돋보이게 하는 양보의 아름다움도 있다. 하늘의 별이 보이는 움집에 몸을 눕히고 살던 주인공에게 그럴듯한 적산 가옥 한 채를 물려주겠다는 친구의 호의에, 이미 거기 들어 사는 이들이 있다는 것을 보고 돌아서는, 그런 따뜻한 이야기이다. 계용묵이 그려 보인 1945년 안팎 삶의 이야기를 가지고 이 작가 구연상은 우리들 삶의 밑바탕에 깔린 온기를 꿈꿔 보인다. 그리고 마지막으로 내보인 금맥은 그 주인공 아내와의 입맞춤이다. 이 장면 또한 옮겨 내보일 만한 아름다운 장면이다.

가난뱅이의 기다림은 끝없는 배고픔의 사다리를 그 굶주림의 끝이 어떤 곳일지도 모른 채 꾸벅꾸벅 오르는 것과 같지만, 가난 탈출의 사다리를 끝까지 오르려는 마음이 있는 한 기다림은 우리들에게 멋진 삶의 한 방식이 될 것이다. 나는 아침 햇살로 고와진 아내의 이마에 뜨겁게 입맞춤했다.

이 작품 『부동산 아리랑』은 오늘 우리들 삶의 중대한 방식 변환을 꿈꾸게 하는 이야기 꾸러미임에 틀림없다. 버력들만 늘비하고 겉보기에 찬란한 빛으로 치장한 금광도시 서울을 셋방살이 이야기로 꾸민 이 철학자의 첫 장편 소설집에, 많은 눈빛들이 모여 더욱 풍성한 이야기꾼으로 굵어지기를 빈다.

2011. 3.

오명적마와 눈 빛살무늬

-이채강 시집 『등불소리』에 부쳐-

1) 머릿돌 이야기

정인지가 쓴 「용비어천가」 31장에 '오명적마' 이야기가 나온다. 한자로는 '五明赤馬'인데 풀이하는 말로 보면 이 말은 콧잔등과 네 다리가 모두 흰말이라고 한다. 이 말의 이름은 발전자發電赭이다. 태조 이성계가 타던 훌륭한 여덟 마리 말八駿馬가운데 하나라고 했다. 이 말을 이성계가 타고는 장단 지역에서 사냥을 하다가 깎아지른 절벽 쪽에 노루 두 마리가 달아나는 걸 보자, 말에 채찍질을 하여 '따르던 사람들이 모두 놀라 얼굴빛이 변'하였다. 그러나 태조 이성계는 두 마리 노루를 정통으로 쏘아 맞춘 다음 급히 말머리를 돌려 세웠다고 했다. '내가 아니라면 멈추지 못했을 것이다.'라는 이성계의 장담! 활 잘 쏘고 말 잘 탔다던 장군 이성계! 지금으로부터 몇 년 전 이야기인가? 620여 년 전의 일 이야기이다. 이성계가 위화도에서 회군할 때 탄 말은 제주산 '응상백凝霜白'이었다. 장군에게 명마가 필요하듯 시인에게도 이 세상을 치달릴 아주 잘 달리는 마음 말은 꼭 필요하다. 사람이란 자기를 싣고 잘 달릴 말을 찾아 나선 존재이다. 장군도, 시인도, 떼돈을 벌어 여기저기 전을 차려 놓고 돈벌이에 눈이 허연 재벌이라는 허기증 환자 떼거지들도, 거기 등을 댄 채 권력에 눈이 먼 권력 패들도 모두 다!

　이채강의 시집 원고 쉰세 편을 다 읽고는 문득 이 말 생각이 났다. 왜 하필 이채강의 시집 원고를 읽으면서 여덟 필의 훌륭한 말 이야기가 떠올랐을까? 그렇게 날래고도 힘센 말들을 타고 내공을 키웠던 태조 이성계 이야기에서 나는 뭔가, 좋은 말과 좋은 시에다 줄을 부욱 그어 놓고는, 그들 사이의 어떤 관계를 내보이고 싶었을 터이다. 힘차게 달리는 준마와 그 말 위에 올라탄 채 몸을 마음대로 움직여 달리는 노루에게 화살을 먹이고, 급한 낭떠러지 앞에서 고삐를 잡아 말을 돌려세우는 날렵한 사내의 몸짓, 그것은 퍽 볼 만한 볼거리였을 터이다. 참 오랜만에 읽은 이채강의 시들은 뭔가 폐부에 스며드는 날카롭고 놀라운 물상들이 촘촘한 줄에 맞춰 도열한 채 짜여 있다. 그러나 이 시들 속에 우리들 사회의 어둡거나 침침하고 축축한 부조리 고발이나 못된 것들을 비판하는 날카로운 눈빛은 숨어 있다. 오히려 이 시들은 촉수 높은 눈길 못지않게 누군가, 또 무엇인가를 애타게 기다리며 그리며 사는, 비밀들이 반짝이며 질주하곤 한다.

　이들 쉰세 편의 시들을 한 묶음에 정리하여, 풀이하는 말길로 보여주기는 퍽 어렵다. 하지만 이성계의 여덟 마리 훌륭한 말들이 험한 산악지대나 평원을 달리면서 내쏟던 활기가, 내 눈에는 이 시인의 시 속에 펼쳐 보인 시어들에서도 보였다고 나는 쓸 생각이다. 이 시집은 세 부분으로 몫을 지어 묶도록 편집되어 있다. 이 시들 속에서 내 눈을 찌르며 다가서던 시들은 아주 많았다. 먼저 이 시집 표제작으로 적힌 「등불소리」부터 「꼭」, 「뭉게 그림을 보내며」, 「그 숲에 자전거 타고 가는」, 「목소리」, 「살 속의 아쟁」, 「백안작」, 「생황」, 「꿩 잡은 날」, 「수리부엉이」, 「죽간」, 「경야」, 「해인海印」, 「피의 불문법」, 「어느 천 년에」, 「말이 말들과 멀어지다」, 「그들 사이」, 「봄비」, 「아니리」, 「작은 새」, 「꼬투리」, 「상실」, 「단검을 거머쥐고」 등 내가 읽으면서 '조옳다!'고 표하고 접은 곳은 거의 다였다. 이렇게 되면 이 글쓰기는 점점 더 어려워질 터이다.

시는 마음의 샘 속에 들었다가 어느새 흘러나와 졸졸 냇물을 이루다가, 출렁이는 호수였다가, 때로는 팽창하여 분노하는 붉덩물이었다가, 사납게 쏟아지는 거센 장맛비였다가, 한 사발의 맑은 물로 되어 목마름에 허덕이던 이의 목을 타고 넘어가는 시원한 해갈의 물이 되기도 한다. 어디 그것뿐만이겠는가? 누군가에게 배신당한 설움이나 아픔, 누군가를 애타게 그리며 기다리는 마음을, 시는 드러내거나 그 마음 그림자를 별빛 무늬로 그려 보이기도 한다. 이채강의 시가 그려 보인 마음의 강물들을 따라나설 차례로 나는 줄을 선다.

2) 마음의 눈길 닿는 곳, 너와 나

이채강 시집의 중요한 목소리는 그리움이다. 이 시들 주인공에게는 늘 그리운 '그대'가 있다. 우리말의 '그대'는 나를 확인하는 가장 뚜렷한 대상이다. '너'나 '당신', 또는 '여보', '자기', '애'로 불리기도 하는 이 호칭은 나라는 주체를 주체이게 하는 가까운 '이'이면서 또 가장 먼 사람이기도 하다. 쉰세 편에서 '그대'나 '너'로 불리는 낱말이 들어 있는 시는 모두 열네 편이다. 나와 너는 주체와 세계이기도 하고 나를 확인하는 우주 앞에 선 모든 너이기도 하다. 나와 너 사이에만 그리움이나 헤어짐, 슬픔의 강물은 흐른다. 「등불소리」 첫 연은 이렇다.

그대 기다리다 간다

나는 그대의 그림자 볕뉘야

그대가 나를 극지極地에 버려두고 간 뒤

얼마나 지났나

온도가 전 같지가 않네

이 시로부터 그의 시는 온통 그리움의 볕과 그 그림자 볕뉘로 장식된 우주가 된다. 그의 시에서 절창으로 읽히는 열 몇 편의 시들 대개가 그렇듯이, 가운데 연이거나 끝 연에서 시들은 빛을 낸다. 「너는 내 눈 속의 낙타이다」 둘째 연은 옮겨 보이고 싶은 구절이지만, 너와 나 사이에 놓인 깊은 관계 다리를 빛내는, 다른 시편에 훌륭한 느낌마디와 울림이 있기 때문에 아쉽지만 줄인다. 이 시집을 읽는 이들에게 나는 그냥 내가 좋게 읽은 시 한두 편을 가지고 이채강 시의 존재의 물길과 그 늪, 그리고 여울을 대강 짚어 보이려고 할 뿐이다. 이 시는 아주 쉽게 읽히면서도 뭔가 사무치는 그리움을 드러낸다.

그대가 날마다 오고 있다 하여

나는 날마다 그대를 기다렸다

그대는 날마다 나를 만나고 갔지만

나는 한 번도 그대를 만나지 못했다

그대는 날마다 나와 헤어졌지만

나는 한 번도 그대와 헤어지지 못했다

내가 그대와 그렇게 한번도 만난 적 없고

한 번도 헤어진 적 없다는 건

그대와 나와 그렇게 매일 만나고

매일 헤어졌다는 건

참 얼마나 고단한 일인가

그렇게 만나지 못하고

헤어지지 못한 우리의 나날들은

또 얼마나 가슴 여위던 시간인가

우리 한 번은 꼭 만나기로 하자

만나서 꼭 헤어지기로 하자

이 시 제목은 「꼭」이다. 만나고 헤어지고 하는 사람됨의 가장 절실하고도 고달픈 관계 거리가 이 시에는 절묘하게 드러나 있다. 사람은 태어나자마자 누군가를 만나고 헤어진다. 연암 박지원은 그의 도강록 『열하일기』 '울음설'에서 망망하게 넓고 긴 요동 땅을 바라다보며 그곳이야말로 한바탕 마음 놓고 울어볼 만한 땅이라고 읊었다. 그리운 이는 늘 기다림으로 자라나고, 만나는 설렘과 헤어지는 아쉬움으로 남겨진다. 세상 사람들의 이런저런 만남과 마음 졸임의 끈질긴 인연을 이 작품은 눈시리게 풀어 보였다. 결코 만난 적 없고 또 한 번도 헤어진 적이 없다는 이런 삶의 이야기는 마치 광목 옷감처럼 부드럽고도 평안하면서도 사람살이의 설운 진짜 빛살무늬를 드러낸다. 만나고 헤어지고, 그리고 그리워하는 삶, 그게 어쩌면 우리들 삶의 모두일 터이다. 우리의 일상을 이렇게 내밀하면서도 깊은 울림으로 엮는 이채강의 시 기술은, 마치 천길 낭떠러지 앞에서 내달리다가 급히 앞발을 곧추세워 되돌아섰다던 명마 발전자發電赭와 같은, 날랜 고삐 낚아챔을 알아낸 글 썰미로 내겐 다가선다. 이 시인이 그려낸 '그대'는 어떤 사람이었나? 아래 시는 '그대'의 의연하고도 도도한 사람됨을 이렇게 그리고 있다.

　　빙하기의 빙벽을 뜯어다가
　　겨우내 정국을 휩쓸던 괴도 혹한들이
　　한파며 폭설이며 연일 부르는 게 값으로
　　상한가를 올리며 충돌할 때도
　　바닷가 눈밭에서
　　자전거만 타던 그대

—「그 숲에 자전거 타고 가는」의 둘째 연

　시는 정말 무엇인가? 이채강은 사람됨의 겉과 속살 모두를, 사람들 눈길 속에 찍어 보이면서, 거기 들어 있는 '가슴 여위기'의 아린 관계가 곧 시 쓰기 밀대라고 내민다. 관계에는 너(또는 그대)와 내가 있고, 나와 그 또는 그들이 있다. 관계 얽힘의 두 손발이 나와 너라면, 나와 그는 조금 눈조리개 너비가 뜬 발자국 소리로 멀다. 이 시집에는 그런 두 층위의 관계 읽기가 요연하게 펼쳐져 우리를 잡아당긴다. 절창으로 읽히는 「목소리」나 「죽간」, 「어느 천 년에」, 「너는 내 눈 속의 낙타이다」, 「망해사 가는 길」, 「구름과 여우」들 시편에는 나와 너, 당신과의 관계 거리 읽기가 들어 있다. 다음 시들은 객관적 눈길 내기로 읽히는 작품들이다.

3) 마음의 눈길 닿는 곳, 나와 그 또는 거기

　너나 당신, 또는 그대가 직정적인 관계 거리 밝히기라면 내가 본 세상이나 그 또는 그들, 자연 만물은 나와의 거리가 좀 뜬 편이다. 「어처

구니」,「생황」,「수리부엉이」,「해인」,「설객」,「마구간에서」,「봄비」,
「침묵의 언저리」,「그들 사이」들에는 세상의 모든 뒤얽힘에 가하는 섬
세한 눈길 주기가 드러나 있다. 이 세상의 겉모습은 그냥 우리 눈에 들
어오는 그림자 그뿐이다. 50년 쯤 묵은 오동나무가 봄이 되어 물을 얼마
나 끌어올려야 하는지 또 물 끌기를 위해 나무 속살들이 어떤 일들을
하는지 우리는 알지 못한다. 따지고 보면 우리가 자주 맞는 봄비의 한 방
울 빗물조차 어떻게 그게 만들어져 이 땅 위에 내려앉는지, 내려온 빗물
이 흙이나 대나무, 냉이나 물쑥뿌리, 달래나물 하나하나에게 어떤 기쁨
이나 영광을 주는지도 알지 못한다. 시인은 가끔씩 이런 신비한 물상들
의 속사정들에 눈을 뜬다. 시인의 그런 눈 돌림을 통해 우리는 땅 속의
비밀에도 눈뜨고 땅이나 하늘 위의 속셈에도 눈을 뜬다. 이채강의 이런
눈길 주기에는 절창이 여럿 있다. 먼저 한 편을 보인다.

　　대나무 귀 산보시키러 오는 보슬비

　　겨우내 기르던 바람의 손톱을

　　바짝바짝 깎으며 늴리리를 부르는데

　　가만가만 보슬거리는 댓잎

　　손톱 밑에 배어 아리다

　　봄 바람이 아침 내내 댓잎 손을 잡고

　　쑥덕거린 탓이다 귀가 아려 한나절

　　대숲을 못 떠나고 어기적거리고 있는

　　빗줄기에 걸려

　　대나무는 발톱까지 근질거린다

　　좀이 쑤셔 산길을 쏘다니는

가르릉가르릉 소리

냉이를 깨우고 달래를 달래며

민들레 눈 틔우며 밭고랑을

가로지르는 들고양이 등을 타고

비 가랑이 오시는 풀밭 사잇길로

바람 난 밤고양이 따라 달아나다

지느러미 엉겅퀴에 미끄러져

온 숲길이 환하다

가랑비 발바닥이 저리도 바쁘다

읽기 편하고 내용 또한 아름다운 이 시는 「봄비」 전문이다. 위에서 나와 너의 관계 이야기를 하였지만 비는 안 와도 걱정, 너무 많이 와도 걱정이다. 그게 사람살이의 빛살무늬이다. 「뭉게 그림을 보내며」 셋째 연에 이런 말이 있다.

오늘 여기 뭉게의 깃촉을 그려

그대에게 보낸다

그대 시선의 간에 맞을 것이다

'간에 맞을 그림', 그것도 형체가 없는 뭉게 그림이다. 우리 삶은 대체로 이런 무 형체의 것들이어서 간이 맞을지 안 맞을지를 마음 쓴다. 너와 나의 간 맞을 거리, 그게 어디쯤일까?

4) 나가는 좁은 문

어딘가로 들어왔으면 반드시 나가야 한다. 그런데 나가기가 싫다. 뭔가 아쉽기 때문이다. 왜 그럴까? 문뜩 구약성경 이야기가 떠오른다. 「창세기」 19장에서 절대자 야훼가 부패도시 소돔을 멸망시키면서 의인 롯에게 한 말! 소돔은 이미 썩을 대로 썩어 모두 멸망시킬 터이니 너희 가족은 소알 지역으로 피신하라고 이른 다음, 절대로 뒤를 돌아보지 말라는 분부였다. 롯의 아내가 야훼 말을 잊고는 뒤를 돌아보다가 그만 소금 기둥이 되었다는 이야기. 소돔에는 무엇들이 있었을까? 거기야말로 진짜 삶의 쾌락 모든 게 있지 않았을까? 먹음직스런 음식은 말할 것도 없고 만져보거나 덮치고 싶은 수많은 젊고 잘생긴 청년 처녀들이 있지 않았겠나? 아쉬움은 그런 것들로부터 생겨난다.

나도 이제는 이 글쓰기의 아쉬움으로부터 도망치듯 벗어나 나와야 한다. 그러나 나는 자꾸 뒤가 궁금하다.

> 속절없는 밥바라기와 나는
> 다섯 손가락 좌악 펴고
> 물결치는 그대의 속살을 만져보느니
> 반투명의 살 속 소리의 궁금宮禁에
> 쟁쟁쟁 꽃피는 통점들
>
> —「살 속의 아쟁」 넷째 연

이 시는 다섯 연으로 된 시이다. 치열한 사랑 속에는 이런 아쟁 소리가 들리는 모양이다. 이 시 앞머리 첫째 연에는 이렇게 말 부딪치는 소리가 있다.

분명하지도 냉정하지도 못한

단호한 비정과 어설픈 치정 사이

돌보다 적막하고 안개보다 아득한

치명의 시간을 건너오는 아쟁소리

　기독교 성경 「창세기」에서 아내를 잃은 롯은 세 딸과 교접, 자식들을 낳아 종족을 번식시켰다고 되어 있다. 근친상간! 관계 거리는 금기하는 긴장으로 우리를 옥죈다. 한때 실존주의 철학 패들이 우리들 삶을 '부조리'로 읽고는 사람들의 기본 정조情調란 불안이라고 불렀다. 불안! 이 정조보다 나는 우리들 삶을 '헤맴'이라고 읽는다. 우리는 모두 헤맨다. 모두들 제 꼴 값을 키워야 하는 짐을 짊어진 채 어딘지도 모르게 우리는 자꾸 간다. 이리 갈까 저리 갈까? 이 길인지 저 길인지 우리는 자꾸만 가면서 움츠러들거나 주저앉는다. 뭔가를 이룩했다고 여기는 사람들을 우리는 속물로 보아 사람 취급하지 않으려고 한다. 사람 취급을 받는 사람들의 꼴 값을 가능하면 곱고 드높게 매기려고, 사람들은 시도 쓰고 사랑도 하고, 돈도 벌고 그리고 또 가끔씩 그게 잘 안 돼 울기도 한다. 이채강의 시들 속에는 이런 깊은 울음이 얼음처럼 굳어진 채 숨어 있다. 그걸 찾아내는 독자야말로 정말 시를 읽는 행복한 사람일지도 모른다.

2011. 6.

••• 뺌 이야기꽃 평,
••• 셋

–깃털만큼 가벼운 존재의 스침들–

1) 모든 이름에 대하여

나는 어려서 내 이름에 대하여 모진 앙탈 법석깨나 떨었다. 아아 어리지도 않았다. 대학생 때였으니까! 정현기가 도대체 무슨 뜻이냐? 鄭顯琦라! 정나라에 나타난 구슬이라? 낄낄낄!『문학사상』에 무슨 평론이랍시고 내었더니 이어령 선생께서 물었다. '자넨 이름을 어쩌려나? 한자로 쓸 거야 아니면 한글로?' 내 이름 저 한문 글자가 어찌나 때글때글한지 그대로 써 놓을 지경이면 아는 이도 많지 않을 것이고 꼴새부터 김이 샌다고 생각한 나는 '한글로 써 주십시오.'라고 대답하였다. 그런데 어떤 잡지사 편집자는 부득불 한자를 대라고 고집하는 꼴통도 꽤나 있었다. 재수 없는 꼴통! 이름은 참 중요하다.

나는 외래어를 싫어한다. 그 가운데도 식스틴 소총을 싫어하고 대포^{大砲}를 싫어하며 미사일은 더 싫어하고, 아이엠 에프나 에프티아이 따위는 질색이다. 그래서 하이 서울^{Hi Seoul}이라고 시청 광장 여기 저기 큰 글씨로 써 갈긴 것을 묵인하였거나, 그러라고 시켰을 그 시장을 나는 천민이라고 비웃기도 여러 번이었다. 남의 돈으로 함부로 누리면서 거들먹대는 벼슬아치 정도란 천민 중의 천민, 더욱 더러운 천민이라고 써대던 때이니까! 꼴불견! 글쓰기 종류에도 그 갈래는 참 많다. 시, 소설, 비평, 희곡, 시나리오, 그리고 소설 종류에도 장편, 중편, 단편, 콩트, 연작장편, 대하장편소설, 전작장편 따위 절름발이 이름들이 난무, 난동!

　같은 물속에서 잡은 물고기도 맛은 천양지판이다. 조기와 그 비슷한 고기로, 원양어선에 실려와 부려진 조기 종류의 맛은 아주 다르다. 부세와는 얼마나 또 다른가? 모양은 똑같은 것들끼리 살맛을 달리하다니! 그래서 한국 물고기 가운데 조기는 어디까지나 고급스런 조기로 군림한다. 부세가 조기 흉내를 내며 명절 때마다 서민들을 골탕 먹이지만 부세는 부세, 조기는 조기다! 미니픽션에 대해서는 퍽 좋은 느낌이면서도 나는 좀 꺼림칙하다. 미니스커트까지는 모른 채 넘어갔다. 그건 순전히 내 눈 호강 사탕발림이 나를 마취시킨 결과일 터! 부끄럽다. **뺨 이야기꽃**! 이게 내 마음을 사로잡는다. 말 꽃, 이렇게 여럿이 모여서 이야기꽃들을 피우다니! 소설이라는 말에 대해서도 내 속에서는 부글부글, 거부감이 일어, 그런 본디 말 찾기 꿍꿍이가 나온 거품! 이름은 한번 붙여지면 굳어지기 십상이다. 그 맛이나 크기, 생김새, 무게, 길이, 두께, 다른 이름과의 어울림 따위, 이름은 무조건 부르기 쉬운 것으로만 붙여서도 손해 볼 위험이 많다. 이상한 민족주의자라고? 그런 건 서양 지식 바이러스에 물든 지식 숙주들(또는 서양 지식 프랑켄슈타인!)에게서나 듣는 이야기다. 남의 나라를 쳐들어가 재산과 문화를 훔쳐내는 따위 더러운 도둑질에 오래도록 재미 붙인 서양 것들과 그것들을 흉내 내던 쪽발이들! 오랫동안 자기들이 지켜 오던 이 조그만 자기 종족의 순수성을 지키겠다는 깜냥까지 다 나쁜 민족주의라고 때려 갈기니, 웃기고도 남는 그런 건 폭력이다!

2) 존재의 깃털, 뼘 이야기꽃

목화송이에 핀 목화, 아! 저 화려하고도 가벼운 그 송이, 송이 흰 송이를 아는지? 그것은 가볍고 정다운 솜털이고 때 안 탄 존재 그 자체이다. 그 송이의 솜털 갈래를 뽑아 가늘게 자은 것이 실이다. 가늘고 포근포근한 목화송이 같은 곱고 깊은 뼘 이야기꽃들은 쟁이匠人들이 피우는 화려한 말과 짙은 시름의 시, 수필, 소설, 철학 단상, 비평적 내용을 모두 감싸고 있어 보인다. 그런데 솜을 꼬아 감은 실은 벌써 좀 무겁고 질기다. 그 실들을 묶어 다시 꼬면, 꼬고 더 꼬고 몇 겹으로 꼬면, 동아줄이 된다. 물론 동아줄은 삼실로도 청올치(칡넝쿨 섬유질을 뽑아 만든 노끈)로도 만든다. 김승옥의 소설 「60년대식」이었나? 친구 몇이 모여 몸보신한답시고 돼지를 몰고 가을 들판을 가다가, 돼지 목 끈 놓쳐 버린 사건을 이야기하는 장면이 있다. 날뛰는 돼지와 날뛰던 소년들의 난장판 이야기! 이 능청이 한 말! '밀가루와 찐빵!' 밀가루는 아무 힘이 없지만 일단 그게 뭉쳐 찐빵이 되면 못할 일이 없는 무서운 힘이 된다고 썼다. 개인과 집단의 차이! 집단 속에 들면 일단 익명성이 보장된다는 착각에 사람들은 빠진다. 그래서 행동이 함부로 되거나 마음대로 뻗치기 쉽다. 그걸 김승옥이 집어내 보였던 거다. 익명성이 사람들에게 가하는 저 어두운 잡답과 악의를 작가는 잘 아는 것이다. 사회 속에서 자주 벌어지는 이야기 내용! 글쓰기와는 좀 다르다. 그러면 뼘 이야기꽃이 여럿 모이면 장편소설이 되나? 그 이야기 갈래는 좀 길게 나가야 할 판이다. 시멘트, 물, 모래, 쇠붙이, 안료, 유리, 철근, 나무들을 한군데 모아 쌓는다고 건물이 되는 건 아니니까. 뭔가 깨알 같은 마음 속셈이 붙어야 하는 게 아닐까? 역시 이름이라! 문학종류의 이름! 이미 '뼘 이야기꽃'은 그것 자체가 개성과 체취, 태깔, 그릇이 정해져 보이기 시작한다. 물론 이 글쓰기 모임에 참여

한 작가들이야 '미니픽션'이라고 계속 써 달고 다니겠지만, 촌닭처럼 나는 '뺌 이야기꽃'이라고 강변한다. 이미 밀가루와 목화송이 성분에서 달라진 목화송이 실이다. 찐빵에 가까운 물건!

지난 한 주일동안 나는 박경리의 『토지』 2부로 읽기라는 제목의 글을 쓰느라 눈이 짓물렀다. 읽고 쓰고 우와! 140장의 원고인데 그것 참! 그 길고도 긴 이야기 마디들을, 얽히고설킨 이야기 마디들을 마디대로 엮어 무슨 이야기의 길을 만들어 보자니 어깨가 무너지는 듯싶었다. 이 글이 끝나자마자 이 '뺌 이야기꽃' 뭉치를 받았다. 순식간에 읽어 보고 잠을 청하니 잠은 오지 않고 자꾸 청올치 생각과 목화송이 생각만 난다. 아픈 어깨를 한 팔로 떠받들고는 컴퓨터, 맞다! 아아 이 기계 붓! 붓 앞에 앉으니 말들이 마구 쏟아져 나온다. 이 말들은 앞에 지껄인 이야기가 전부인데! 아아 어쩌나!

그런데 막상 이 글을 다 읽고 나서 아차 싶다. 모두 22명 작가들의 작품 101편을 읽고 어떻게 그것에 대해 이야기를 시도하나? 난감하다. 스물두 명의 작가들이 써 놓은 작품 자체도 몇 낱씩의 마디를 이루면서 있는데 이 숫자가 만만치 않다는 것은 나를 고통스럽게 한다. 뺌 이야기꽃이 가진 가장 큰 약점의 하나가 여러 편을 한꺼번에 읽었을 때 도무지 기억이 하나로 뻗치지 못하게 한다는 데에 있다. 박경리의 『토지』 속에 든 여러 뭉치의 이야기 마디들이 서로 엉킨 채 자주 반복되어 나타나는 데 비해 이들 스물두 명의 작가들이 피어올린 이야기꽃들은 하나의 줄기나 갈래로 이어지지가 않는다. 그렇다면? 작은 이야기꽃 마디를 아예 더욱 작게 줄이거나 아니면 이 마디를 크게 부풀려 길게 만드는 방법이 있다. 부풀리는 방법을 쓴다? 그렇게 하려면 이 작품론은 단 한 작가 작품을 가지고 해야 한다. 그것도 안 된다면 이야기의 화두를 한 자리에 모아 놓고 중얼거리는 수밖에 없다. 내 이 글의 나아갈 길은 그 수밖에 없다.

모든 이야기꽃은 사람살이의 삶과 죽음에 이르는 긴 여로에 관한 것이다. 삶의 긴 여행길이라! 여로는 길고 멀지만 그 가는 길목에는 여러 가지 꽃과 노루와 뫼와 가람과 살랑이는 바람과 무섭게 내리 퍼붓는 장대비와 우박, 때론 꽁꽁 언 얼음판 위에서 춤추는 광대 짓과도 닮은 것이 있다. 요즘 기후로 말한다면 내려쬐는 햇볕, 태양 아래 웅크리고 있는 사물들이 모두 촛농처럼 녹아내리는 듯싶은 팍팍하고도 무더운 길을 우리는 걷고, 걷고 또 걸으며 나아간다. 삶이라는 나팔을 불면서 우리가 가는 곳은 어디일까? 뺌 이야기꽃 작가들은 가볍게 때로는 묵직하게 이야기의 꽃들을 심어 놓는다.

3) 뺌 이야기 꽃밭에 핀 꽃들, 그 갈래

글쟁이들이나 무슨 교수연하거나 학자연하는 사람들의 글 자리에서 글을 쓰려고 하면 으레 먼저 갈래를 가르는 일부터 시작한다. 갈래나누기分類를 시작하면 키 차례나 크기 차례, 닮을 꼴 찾기로부터 각자 나뉜 몫은 제가끔 거기 맞는 자리에 나란히 놓는다. 나도 역시 그걸 시도할 수밖에 없다. 화려한 꽃밭 한가운데로 걸어 들어가면 누구나 어지럼증에 시달린다. 이 어지럼증을 달래는 길은 이야기꽃들을 한 군데씩 무더기로 모아 같은 꽃이라고 강변해야 한다. 백 열한 편의 뺌 이야기 꽃밭이라! 눈부시고 화려한 이야기 금수강산에 나는 질펀하게 떨어졌다.

사람은 지나간 일만이 뚜렷하고 앞날의 일은 잘 모르며 지금 진행 중인 일에 대해서는 어리둥절하여 두리번거리기 십상이다. 나이가 들면서 이 증상은 더욱 심해져서 어린 아이 적 이야기만 선명하게 기억하는 경우가 많다. 이 지나간 기억의 공간 내용들에 대한 이야기 꽃밭부터 나는 이야기를 시작한다.

(1) 옛살이 기억 되살리기 또는 신비한 겪음

나는 이 스물두 작가들이 되살려내는 옛살이 기억이 아주 많다는 것을 보았다. 옛살이 기억들 속에는 잊을 수 없는 신기하고 신비한 것들, 깊은 인상으로 남아 있는 겪음들로 채워져 있다.

　　홍적의 「**백사**」; 아주 선명하고도 인상적인 이 기억의 저 편에는 신비한 존재의 샘물이 번쩍이며 다가든다. 똥을 누는 행위만큼 신성하고도 열심인 행위가 어디 있는가? 체코의 작가 쿤데라가 신을 떠올리며 궁리한 이 똥 누기 말이다. 몰두에 몰두! 그런데 엉덩이 바로 밑에 똬리를 틀었거나 올려다보고 있는 물건이 있다. 그 긴 물건, 반짝이는 하얀 뱀! 어린 시절 시골에서 산 사람들은 대체로 이런 기억들을 지니고 있다. 고귀한 빛깔의 이 하얀 뱀이라! 로오렌스의 『날개 돋친 뱀』 이야기에까지 인상이 닿는다. 같은 작가의 「죽음-어린 날의 삽화2」 또한 따뜻하고도 가슴 시린 할머니와 어머니가 살아 있다. 죽음과 삶, 그것은 질기게도 우리 몸을 휘감아 마음 깊은 우물 속에 담겨 남는다.

　　김명이의 「**체위**」; 아주 인상적인 사랑 행위 이야기인데 그 꽃이 내뿜는 향기가 너무 강렬해서 어떤 모양새로 그런 사랑을 겪었는지는 그저 안개길일 뿐! 이것도 지나간 추억의 한 그림자처럼 스친 발걸음이 아닌가?

　「특별한 소포」로 한 학자의 긴 호흡을 일러준 유경숙은 일곱 편의 작품을 실었다.

　　유경숙의 「**그녀4-섣달 그믐날이었다**」; 두 소녀들의 길고 긴 기다림과 추위 견딤 이야기 속에는 울음과 슬픔, 애틋한 사랑이 녹아 있다. 가난살이에 익숙한 두 자매. 귀향길에서 잃어버린 짐 보따리와 그 속에 든 선물꾸러미 생각으로 울어 퉁퉁 눈 부은 설움들이 이 이야기 꽃밭에서는 가슴을 치밀어 오르는 아림으로, 그렇게 멀고 긴 기억의 조각으로 살아 있다.

최옥정의 「냉장고」와 「더 월드즈 베스트 아보카도 쥬우스」; 이 이야기꽃들은 아주 짧으면서도 깜짝 놀랄, 또는 아름다운 기억의 한 조각들로 우리를 사로잡는다. 동물병원 하던 분이 이사 가면서 주고 간 냉장고 속에서 끔찍한 짐승들의 소리가 들린다는 착상은 놀랍다. 뭐랄까? 무심하게 잊고 지내는 것들 가운데 죽어 가는 것들에 대한 이 감각은 독특하게 울린다. 쥬우스 한 잔을 팔기 위해 그것을 만드는 기계를 사들이고 재료를 구해다가 정성껏 대접하는 한 장사꾼의 안개 같은 인정 또한 그윽한 삶의 향기를 뿜어 꽃밭을 데운다.

박명호의 「꽃을 따러 갔다가」; 어린 시절 감꽃 따먹으러 갔다가 뺑소니 친 기억을 되살려 내고 있다. 어린 시절에는 두려운 것도 많고 모르는 것도 많아 참 삶이 싱싱해 보이는 그런 세월이다. 그 시절 시간이란 뱃구레만이 알려줄 뿐이니까!

(2) 나이 듦과 정신의 밥

나이가 든다는 것은 누구나 등에 짊어진 운명이고 그게 삶의 고릿길 걷기이다. 이청준은 자신의 어머니가 아흔을 바라보면서 몸이 태속에 든 아이처럼 꼬부라져 곡옥처럼 되더라면서 어머니는 삶의 모든 모습을, 처음부터 끝까지, 자식인 내게 전해 주더라고 했다. 사람살이의 일생은 나이 들어감, 그렇게 나이 들면서 만나 겪은 것들; 부딪치고 넘어지며, 허허 웃거나 슬피 울고, 깊은 고뇌로 밤을 새우며, 근심과 걱정, 그리고 스스로는 도저히 이해할 수 없는 일들이 몸속에서 서서히 꿈틀대며 어깨도 아프고 허리도 아프며, 위장도 쓰리고, 눈도 침침, 무릎마디가 쑤

시거나 아프고, 머리칼도 이상하게 빠지며, 거 뭐였더라, 오줌발도 시원
찮아 가랑이를 적시는 일이 있거나, 자주 무언가를 잊는 일이나 잃는 일
들, 새벽에 눈이 뜨이면 다시는 잠이 들지 않아 끙끙대는 일이 잦고, 그
렇게 일정한 시간대에 만나, 사랑하며 보채던, 그러다가 포기하고 마는
그런 여로의 집합이라고 읽을 수나 있지 않을까? 이런 빈 마음까지에 도
달하기 위해 그 많은 시간을 바장이며 보낸 나이 듦이란 실은 큰 대학
도서관 하나쯤의 지혜를 담고 있는 것이나 아닐는지! 아니면 거기 따스
한 마음을 키워, 비록 헐벗고 춥고 슬프더라도 스스로 자기 짐을 내려놓
지 않고 묵묵히 남에게 감사할 줄 알며 걷는 그런 정신의 밥을 몸속에
지닌 것이나 아닐는지! 나이가 든다! 우리 모두는 나이가 들어, 들어, 들
고 든다!

윤신숙의 「고릿길 69」; 낳고 죽는 일은 스스로 결정하기 어렵다. 아니 안
된다. 그래도 사람들은 자기 죽음만은 스스로 결정할 수 있지 않겠느냐고
되묻고는 한다. 나이 69세 쯤 되면 그 문제에 마음을 쓰고도 충분하게 남을
나이이다. 몸에 흔적처럼 붙어 다니던 첩의 자식이라는 짐(이런 짐은 이 작가
다른 작품 「동감」에서 빚이라는 짐과도 이어져 있다.)을 등에 지고 살았지만
그래도 자식들에게는 학비 걱정 없이 유학까지 시켰다. 잘난 자식 둔 부모
이야기는 꽤 공통적인 내용이 있다. 버림받음! 자식들도 바쁘게 사느라고 갖
은 핑계로 부모와는 떨어져 살려고 한다. 외롭다는 것은 나이 듦의 가장 큰
적이다. 자살 충동! 분노와 슬픔과 외로움이 합치면 이런 충동이 문 앞에서
손짓한다. 윤신숙의 「고릿길」은 나이 듦과 외로움에 대한 서러운 이야기꽃
비명이다.

김영은의 「망초꽃」; 나이가 든다는 것은 많은 것을 먹고 버렸고, 겪었고,
꿈을 꾸었다가 접었다가, 스스로도 이해할 수 없는 일이 내 몸과 내 주변에

서 일어남을 아는 나이를 지녔다는 것일 터이다. 김영은의 단 한 편 이야기
꽃인 이 꽃속에는 수채화와 같은 슬픔이 그려져 있다. 한때는 그렇게 많은
친구들을 불러 밤새워 먹고 마시며 떠들썩하게 삶을 노래했건만 이제는 나
이가 들어 길가에 핀 망초꽃처럼 지나가는 사람들을 째려본다. 아니, 째려보
는 망초를 본다. 길가에 홀로 핀 망초꽃, 그게 바로 오늘 너이고 나일 줄 누가
아는가? '시간이 흐르다 어딘가에 고여 있는, 어느, 마음이 비릿해지는 날, 나
도 세상을 망초처럼 째려보고 싶겠지.' 아아, 거 인생 참 더럽게 허무하구나!

원고지 한 장짜리 이야기꽃 두 편! 놀라운 글 솜씨에 입만 벙긋할 뿐
이다.

　　김홍근의 「**하염없이**」; 지붕 위의 기왓장 두 개가 말을 한다. 나이 듦에 대
한 이야기이다. 속절없이 지나가는 세월과 거기 낡아가는 존재의 덧없음! 기
법으로야 우언에 속하는 것! 대화 일곱 마디에 작가가 집어넣은 말 두 줄 뿐
인 이 이야기꽃. 그거 참! 이걸 놓고 미니, 미니, 미니 하고들 있나 보다. 아기
손으로 반 뼘도 안 되는 이야기꽃 꽤 그럴듯하다! 그의 다른 작품은 영어 제
목이다. 「렛 잇 비」라! 이 작품도 아홉 줄짜리인데 기막힌 철학이 들어 있어
보이네! 내가 좀 과장하나? 존재의 안과 바깥이라! 안쪽의 꽃과 바깥쪽의 꽃.
나이가 들면 이렇게 안과 바깥을 잘 갈라본다. 안쪽의 저 깊은 소리와 향기
와 빛을 말이다!

　　이진훈의 「**사람이 그립다 4**」; 이 작가는 낚시꾼 교장 선생님과 물웅덩이
를 퍼서 먹을 고기를 잡던 아이들의 선심을 없던 일처럼無化하는 이야기 「늦
가을 삽화」와 농촌에서 살려면 짐승들에게 반은 주고 남은 것만 챙겨 먹어
야 한다는 슬기 이야기 「반타작」, 그리고 아주 짧은 이야기꽃 「섬 중독」,
「사람이 그립다」 이음 이야기꽃 다섯 편을 싣고 있다. 나이 든 부부 이야기

사이에는 아주 많은 우스갯말들이 있다. 대개는 남편이 아내에게 망신을 당하거나 쫓겨난다는 식의 이야기이다. 젊어서 남편이 너무 아내를 부렸거나 속여 먹은 데다 바람깨나 피웠다면 여지없는 축출감이다. 그래서 남편은 나이 들어 빌빌거리며 아내 눈치나 살피는 몰골로 비실거린다. 더러운 수컷 일생이라니! 운명일 것인지? 이 작품이 바로 그런 내용의 이야기꽃이다. 중국 여행길에 진주목걸이까지 사다 바쳤는데 그만 말 한마디로 망신살이 뻗쳐 보인다. 가소로운 우리들 삶!

노인 한 사람의 죽음은 곧 박물관 하나가 불타는 것과 같다고 어떤 서양 개잡놈이 떠들었단다. 늙은이도 늙은이 나름 아니겠느냐는 또 어떤 시비꾼의 항의도 들었다. 늙은 마음속에 똥이나 탐욕, 더러운 욕심만 잔뜩 들어 일체의 슬기나 따뜻한 마음씨라곤 찾을 수 없는 개잡것 늙은 것들이 얼마나 많은지 아느냐는 바로 그 말!

박종윤의 「**겨울 찻집**」과 「**비운의 왕자**」: 앞 작품 거길 가면 아주 따뜻한 노인 한 분을 만날 수가 있다. 추운 겨울날 찻집 앞에 야채 좌판을 놓고 하루 종일 하나도 물건을 팔지 못한 노인이 홍당무 댓 개를 봉투에 담아 놓고 떠나간다. 거참 눈물 나게 하네! 이 작가는 사람들 속에 든 고귀한 정신을 결코 놓치지 않고 잡아내어 우리에게 힘찬 어조로, 아니 가만가만 조용한 말투로 이야기꽃을 피워 보인다. 왜놈에게 나라를 먹혀 참담한 시절을 보내던 시절, 조선 조 이우 왕자의 굳고 단단한 정신의 알을 보여주고 있어 감동을 준다. 비운의 왕자라! 나이 듦 속에는 정신의 밥을 지닌 나이가 있다고 말하는 이 작가의 말 들으니 마음 참 푸근하다. 정신의 밥은 죽음과 삶을 눈앞에 두고 사람들이 지님직한 여유의 일종일 터이다.

백경훈의 「**람람 싹티에**」; 죽음을 이기는 생물은 없다. 어떤 생물도 그는 죽음을 거쳐야 한다. '람람 싹티에'는 신은 이긴다는 뜻의 인도 말인가 보다. 갠지스 강가에 널브러진 주검이 재가 되어 강물로 사라지는 광경은 아마도 꽤 장관인 모양이다. 젊어서는 이 광경이 충격이겠지만 나이가 들면, 아하 저게 내가 건너가야 할 강물이겠구나 하고는 마음속에 그 광경을 심는다. '슬프지도 아프지도 않았지요.'라고 읊을 수 있는 단계에 오면 나이 듦 속에 깊은 정신의 밤을 지닌 눈이 든 게 아닐까! 또 한 작품 「외도外道에서」 이야기꽃도 나이 든 사람의 눈길이 아주 고요하고 잔잔하게 묘사되고 있다. 바다를 그리든, 상어를 그리든 섬 밖이라는 이름을 지닌 섬 이름 '외도'의 정적을 이 작가는 담담하게, 맑게 그려 보인다.

구자명의 「그대 곁에 영원히」; 이 작가는 농사꾼으로 보면 직파 파종을 즐겨하는 작가이다. 이야기에 양념 발라 직접 굽되 핵심만을 골라 내보이는 직파 농투성이 기법. 사실주의라고 이름 붙여 풀이하곤 하는 강경한 골격의 작가. 돌아간 분들을 어떻게 처리해야 옳은지는 아주 오랫동안 사람들이 걱정에 걱정을 일삼아 온 장례 문제의 하나이다. 화장을 하여 보석으로 결정된 유골을 반지로 해 끼면 영원한 곁살이가 될 터이다. 놀라운 이야기꽃 하나. 그의 다른 작품 「일의 개념」, 「파리 호텔 꼬레」, 「푸른 장미」 등 여섯 편의 빼어난 이야기꽃들 속에 들어 있는 개성 있는 인물과 그 강렬한 목소리를 들을 수 있어 즐겁다. 모두 다 잘 읽어 보실 것이겠지?

구준희의 「지하철」; 나이가 들면 그게 꽤 값나가던 시절이 있었다. 어른 대접을 해 줘야 양반 됨, 아니면 사람됨으로 쳐주던, 유교 이념이 사회를 떠받치던, 그런 시대 말이다. 이광수가 웃기는 시로 기차간에 여러 계층 사람들이 타고 가던 그 신기하고도 대단한 변화를 이야기하던, 아니 이젠 기계가 발달하여 더욱 가열하게 집단화되어 있는 바로 그런 기계시대를 우리는 산다. 그러니 어른 됨을 대접받는 일은 점점 어렵게 꼬여간다. 능력 시대, 빠른 시대, 경쟁 시대, 이겨야 사는 시대, 그런 상업주의 시대에 어른값은 똥값이다. 그래도 마음 한 쪽에 어른들을 공경해야 한다는 도덕 윤리가 남아 있어 어린이에게 그걸 가르치는 부모들도 있다. 그건 건강한 가정에서 하는 일이다. 그런데 가끔씩 꼴불견 사건들이 지하철에서 자주 생긴다. 앉을 자리는 정해져 있고 사람은 많고, 그럴 때 집에서 교육을 잘 받은 젊은이는 죽어난다. 하루 종일 시달린 몸을 좀 앉아 쉬려고 해도 유교적 윤리 틀은 그걸 허락하지 않기 때문이다. 나이깨나 들었다 싶은 노인들이 그들끼리 모이며 수군수군 젊은 것들 탓하며 자리를 마땅히 차지해야 한다고 믿는 꼴은 보기에 좀 천격이다. 구준희는 그걸 꼬집어 내보이고 있다. 웃기는 젊은 것들이 있는가 하면 정말 더럽게 웃기는 늙은이들도 많다. 조금 나이 든 여인들이 자리 찾아 앉았다가 양보한 사람이 다리 없는 환자임을 알고 난 다음 겪는다는 부끄러움 이야기! 그래도 이 이야기꽃 속에는 부끄러움, 염치가 들어 있어서 좋다! 아주 좋다!

강인석의 「**북극성**」; 나이가 든다는 것, 앎을 쌓아 간다는 것, 슬기로움이 늘어 간다는 것, 그런 것은 서로 다름이 있더라도 모든 이들에게 해당되는 말일 터. 일정한 시간대에 그가 살았었다는 것에는 그가 마주친 공간 내용들이 풍요롭다는 뜻도 있을 터이니까! 그러나 삶을 그럭저럭 적당히 살면서 요리조리 자기 편한 대로만 살아, 남의 살림 아픔이나 남을 괴롭힌 거대한 폭력의 악의에 얹혀 지낸 사람들은 여러 가지로 떨떠름한 자기가 되어 있을 것도 뻔한 불보기! 나이가 든 학자 출신이 세상 읽는 법과 젊은이가 세상 읽는 법에는 꽤 큰 차이가 있다. 역사학에서 말하는 이른바 '사료 비판과 재해석' 이야기. 실제로 있었던 사건이나 사실을 놓고 시대에 따라 어떻게 해석하고 비판해야 하는지에 대해 북극성을 푯대로 이야기하는 나이 든 사람의 도덕적 잣대, 내 눈에도 그게 옳아 보인다. 망망대해에서 선원들이 보는 북극성, 그것은 도달하려는 곳이 아니라 삶의 지표라는 것, 삶의 지표가 사라진 사람들의 저 행악들을 보면 이 이야기가 하고자 하는 뜻의 깊이에 도달할 수 있지 않겠나?

김정묘의 「씨앗」과 「석류의 시간-희미한 옛사랑의 그림자 3」; 지난 언젠가 이 작가가 쓴 이야기꽃 속에서 나는 「유홍초 화신」이라는 작품을 눈부시게 읽고 뭐라고 한 마디 지껄였었다. 이 작품집에는 거기 세 편을 더해 「초여름 산중 대담」까지 네 편을 싣고 있다. 이 작가의 특징은 아주 짧게 쓰면서 뭔가 큰 내용을 노린다. 존재의 덧없음 또는 삶의 속절없음을 이 작가는 꽤 깊이 꿰뚫어 읽고 있어 보인다. 「씨앗」도 그렇고 「석류의 시간」도 그렇게 뻥 뚫린 시간과 공간을 말로 피워 올린다. 뚫고 올라갈 땅이 어디인가? 씨앗은 말한다. 땅 속에 묻혀 있는 씨앗이나 우리들 망망대해에 놓여 있는 존재는 모두 살다가 그렇게 가고는 한다. 그걸 선생들은 뭔가 있는 듯이 힘내라고 지껄인다. 바짝 마른 석류 하나를 해골로 읽는 그의 눈길 속에는 푸르른 강물과 짓푸른 나무숲들과 젊음의 물들도 파랗다. 그러나 김의규의 뺨 이야기꽃 「허무양」 주인공처럼 이미 그것은 말라 버린 물건이다. 존재의 물건화라! 옛사랑의 그림자를 아예 제목부터 희미하다고 그는 썼다. 번쩍이는 번개처럼 지나가는 삶의 소나기에 흠뻑 젖어 본 사람들이 느끼듯, 우리는 그렇게 늙어 가고 약해져 가고 물 말라 가고 사라져 간다. 이야기 기법이 독특한데 그것을 무엇에다 넣어야 할지 몰라 그냥 이런 저린 마음만 실어 내보인다. 사는 일은 일종의 심심풀이이고 바람내기이며 땅 밀어 올리기일 뿐인 것! 겉절이 쇠비름나물 맛이 난다. 슬프게 미끄러운 그 맛!

(3) 말 빗대 글쓰기

우의寓意, 우언寓言, 골계滑稽, 풍자諷刺, 알레고리 따위로 문학교실에서 논의되는 이야기꽃 피움 방식은 한국 사람들이 아주 오래전부터 즐겨 써 온 수사법이다. 무엇을 썼느냐가 아니고 어떻게 썼느냐 하는 기법 갈래의 하나이다. 말이 궁하면 이렇게라도 뻗는 수밖에 없다. 골계 속에는 대부분 해학諧謔과 풍자가 동시에 들어 있어서 잘못된 일이나 행실, 어리석음을 비웃거나 비꼬는데, 거기에 엷은 웃음을 담는다. 두꺼운 웃음이 그런 자리에 끼어들기도 하겠지 참! 김의규의 작품들이 대체로 이런 우의나 골계, 풍자, 해학으로 가득 찬 이야기로 꽃을 피운다. 모두 열 편의 이야기꽃을 내 건 김의규의 이야기 방식은 하나같이 빗댄 세상읽기이다. 「한 마리의 양」 이음 글 일곱 편이 모두 양을 빗대어 사람의 성정이나 행티, 말법 따위의 됨됨에 대해 슬기로움을 날린다.

　　김의규의 「매미 1—蟬, 逸蟬」; 한 마리의 매미와 허물 벗는 매미라는 두 가지 뜻의 한자말로 뜻을 덧붙인 이 이야기에는 재치와 사랑, 가슴 울림이 있다. 어린 아이와 엄마의 닮은 꼴 시절 이야기, 매미와 굼벵이가 허물 벗어 던지며 내는 맴 소리 따위, 마치 한 장 사진을 놓고 써 놓은 롤랑 바르트의 『카메라 루치다』 따뜻한 방에 들어간 느낌이다. 이 이의 이야기 말투는 이른바 재치라고들 내세우는 빗댐으로 가득 차 있다. 한 마리 양을 집어 양들로 세상사 사람 빗댐을 그린 작품들 말고 「탈출기」, 「도인道人盜人」 작품도 양 빗댐 이야기꽃과 같은 흐름의 우언, 기지, 풍자, 골계의 수사법을 담고 있어 웃다가 기막힐 일 만든다! 「탈출기」의 앵무새와 노처녀, 고양이의 말투는 홍적의 「너구리 보호법」에도 있다. 우언소설이라! 동식물이나 물건에 빗대고 비틀고 베끼고 비웃으며 삶을 빠는 이야기꽃들!

　　이런 우언, 말 빗댐에 뛰어난 또 한 작가 배명희가 있다. 그는 이 작품집에 「공모」, 「선녀와 회사원」, 「신화」, 「습관」, 「우리가 서 있는 곳」 이렇게 다섯 편을 내놓고 있다. 모두 배꼽을 잡아야 할 풍자 작품들이다.

　　배명희의 「선녀와 회사원」; 예전의 선녀와 나무꾼 이야기를 꼬아 베낀(패러디) 이 이야기는 우리 시대의 어느 한 계층을 너무 **빼닮게** 그려 배꼽이 튀어나올 만치 우습다. 외아들 하나를 잘 먹이고 잘 공부시키고 잘 발라 훤칠하게 키워 놓고 적당히 남편 꼴통도 보기 싫었을 때 하늘로 날아 보려고 용을 쓰는데 발이 영 떨어지지를 않는다. 너무 처먹여 놓아 몸이 무겁기 때문이란다. 낄낄낄 꺄걀갸걀! 박상륭 소설식으로도 웃어볼까? 참을까! 날개가 부력을 받아 날려면 아이 셋이면 안 된다는 공식을 믿고 아들 하나만 낳아 잘 길렀더니 아들 셋 무게로 이 아이가 자랐다는 비꼼 거참!

이 방면에 빠지지 않을 또 한 사람, 작가 윤용호가 있네!「가슴 시린 독백」,「그대 이름을 물었더니」등 열 편의 작품을 낸 이 작가도 만만치 않은 풍자 작가이다.

윤용호의「모녀 삼대」; 대체로 자식들은 아버지, 어머니를 통해 자신의 나아갈 길을 선택한다. 그리고 가난했거나 결코 유복하지 못한 삶을 지닌 부모를 둔 사람 쳐 놓고 부모를 닮지 않겠다고 맹세하지 않는 작자란 없다. 또 그래서 자신이 부모를 닮지 않은 작자 또한 그리 많지 않다. 이 무슨 해괴한 절망인가! 이 작품은 어머니를 모질게 바라보며 절대로 어머니 닮지 않겠노라고 중얼대던 딸자식이 다시 어머니처럼 외롭고 슬플 때 술을 마시는 버릇이 생긴 장면을 눈 시리게 그려 보이고 있다. 세상을 가볍게 두들겨 패는 이야기 꽃밭이 말 풀들로 무성하구나! 슬픔이나 아픔보다 주체는 빠져 저만치서 웃고 있는 풍자적 비꼼이 주류라고 보인다. 틀리지나 않나?

박명호의「호호설弧虎說」; 이 작품 참 재미있다. 어쩌면 이렇게 짧은 말로 우리 시대 삶을 비웃고 꼬집어 비트나 그래? 이솝우언 **뺨치네!** 폭군 호랑이 시절이 가고 호랑이 이가 **빠졌을** 때 여우가 지나치게 모질게 구는 장면을 보여주면서 뭔가 정치판이나 싸움판에 돌을 던지네. 그래서 이 이야기꽃 주인장은 스스로 보수주의자를 자처한다. 그러나 내가 보기에 폭군 호랑이는 늙어 이가 빠지면 여우 아니라 토끼에게도 그 폭군 시절에 저지른 죄악에 대해 침 뱉음 받아 싸고 발길질당해야 옳다. 그러나 문제는 여우란 놈이 호랑이를 못살게 구는 심보로 남들 위에 서서 폭군으로 바뀐 모습이 더럽다는 데 있을 법하다. 여우가 이 빠진 호랑이 등에 타고 앉아서 거드름을 피우는 꼴은 가히 볼 만한 비위 뒤틀림이겠지. 하지만 이 빠진 호랑이가 여전히 거드름을 피우는 꼴은 더욱 가관일 수도 있다! 돌멩이가 항아리 위에 떨어지는 것은 죄악이니까 항아리의 불행만 놓고 볼 일은 아니다. 돌멩이는 제자리에 놓여 있어야지 남의 항아리에 떨어져서는 안 된다는 것, 그래도 그게 떨어져 항아리를 깨뜨렸다면 그 돌은 더러운 돌로 욕먹어야 한다는 것, 더럽고 꾀죄죄하고도 엉뚱한 돌에 맞은 항아리로 깨어지는 아픔을 겪어 온 나이기에, 그래서 탐욕과 행패로 사람들을 괴롭혀 온 폭군 호랑이란 늙고 병들었어도 여전히 더럽다고 생각하고, 그래저래 나쁜 호랑이는 늙었어도 맞아 싸다는 심보를 나는 지금도 지니고 있다.

강인석의 「**서생원들의 흥망사**」; 이 이야기꽃도 인간의 어리석음을 잘 보여주는 빗댐 이야기꽃이다. 풍자와 베껴 더침(패러디) 수사법으로 세상읽기를 시도하는데, 어리석음이란 언제나 자기 본 대로만 세상을 읽는 버릇에 길들여진 것이라는 가르침도 들어 있다.

정성환의 「**어느 城**」, 「**돼지들**」; 정성환은 이 두 이야기꽃으로 이 세상을 비틀어 비웃고 이를 드러내어 웃으며 깨문다. 「어느 성」 속에서도 「돼지들」 속에서도 작가는 이런 인간을 똥이라고 비웃는다. '그들만이 이 세상을 지배할 수 있는 권리가 있고, 그들의 시간만이 귀중하다는 듯이' 생각하는 모든 사람들에게 이 작가는 긴 침을 놓는다. 말만 잘하는 사람이 권좌에 앉아 권세 누림에 이골이 난 한 천격 독재자를 내세워, 그가 그런 독재자를 물러나라고 말하던 많은 사람들 성대를 수술하여 '말이 사라진 침묵의 도시'를 만들었다고 대침을 놓았다. 거참 통쾌한 대침이로구나, 그런데 그걸 맞은 놈들이 아파나 할까? 가가대소, 깔 깔 깔! 강인성의 북극성처럼 삶의 지표는 되는 거겠지!

(4) 신기한 것들의 존재 층위, 결정론

안영실의 작품, 아니 뺌 이야기꽃들을 읽으면 숨이 막힌다. 기가 막혀서 그렇다. 눈길은 넓은데 이야기꽃은 아주 단아하고 아름답다. 제목이 들온말이어서 좀 뭣하지만 그래도 참 재미있는 존재의 덫을 기막히게 꽃 피워 올린다.

안영실의 「**라그랑주 포인트 1**」과 「**라그랑주 포인트 5**」; 아버지와 딸. 허리 낭창낭창하고 가슴 불룩하며 웃음 나긋나긋한 딸자식 가진 아비의 심정만큼 고약한 것도 없을 거다. 저걸 꼭 쥐고 놓지 않자니 터져 버릴 것 같고, 그냥 놓자니 훨훨 날아갈 것 같고! 다 컸다고 배밀이 날갯짓은 얼마나 오죽한가? 가슴에 불은 이글이글 타는데 어떤 놈팡이가 자꾸 얼굴을 내밀어 딸을 유혹하거나 아예 달라고 조른다. 비록 낚시질로 연명을 하는 아비일지라도 영사 아니라 별 거라도 미국 놈팡이에게 딸은 어림없다는 아버지! 거참! 야이 쌍! 저 호수 물이 하루 밤새에 홀라당 마른다면 모를까 어림도 없는 수작 말라! 아마 그랬던 모양이다. 「라그랑주 포인트 1」 이야기이다. 저 러시아 어디에선가 일어났던 이야기라고 넌지시 허풍을 넣고 말이지! 미국 놈 영사 놈팡이가 그래서 그런 아버지에게 죽임을 당했다는 이야기로 작가는 너와 나 사이에 놓인 벼랑에 대해 묻는다. 그 벼랑에 다가가는 방법에 대해서 이 작가가 모를 리가 없다. 뺌 이야기꽃이니까 그는 이 정도에서 말을 자른다. 「라그랑주 포인트 5」에 외국인 노동자 이야기꽃도 같은 존재의 층위, 그 까마득한 존재의 덫을 내보인다. 「사랑의 얼굴」 이음 이야기꽃들도 삶의 신비한 허공에 대해 말하지만 나도 말을 줄여야 한다는 강박감에 숨이 막힌다. 신기함, 또는 신비함을 만드는 것은·무엇인가? 신령한 것, 그건 아마도 사람 그 자체일 뿐일 시 분명하다. 사람이 곧 귀신이고 귀신이 곧 사람이니까! 사람 속에는 도무지 말로 풀이하기 어려운 그런 신이 들어 있는 것 같다.

김병언의 「숨은 벽' 위의 여자」와 「몽정기」; 빼어난 단편소설 「성수도星宿圖」와 「개를 소재로 한 세 가지 슬픈 사건」의 작가 김병언이라! 한 여인이 오랫동안 사라진 애인을 기다리다 주검으로 만난다는 이 이야기꽃이나, 노승이 욕정을 몽정으로 풀어 가면서 느끼는 존재함의 불가해를 다룬 「몽정기」 이야기꽃은 그다운 독특한 직파 농법으로 삶의 겉보기와 속보기의 다름을 잘 보여주고 있다. 이 주인공 노승에게는 절간에서 밤마다 웬 여인이 꿈에 나타나 깊은 정사를 치르게 하면서 속옷을 버리게 한다. 아침마다 속옷 빨이꾼 이 노승은 그렇게 길든 욕정풀이 문제를 풀지 못한 내역으로 결국 절을 떠난다. 이런 노승의 절간 가출 행적은 남들이 보기에 도를 얻어 훨훨 날아간 도인으로 보이지만 이 작가가 우리에게 귓속말로 전해 준 이야기는 그 노승의 머릿속에는 그리움만 남아 있었다는 거다. 그리움이란 무엇일까? 마음 그림자! 김지하식으로 말해 '마음 그늘(?)'. 많은 만남은 그림자를 만들고 그늘을 만들어 안타까운 애탐으로 남는데 그게 실은 속절없는 우리네 삶이라고 작가는 말한다.

(5) 자연, 예술 또는 운명

모든 삶은 그것 자체가 자연의 일부이고 운명이며 예술일 수가 있다. 우리 삶이란 따지고 보니 별로 볼 일도 없는 거고 또 대단할 것도 없는 속절없고 모진 짐꾼의 헛걸음질이나 아닐 것인지? 최서윤의 절묘한 이야기꽃들을 읽으니 거참! 강의 시간에 내도록 떠들던 플라톤식 관념론 이야기가 피어올라 있다.

최서윤의 「숨은 벽1」; "우리가 실재라고 굳게 믿고 있는 것들이 사실은 가상이라는 것을 말해 주는 거야. 우리 주변이 온통 가상인 걸. 내가 바라보고 생각하는 대상은 물론이고. 이런 생각을 하고 있는 '나'라는 존재도 아마 가상일 걸?" "우리가 만들어 낸 위대한 환상"이라! 자연의 어김없는, 봄날의 다가옴, 그러나 여전히 묵묵한 되돌림을 「그녀가 돌아왔다」로 풀어 주면서 피워 올리는 이야기꽃, 그건 좀 무섭다. 이 피조물에겐 속절없는 깨우침이니까! 그의 「눈사람」도 그렇고, 「삼월의 폭설」도 그러하며 프로메테우스와 에피메테우스 이야기에 묻어 들어온 판도라 상자 속에 남아 사람들을 감질나게 하는, 희망이라는 허상 이야기꽃인 「상자 속의 그대에게」도 모두 우리들을 서럽게 하기는 마찬가지다. 어쩌 볼 도리 없이 굴려 가야 하는 삶이라는, 무겁기는 오죽 무거운가!, 이 바퀴를 꽤나 잘도 보여준다! 이 장면에 오면 최명이의 「꿈에 그리는 교향시」와 「소리 없는 메시지」와 같은 이야기꽃도 같은 인상의 물줄기로 겹쳐 떠오른다. 환幻), 착각이라니 원!

4) 구경 잘 하고 나가는 꽃 길

길고도 긴 이야기에 취해 아픈 어깨를 움켜쥐고 허우적대듯 내 말과 씨름을 하였다. 스물두 작가의 작품들을 다시 읽으면 읽을수록 할 말은 쌓이는데, 더 말이 길어져서는 안 된다는 이상한 억누름이 나를 괴롭히는 바로 이 글쓰기였다. 우리는 모여 이야기하거나 노래 부를 때 남의 눈치를 본다. 남들이 격려의 눈빛과 아우성을 쳐주면 신이 난다. 신바람, 그것은 우리가 사는 데 아주 고귀한 양식이다. 그게 없으면 사람들은 바로 시무룩해져서 외로워진다(누구였더라(?) 이 신바람이라는 말에다가 귀신 신神자를 붙였다. 그건 아니라는 생각 때문에 한참 글이 나가지 않아 미적거렸다. 너무 억지로 한자를 덧대는 일은 작가들이 이제 좀 멈춰줘야 한다고 나는 생각하였다. 예컨 대 이 생각을 한자말로 生覺이라고 쓰는 게 맞는가? 멈춰야 할 때 멈추는 지성이 필요 하다는 생각!). 나는 그냥 사람들에게 신바람을 일으키는 사람으로 글을 쓰는 것이려니 하였기에 말이다. 그래서 나는 그래도 내 깜냥껏 이 신바 람을 일으키려고 노력하였으나, 그게 뜻대로 되는 게 아니더라는 말로 이 이야기 꽃밭을 거닐며 즐긴 내 이야기를 끝내야겠다. 당신들 모두들 다 하나씩의 신이고 위대한 이야기꽃 바람장이들이라는 생각만 깊이 새 겨 놓았다는 말과 함께 시원한 내 한 기도의 바람을 보낸다.

2006. 8.

제 3 부

사람들은
어딘가를 걷거나 듣는다

●●● 좋은 사람 나쁜 놈
●●● 셈법

　2011년 10월 4일자『한겨레』신문 31쪽 '오피니언'에 쓴 이명수의「좋은 사람 나쁜 놈 현상」을 읽었다. 이 필자가 뜻하는 바 글을 쓴 마음이 아주 아름답고 옳은 것이라고 일단 나는 믿는다. 그러나 뭔가 좀 이상하다고 느낀 바가 있어 이 글을 쓴다. 이 글의 내용은 박원순 같은 훌륭한 인물이 '실수로 좋은 집에 산 것'을 지나치게 확대하여 비난하는 것은 옳지 않다는 것으로 내겐 읽혔다. 얼핏 듣기에 말은 맞다. 똥 묻은 돼지보다 겨 묻은 돼지쯤은 그렇게 비난할 일은 아닐지도 모른다. 그러나 정말 그럴까? 적어도 남 앞에 나서서 남의 권리를 위임받아 그들의 힘든 일을 맡아 해 주겠다는 사람이라면, 어떤 핑계가 있다 해도 그렇게 커다란 집에 살면서 남의 눈총을 맞아서는 안 된다는 것이 나의 생각이다. 중국인들이 숭배하면서 왕권을 인정하는 데 마음을 놓은 순임금이라는 사람은, 일반 백성들보다 뜰의 뗏장 세 계단으로 그 지위의 다름을 드러내었다고 했다. 겸손함의 표시를 그렇게 하였다는 뜻일 터! 간디가 스스로 한 말 가운데 이런 말이 있었다.

　　진실을 추구하는 자는 먼지보다도 겸손해야 한다. 세상은 먼지를 발밑에 짓밟지만, 진실을 추구하는 자는 먼지에게조차 짓밟힐 정도로 겸손해야 한다.

진실을 추구하는 사람이란 누구일까? 정치랍시고 앞에 나서서 남의 권리를 모아 큰 권력을 부리면서, 갖은 더러운 짓을 다 저지르는 패들을 막아서는 일을 '진실추구'라고 읽는다면, 박원순은 조금 더 검소한 집에 살았어야 옳다.

1895년 동학혁명의 물결 속에 전봉준들이 관군에게 잡혀 공초 받는 장면을 보면, 당시 이른바 관리라는 것들이 얼마나 무지막지하게 백성을 대하였는지 그 권력을 어떻게 함부로 썼는지가 잘 드러난다. '탐관오리' 얘기를 자세하게 진술하라는 말에 대하여 전봉준은 이렇게 답하였다. 기록조차 모두 한자여서, 가히 꼴불견의 꼭짓점을 보는 듯하지만, 내용은 이렇다.

일은 民洑下의 築洑하고 勤攻으로 民間의 傳令하여 上畓則 一斗落의 二斗稅를 收하고 下畓則 一斗落 一斗稅를 收하니 都合租가 七百餘石이오 陳荒地를 백성에게 詐其耕食하여 官家로 文券하여 徵稅 아니한다더니 及其秋收時에 勤收한 事요. 一은 富民에게 勒奪錢築 二萬餘兩이요 一其父가 曾經泰仁倅 其父를 위하여 碑閣을 建築한다하고 勒斂錢이 千餘兩이요, 一은 大同米를 民間徵收하기는 精白米로 十六斗式 準價로 收斂하고 上納則 鹿米를 貿하여 利條를 沒食한 事요 此外許多條件은 이로 旣得할 수 없나이다.

이 내용은 곧 전봉준이 사람들을 모아, 못돼먹은 관리나 깡패 모리배들을 향한 으르렁댐이었다. 이런 눈길로 읽으면, 오늘날 네 흐름의 강둑을 어떻게든 파헤쳐 갖은 공사에 들어간 돈이 몇 백 조라는 개념조차 없는 돈을 챙긴 새끼들은, 이를테면 '나쁜 놈'들일 터이다. 그게 우리들 모두의 등에 짊어지운 빚이 아닌가? 이런 놈들을 나쁜 놈이라 부른다. 너무 많은 돈을 가져, 사람들을 그것으로 종살이시키려는 놈들을, 우리는 나쁜 놈들이라고 자주 불러 세워야 한다. 프랑스 혁명 좀 전에 로베스피에르는 이런 나쁜 놈들을, 돈 많이 가진 순서대로 불러다가, 단두대에 엎어 놓고 목을 잘랐다. 얼마쯤 돈을 지녀야 나쁜 놈으로 떨어지지 않을까? 돈은 그 자체 속에 악마를 숨긴 채 돌아다닌다. 그런 돈이나 황금이나 땅이나 모두 다 그런 악마를 지녔으니, 그것들을 그렇게 많이 지니고 있으면서도 두려워하지 않는 이라면 나쁜 놈이다. 그것들은 늘 새끼를 치는 악행을 저지른다. 박원순으로 말하면 퍽 좋은 사람으로, 우리들 모두 다 그를 눈여겨보면서 그의 발걸음이 깨끗하기를 빈다. 그러니 그가 실수 따위로 큰 집을 지녔다는 투의 말은 맞지 않는 말이다. 박원순 당신은 좀 더 겸허하게 가난 쪽으로 몸을 숙여야 한다. 그게 우리가 당신을 보는 희망이기 때문이다. 나쁜 놈들은 그저 그냥 나쁜 놈들일 뿐이다. 그들이 자선이라고 베푼다는 그 짓조차도 실은 나쁜 일에 속하는 그냥 그렇고 그런 나쁜 짓, 뻔한 일이기 쉬우니까!

2011. 10.

밤마다 할딱이는 새, 뒤척이는 시인

−김용범 시집『할단새』에 부쳐−

1) 드는 말

이 글은 김용범 시인의 시집『할단새』에 붙이는 꼬리 글이다. 그런데 이 시집 제목부터 사람을 감질나게 한다. 할단새? 한자로 된 이 새 이름부터 사람을 기죽인다. 할단새! '할' 자는 아예 컴퓨터에 입력된 한문에도 나오지 않고 옛 민중서관 판 옥편에도 나오지 않는 글자이다. 도대체 이 시인은 독자들을 어떻게 알기에, 또 어떤 심통으로 이 따위 어려운 글자로 된 새 이름을 가지고 시집 제목에 떡하니 붙여 놓았을까? 할 일 없이 직접 물어보니 껄껄대며 가로되; 새는 새란다. 밤중에 헐떡이는 새, 둥지가 없어 추위에 떨며 헐떡이며 우는 새이자 박쥐란다. 지구 어딘가 정말로 살아 있다는 야명조夜鳴鳥! 여기까지만 일단 이 새 이야기는 밝혀야 할 판이다. 이 새가 중국 자전에는 전설의 새라고 나와 있으니까! 그 새의 미욱하고 결단 없는 삶이, 나날이 밤마다 후회로 울부짖는 꼴이, 꼭 나를 닮아 있다는 강렬한 느낌만 새기기로 하겠다. 그래서 이 시인은 일부러 그렇게 각주도 안 달았고 풀이도 안 했다는 거다. 그는 뻔히 실패한 느낌으로 나날을 살아가는 우리, 그런 사람을 닮은 새 이름을 가지고 자기도 뭔가 속에 숨겨 알고 있는 도저한 게 있다는 걸 내세우겠다는 거다. 엉큼하고도 엉뚱한 말꾼 시인! 누군가 독자가 그걸 물어야 자기도 할말이 있다는 걸 보여주겠단다. 속셈이 뚜렷하지만 퍽 해학적이다.

나는 지하철에서 책을 펼쳐 읽는 사람들의 표정을 가끔씩 본다. 대체로 요즘에는 영어로 된 책들을 펼쳐 놓고 뭔가를 골똘히 읽는 것을 보며. 아하, 이제 이 나라도 서양 세계화 큰 바다에 묵직한 닻을 내렸나 보다, 생각하고는 한다. 가끔씩 나는 시집을 꺼내 들고 그것을 읽지만 내 표정관리는 영 시원치가 않다. 시집을 펴 읽는 사람들을 나는 거의 본 적이 없기 때문이다. 누군가와 비슷한 표정 관리를 할 수만 있다면 그것 또한 그럴듯한 일이 아닐까? 그렇다면 시집 시들을 읽는 사람들의 표정은 어떠해야 할까? 눈살을 찌푸려 오만상을 누비면서 시를 읽어야 할까? 북유럽 사람들이 맞닥뜨린다는 겨울 날씨 탓에, 깊은 명상에 잠겨 시 한 줄 한 줄 그 속에 든 뜻을 찾아 고개를 갸웃거리며, 깊은 맛을 짓씹는 듯한 표정으로 읽어야 할까? 거창한 시 읽기 교본으로 서양 이 나라 저 나라 각종 이론은 다 끌어다가 시가 어쩌고 삶이 어쩌고 따위 그 많은 이론을 다 먹어 삼켜야 시를 읽을 수가 있는 걸까? 동서고금 시공간을 훌쩍훌쩍 뛰어넘는 날램이(슈퍼맨)가 되어 시 낱말 하나가 품은 뜻을 찾아 여기 저기 앎의 갈피를 찾아 두리번거려야 제대로 시 맛을 알게 되는 것일까? 나 같은 먹물들이 가끔씩 빠지는 버릇으로, 은유가 어떻고 상징이 어떻고, 이리 재고 저리 재면서 갸우뚱 갸우뚱 푸석돌 머리를 굴려가며 읽어야 할까? 내 생각으로 그런 읽기로 끌고 가는 시라면 산 밑을 지나가는 소낙비 소리, 그저 그런 시이겠거니 한다. 중얼 중얼 홀로 지껄이는 먼산바라기들로 키워 가는 도시란 일종의 자폐증 환자들을 수용하는 그런 수용소나 아닐 것인지! 남이야 알건 모르건 나는 여기 있는 것이니까!

아주 꽤 오래 전, 서울 시내버스 속에서, 내가 겪은 이야기가 하나 있다. 좀 늦은 시각이었지만 마침 앉을 자리가 나서 앉은 다음, 나는 시집을 펴 읽고 있었다. 침침한 버스 불빛 아래에서 시집 읽기! 꽤 볼 만한 풍경이었을 터이지만 뭐 꼭히 할 일도 생각할 거리도 없는 판에 글자가 좀 적은 시집을 펴 든 꼴이었을 뿐이다. 누군가가 내 정수리를 꽤 깊게 들여다보는 느낌이 있었던가? 앞에 서서 나를 내려다보던 한 노신사가 내 어깨를 툭툭 친다. '그, 젊은이가 읽고 있는 책이 뭐요?' '시집인데요.' '허어 시집이라! 그거 읽을 만한 거요?' '네, 그럼요.' 어물거리는 말투로 대답을 하면서 나는 그를 빤히 올려다보았다. 그 눈빛 속에는 자리를 양보하라는 투의 단작스런 표정은 없었다. 요즘 젊은 애들이란! 어쩌고 중얼대면서 젊은 학생들 앞으로 지싯지싯 다가서는 겉늙은 사람들의 저 심란한 표정들은 그때나 이때나 바뀌지 않고 있다. 오직 나이 먹은 어른이라는 계급만 온몸에 짊어진 사람들, 저 참담한 삶의 궁핍에 찌든 피로라니!

그러나 그 노신사의 표정은 퍽 밝았고, 또 버스 안에서 시집을 읽는 청년이 퍽 안쓰럽거나 대견해 보인다는 눈빛이었다. 그는 지금의 내 나이 또래로 곱게 늙은 사람이었다. 아마 내가 법률 책이거나 영어로 된 따위의 책을 읽었다면 그가 나를 툭툭 치지는 않았을 것이다. 앞날의 판검사나 미국 박사학위를 가진 대학교수, 재벌 기업의 쟁쟁한 일꾼을 꿈꾸는 젊은이라면, 버스 속의 그 복잡하고 촉수 낮은 불빛 아래서 마땅히 읽어야 할 책이란 뻔한 것일 수밖에 없다. 그런데 시집이라니~!

나는 언젠가 만나기만 하면 쌈박질로 이름을 내곤 하던 몇몇 문인들 이야기를 알고 있다. 김동리 선생의 초기 작품들 속에 보이는 장사壯士들의 이해할 수 없는 싸움 장면은 바로 이런 문인들의 몸부림과 아주 꼭 닮았다. 현대 시인이, 어딘가 써먹힐 수 없는 힘을 지닌, 헛장사의 터무니없는 힘쓰기와 어디가 다를까? 나는 장사의 힘쓰기를 자주 꿈꾸는 사람

이다. 그래서 이 책 저 책들을 찾아 읽지만 나를 빙긋이 웃게 만드는 헛
장사의 시가, 그렇게 자주 나타나지 않는다. 하지만 그래도 나는 나를 즐
겁게 웃길 시를 찾아 눈길로 서성거리거나 두리번거린다. 그리고 나는
버스 안에서 책을 읽다가 깔깔대며 웃은 적도 드물긴 하지만 몇 차례 있
었다. 김영승의 시집, 「반성」이었나? 그의 시들을 읽으면서 내가 버스 속
에서 아주 즐겁게 웃은 경우도 그 가운데 하나였다. 통쾌하게 자기를 둘
러싼 세상의 더러운 꼴 값들을 비웃거나, 자신이 저지르는 실수와 잘못
됨, 그런 이야기들을 스스로 다 드러냄으로써, 남을 웃기는 말투를 교묘
하게 잘 써 놓은 시인들의 시를 읽으면 정말 기분이 좋아진다. 그걸 나는
시의 아주 좋은, 쓸데 많은 양분이라고 생각한다.

2) 김용범의 시 이야기

김용범의 시는 우선 읽기가 퍽 편하다. 시집 제목에 붙인 '할단새'만은
좀 빼고 말이다. 그의 시는 길이도 길며, 그러니까 저절로 말도 많고 우리
가 모르는 아주 많은 앎의 무게가 퍽 묵직하다. 그렇지만 읽기에는 아주
즐겁고 또 시원시원하다. 「호랑이 수염」을 가지고 이 시인 이야기를 먼
저 하고 싶지만 좀 긴 산문 투 이야기 시여서 여기에 다 옮기지는 않겠다.
그러니 그것은 조금 뒤로 미루기로 한다. 이제 좀 짧은 그의 시 한 편부
터 내세워, 시집 꼬리말 이야기에 덧붙여 말을 시작해 볼 생각이다.

「칩거기蟄居期의 안개와 바람 13」에다가 부제로 「섬, 너울, 바람」이라
붙인 다음과 같은 시가 있다. 옮겨 보이면 이렇다.

섬 속에 나를 가두고 그렇게 몇 년

정주하고 싶다. 사람들이 절망이라 부르는

바다에 오도 가도 못하고 갇혀

정말 오도 가도 못하고 살고 싶다.

낮이면 파도에 퍼렇게 멍든 바위 위에서

혼자 꺼이꺼이 울다가 지쳐 죽음보다

깊은 낮잠을 자고 싶다.

그 섬의 너울과 바람에 흔들리며

섬에 갇혀 사흘 밤을

토하고 또 토하며

바다 위의 섬에 갇혀 너울처럼 일렁이며

　어떤 독자에게 이 시는 울컥 화를 돋울 시건방 떪으로 보일지도 모른다. 누구 염장 지를 일 있나? 죄 없이 누군가에게 끌려가 잔뜩 두들겨 맞고 나와 똥물을 들이켜고 있으나, 살길은 막막하여 시름없이 누워 있는 사람에게, 이런 이야기는 건방지기 짝이 없을 수도 있다. 그러나 이건 어디까지나 시다. 이런 시는 이 시인을 알게 하는 여러 재미있는 말장난질을 퍽 맛깔스럽게 하는 시 가운데 하나일 뿐이다. 1960년도였나? 시인 김지하가 60년대 이후 한국 사회가 굴려 갈 꼴새를 정확하게 비웃었던 「오적」을 써서, 군사독재 정권 패들과 거기 붙어 떼돈을 긁어모으던 패, 그런 짓들을 도와주던 정부 각 부처 패들, 그리고 그 정권을 돕던 정치군인 패들을 놀라게 하였던 적이 있었는데, 이 시는 그 시 앞머리에 나오는 시 주인공 '꾀수'의 말투를 퍽 닮아 있다. 볼기짝에 불이 확확 나도록 맞고 싶다던 그 '꾀수' 말마따나 그 시인은 진짜 징역 생활로 고생깨나 하였는데 김용범 이 시인이 이 따위 말투로 사람들을 웃긴다. 진짜 그런 고통이나 외로움과 슬픔은 그렇게 바란다고 해서 이루어지는 것만도 아니다. 하지만 이 절절한 고백에는 뭔가 사람을 울렁이게 하는 말 비틀기가 있어 보인다. 위 시 제목 얘기에서 조금 밝혔듯이, 자기도 뭔가 남 앞에서 중요한 꼴 값을 지니고 있다는 걸 보여주기 위해, 그나 나나 갖은 치장이나 허풍을 떨곤 한다. 그런데 이 허풍이 얼마나 스스로도 놀라운 허세인지를 풍선 바람 빠지듯이 확인하는 「호랑이 수염」이라는 이야기 시가 있다. 이야기 시! 다 옮기는 일을 접고 그 이야기 뼈대만 보이기로 한다. 이 시는 재미있는 이야기로 되어 있다.

첫 연의 시작은 이렇다.

어敔라는 악기가 있다. 백호가 웅크린 형태로 나무를 깎고 등에 스물일곱 개 톱니를 세운, 음악의 끝을 알리는 중요한 악기. 웅크리고 있는 백호. 아홉 조각으로 갈라진 채, '진죽'으로 호랑이의 대가리를 딱.딱.딱. 세 번 치고 등을 주르륵 한 번 훑어내려 긁는 것을 모두 세 번. 그러면 음악 끝. 문제는 소리다. 채가 스물일곱 개의 갈기를 지나면 듣기 민망하게 '찰찰찰'거리는 소리를 낸다. 그 소리를 듣는 순간 당당한 백호의 위엄이 여지없이 무너진다.

이 이야기 다음에는 하얼빈을 여행가서 송화강 북쪽 어디에 백두산 호랑이 800여 마리가 반야생 상태로 살고 있는 동물원 이야기가 이어진다. 호랑이 동물원에서의 놀라운 겪음 이야기이다. 소 한 마리를 울 안에 집어넣자 순식간에 먹어 치우는 장면을 보고, 시 주인공은, 이 호랑이의 위엄이 어디로부터 나오는가를 살핀 결과 그게 분명 호랑이 수염이라는 것을 알았다고 했다. 그리고 그는 호랑이 수염 자리를 이렇게 읊어 놓았다.

결론은 수염. 호수虎鬚였다. 호랑이의 수염은 열 개의 털이 한 줄씩, 다섯 줄이 나 있는데, 중간 줄의 수염이 가장 길다. 특히 중간 줄의 일곱 번째 수염이 제일 굵고 길다. 참으로 위엄이 있다. 그래서 조선 시대 무관들의 모자인 전립은 용맹과 위엄을 보이기 위해 호랑이 수염을 꽂아 만든 호전립虎戰笠을 썼던 것. 용맹함의 상징 호수虎鬚여

이래 놓고 그는 끝 연에다가, 그렇게 호랑이를 본 경험으로, 뭔가를 노리고 콧수염을 기르기 시작하였다고 했다. 게다가 그의 이름조차 용범이 아닌가! 용과 호랑이라는 뜻, 그런 이름 장난이 그를 용약매진하게 하였을 법한, 다음 이야기의 뒷구절을 보자!

위엄과 용맹을 스스로 드러내기 위해 일부러 기르는 콧수염. 그런데 오랜만에 학생들을 인솔하고 백두산에 오르려 준비하던 아침, 나는 문득 면경面鏡에 비친 내 모습을 보았다. 앗, 어敌였다. 면경 속에는 초라한 중늙은이 하나가 허연 콧수염을 드러내고 찰.찰.찰. 겸연쩍게 웃고 있었다.

시인은 대체로 이렇게 자기를 세상 앞에 내어놓을 줄 아는 사람이다. 시인은 가끔씩 사람을 웃기기도 하고 울게도 하며 아프게도 한다. 그의 시는 이렇게 사람을 웃기면서 뭔가를 알리려는 뜻을 품고 지어낸 이야기들이 많다. 그래서 배울 것 또한 아주 많아 보인다.

3) 나가는 몇 마디 말

우선 그의 시집은, 『나는 꿈꾸는 새다』라는 내 시집 제목 비슷하게도

'새'로 끝이 나서, 이건 뭔가 좀 수상쩍다고 생각하여 놀랐는 데다가 밤마다 울며 할딱인다는 이 할단새 얘기가 하도 재미있어서 또 한 번 놀랐다. 그래서 나도 이야기 틈만 나면 이 할단새 이야기를 남들에게 전한다. 그런데도 이 시집 꼬리말에서 그 할단새의 진짜 알맹이 이야기는 빼놓았다. 전설의 새라는 것이니, 진짜 있을 법하기도 하고 게다가 기막힌 이야기까지 품고 사는 새이니, 그 꼴 값조차도 퍽 내 마음에는 들었다. 나는 그의 아흔아홉 편의 시들을 모두 풀이하는 꼬리말로 이 글을 쓴 것은 아니었다. 그의 시들 속에는 그의 삶이 저절로 녹아 있어 시마다 읽는 재미가 보통이 아니다. 그는 뭔가 삶을 이야기하려고 한다. 정말 잘 사는 삶이 어떤 것인지 자주 물으면서 그는 대나무나 다른 물상들을 앞에 불러 놓고, 바르며 곧게 사는 삶을 꾸준히 이야기하고 노래 부른다. 게다가 그는 정말 잘 사는 문제를 놓고, 밤마다 뒤척이며 스스로 묻고 또 묻는, 자기 물음 끝이 깊고 꽤 넓다. 이렇게 자아 '나'를 묻고 삶을 묻는 뒤척임으로, 끝없이 이어지는 내용이, 곧 그의 시들을 엮는 알맹이라고 나는 읽는다. 나는 나이되 나 됨으로 나아가는 길은 결코 만만하지만은 않다. 어쩌면 나와 너무나 닮은 이 할단새가, 바로 이 시인 김용범 자신이라고 주장하는 것이나 아닌지 모르겠다. 사실 내 예상이 맞는다면 그는 꽤 멋쟁이 시인임에 틀림없다.

이 시집은 분명 아주 많은 사람들이 읽으면서 껄껄거려 웃게 하거나 기쁜 재미를 줄 것이다. 솔직한 내 느낌으로, 약간의 샘조차 나는 품고 있다. 하지만, 그래도 내 어리석은 마음은 스스로 추스르면서, 이렇게 내는 그의 시집이 무덥고도 한심한 이 세상에 뭔가 한 줄기 시원한 바람이라도 되어 펄펄 살아 날기를 바란다는 마음도 없는다.

2011. 3.

••• 부끄러움을 잃은 시대,
••• 잘사는 사람됨의 잣대

    아주 오랜만에 '염치'에 대한 맑은 얘기를 읽었다. 2월 28일자 『한겨레』 신문 23쪽에 임헌영 형의 친일정산 작업과 관련한 얘기였다. '부끄러움'은 사람됨의 본보기 잣대가 될 만하다. 임 형의 이야기는 참으로 신선했다. 그는 '문학이 내 고향인데 지금은 하숙집 신세'라고 했지만, 내 느낌으로, 그는 도도하고 당당한 자기 문학의 길을 꿋꿋하게 걸어왔다. 그처럼 어려운 길을 멈추지 않고 걷기란, 결코 아무나 하는 일이 아닌데도, 그는 그 길을 걸어왔다. 이 나라의 한 복이다. 오늘날 우리는 부끄러움을 잃은 시대에 내동댕이쳐진 채 살고 있다. '염치없는 사람'은 아예 사람 취급을 하지 않던 때가 있었다. 아니 지금도 실은 그렇다. 염치없는 사람을 우리는 사람 격에서 제쳐 놓는다. 그런데도 우리는 염치를 아예 집어던진 채 행악을 벌이는 부라퀴들을 눈 뻔히 뜨고도 내치지 못하는 시대에 살고 있다. 아니다, 그런 이들을 가차없이 우리는 내던진다. 참으로 우리들 삶은 묘하다. 사람들 마음속에는 몇 낱의 지워지지 않는 짙은 그림자가 있다. 그것은 왕이라는 낱말로 모아진다.

    왕, 영웅, 지도자, 대통령, 수상 따위로 이름을 바꿔가면서 사람들 마음속에 파고드는 이 낱말은 자세히 따져보면 정말 수상하기 짝이 없는 어두운 그림자이다. 그런 패들은 대체로 깡패이거나 강도이기 쉬운 사람들인데, 하도 오랫동안 그런 패들에게 억눌림을 당해 와서 그런지, 으레 사람들 마음에는 그런 왕 벌레가 자리 잡고 있다. 지도자란 어떤 무리에게든 반드시 있어야 할 존재라고 사람들은 믿는다. 그래서 힘이 세거나 머리가 좋아 남들보다 먹잇감을 찾는 데 뛰어난 재주를 보이면 사람들은 그의 뒤를 따른다. 그를 따를 뿐만 아니라 그들로부터 보호받기를 바란다. 그래서 그런 지도자는 먹는 것도 입는 것도, 누리는 재산도, 남들보다 더 먹고 입거나 번쩍거려도 된다고 믿는다. 여기에 참혹한 함정이 놓여 있다. 이런 함정에 빠진 사람들 가운데 가장 참혹한 사람은 누구일까? 어쩌다가 떠밀려 군중 앞에 서게 된 지도자? 자기 함정에 빠진 미친 대통령? 히틀러? 무바라크? 카다피? 박정희? 전두환? 그리고 다음은 누구일까?

재산을 너무 함부로 긁어모은 사람들이야말로 따지고 보면 그 함정에 빠진 사람들일 터인데, 그들은 그것을 성공한 삶이라고 착각한다. 얼마나 되는 돈이 정말로 자기가 힘들여 번 바른 재산일 수 있을까? 프랑스 혁명 전에 젊은 혁명가 로베스피에르는 그걸 미리 정해 놓지 못한 채 재산을 너무 많이 가진 자들을 잡아 죽이는 바람에, 재산을 조금 덜 가진 동료에게 역습당해 죽었다는 증언이 있다. 오늘날 우리는 이명박 정권이 툭하면 재산을 늘린 사람들을 층층다리 벼슬자리에 앉혔다가, 번번이 망신당하는 개각 놀음을 지켜보고 있다. 꼭 코미디를 보는 느낌이다. 굶주리며 헐벗은 이들, 앞날에 대한 아무런 보장조차 없어 절망에 빠진 젊은이들이 널려 있는 우리 시대에, 정말 잘사는 삶의 잣대는 무엇일까? 그것은 한마디로 이렇게 일러둘 필요가 있다. 내가 누리는 삶이 부끄러운가? 그렇다면 그것은 잘 못사는 것이다. '부끄러움'이 잘사는 삶의 잣대가 되는 시대를 우리는 열어가야 한다. 염치없는 사람일수록 남 앞에 나서기를 즐긴다. 잘 지켜볼 일이다.

2011. 3.

●●● 빛과 어둠
●●● 넘나듦의 긴 날들

-윤동주 정본 시집 뒤에 부치는 서문-

이제 윤동주가 이승을 떠난 지 햇수로 벌써 쉰아홉 해가 되었다. 1941년도에 연희전문학교를 졸업하면서 내고 싶어 하였던 『하늘과 바람과 별과 시』는 세 권의 시집으로 나왔다가, 정병욱 유일 본으로 남아 가쁜 숨으로 살아 있었고, 광복이 되고 난 이태 뒤 1948년도에야 겨우 윤동주가 시인임을 입증하는 빛으로 드러났다. 이 시집 『하늘과 바람과 별과 시』는 그의 아우 윤일주와 여동생 윤혜원, 친구 정병욱, 강처중 등 많은 친지, 동료들에 의해 해를 거듭하면서 잃어버렸던 원고를 보충하여 오늘날 우리가 알고 있는 윤동주의 여러 시편들을 수록하여 왔다.

1948년 〈정음사〉에서 처음 출간하였던 이 초간본은 그의 아우 윤일주와 일본 유학중에도 윤동주가 늘 편지로 시를 써 보내 그것을 받아 보관하였던 연희전문 동기생 강처중과 또 한 동기생 유영, 그리고 〈정음사〉 사장이며 최현배의 장남이었던 최영해 등이 징병에서 돌아와, 졸업 전의 세 판본 가운데 유일하게 보관하였던 정병욱의 초간 수필본을 기본으로 하여 만든 31편 수록 시집이었다. 우리는 이것을 일러 강처중 본이라 부르기로 한다. 광복이 되면서 『경향신문』 기자였던 강처중은 당시 이 신문을 통해 윤동주를 알리는 일에 충심을 다하였다. 그는 『경향

신문』에 「쉽게 씌워진 시」를 실어 시인으로서 윤동주를 세상에 처음으로 알렸던 인물이다. 1953년 이후 민족 전쟁이 휴전 상태로 된 시기 '남로당의 젊은 실세'로 활약하였던 강처중은 간첩 혐의로 기소되어 처형되었다고 알려져 왔으나, 최근의 연구 결과는 월북한 것으로 드러났다. 송우혜가 쓴 『윤동주 평전』, 푸른역사, 2004, 500~519쪽에 이 내용은 자세하게 서술되어 있다.

1955년도에 아우 윤일주는 누나 윤혜원 등 여러 사람들이 보관해 왔던 시편들을 거듭 모아 10주기 기념으로 증보판을 낸 이후 3판까지 찍었다. 이후 1984년에 낸 개정판까지는 모두 윤일주의 정성과 노력으로 〈정음사〉에서 낸 윤일주 본이다. 윤일주 선생도 이미 이승을 떠났고 출판사 〈정음사〉도 맥이 끊긴 상태로, 윤동주 시집은 다른 출판사에서 수십 종의 이본들로 출간되어 오늘에 이르렀다. 윤동주 시편들은 그동안 무수한 젊은이들에게 읽히는 애송시가 되었고 그에 대한 연구도 엄청난 분량과 깊이로 확대되었으니 그의 시가 겪은 어둠과 빛은 가히 놀랄 만하다.

1999년도에 윤일주의 장남이며 윤동주의 장조카 윤인석은 일본의 오오무라 교수와 심원섭, 왕신영 등을 엮은이로 하여 『사진판 윤동주 자필 시고전집』을 〈민음사〉에서 간행하였다. 윤일주 교수의 부인이자 정병욱 교수의 여동생인 정덕희 여사와 그의 아들 윤인석 교수는 지금까지 윤동주의 자필 원고 원본을 모두 보관하여 오고 있다. 정병욱 교수는 징병으로 나갈 때 어머니께 이 원고를 맡기면서, 행여 내가 전쟁터로부터 돌아오지 못하고 광복이 되면, 반드시 연세대학교에 이 원고를 넘겨 출판케 해 달라고 유언을 남겼다고 한다. 이 자필 원고 원본들은, 이렇게 하여 1948년 초판본으로 빛을 보았고, 다시 1955년 판, 1984년 개정판 등으로 거듭 우리들 후학들의 눈빛 속으로 퍼져 나아갔다.

그동안 연세대학교에서는 2001년도부터 〈윤동주 기념사업회〉가 결성되어 그해로부터 전국 대학생들을 대상으로 하는 '윤동주 시 문학상'을 제정하여 오늘에 이르렀고, 원주 캠퍼스에서는 같은 해에 유례가 없는 모형의 돔형 시비를 건립하였으며, 고등학생들을 대상으로 하는 '윤동주 기념 백일장'을 열어 문인 지망생들을 격려해 오고 있다.

이제 2004년도에 우리는, 징병으로 끌려가면서까지 정병욱이 꿈꿨던 연세대학교 판본으로, 윤동주 정본을 만들어 윤동주 시 애송자들은 물론 그 연구자들에게 윤동주 시 세계의 진면목을 보여주고자 한다. 이 정본 시집을 출간하는 데는 정현종 시인과 윤인석 교수, 심원섭 교수를 편집위원으로 하는 잦은 모임이 있었고, 심원섭 교수가 쓴 간행 원칙에 이 정본 시집 만들기에 대한 자세한 내역들을 기록하여 놓았다. 그리고 연세대학교 국문학과 박사과정 학생 배현자가 이 원본대조 작업에 혼신의 힘을 기울여 주었다.

아아! 이제야 우리는 연세대학교가 배출한 한 시인의 글쓰기에 빛을 더하는 마음을 실어 그동안 짊어졌던 이 시인의 아픈 생애와 시인적 고뇌에 값한다는 느낌을 갖게 되었다. 연세대학교의 〈윤동주 기념사업회〉(김우식, 정창영, 윤일선, 표재순, 김진영, 이영선, 양승함, 백태승 등) 여러 선생님들의 격려와 채찍질이 없었다면 이 일은 또 다른 흐름으로 흘러갔을 것이다. 윤동주 사 남매 가운데 유일하게 생존해 있는 윤혜원 여사가 착한 눈을 감으며 연세대학교를 위해 기도할 것이고, 윤동주의 시들을 읽는 이들에게 애절한 사랑을 보낼 것을 생각하니, 2002년도에 연변 공동묘지에 안장된 윤동주 묘소에 연세대학교 대표들이 들러 눈물로 기도하던 생각이 저절로 난다. 윤동주 정본 시집 만드는 이 일이 끝나는 것을 보는 나는 이제 기쁘다.

2004. 6.

●●● 사는 이들의
●●● 꼴 값 찾기 또는 만들기

-윤동주와 박경리-

1) 윤동주와 그의 꼴 값

윤동주=1917년 출생~1945년 2월 죽임당함. 그가 죽임을 당하게 된 단죄, 1944년도에 왜국 법정에서 죄 없는 윤동주에게 내린 판결문;

> 어릴 때부터 民族的 學校敎育을 받아 思想的 文學書籍 等을耽讀함과 交友의 感化 等에 의하여 일찍이 熾烈한 民族意識을 품고 있었는데, 성장하여 內鮮 간의 소위 차별 문제에 대하여 깊이 怨嗟의 마음을 품는 한편 我 朝鮮 統治의 방침을 보고 조선 固有의 民族 文化를 絕滅하고 朝鮮 民族의 滅亡을 도모하는 것이라고 여긴 結果, 이에 朝鮮 民族을 解放하고 그 繁榮을 초래하기 위하여서는 朝鮮으로 하여금 제국 통치권의 지배로부터 이탈시켜 독립국가를 건설할 수밖에 없으며, 이를 위하여서는 조선 民族의 현시에 있어서의 實力 또는 과거의 獨立運動 失敗의 자취를 반성하고 당면 조선인의 實力, 民族性을 향상하여 獨立運動의 素地를 培養하도록 一般大衆의 文化昂揚 및 民族 意識의 誘發에 힘쓰지 않으면 안 된다고 決意하기에 이르렀다.
>
> 1944년 3월 31일

京都地方裁判所 第2刑事部

裁判長 判事 石井平雄

渡邊常造

瓦谷末雄

—송우혜, 『윤동주 평전』(서울: 세계사, 1998), 323~4쪽 참조

그의 죄명은 '**조선 민족을 해방하고**', 조선이 독립국가로 나아가기 위해서는 '**민족문화를 잊지 않도록 조선 국민들에게 민족성을 앙양케 함으로써 민족정신을 유발토록 하여야 한다**'고 결의하였다는 것이다. 나라를 빼앗겨 숨통조차 제대로 트지 못하는 식민지 질곡에 신음하는 사람들이 자기 숨통 틀 궁리를 하는 것이 죄라고, 왜정 법률은 윤동주를 판결하였다. 남의 숨통을 누르고 남을 살해하거나 억압하는 것은 인류 공통의 죄악이다. 조선 민족에게 악행을 저지르던 왜정 악당들은 바로 이런 식으로 윤동주를 살해하였던 것이다. 아마 지금도 지구 저편 어느 곳에서는 이런 인류 공통의 죄악을 일삼으면서 평화를 가장하는 무리들이 설치고 있다.

그런데 그는 이미 연희전문학교 4학년 졸업반 때 중요한 시 세 편을 썼다. 여기 그중 두 편을 들어 보이면 이렇다.

십자가十字架

쫓아오던 햇빛인데
지금 敎會堂 꼭대기
十字架에 걸리었습니다.
尖塔이 저렇게도 높은데

어떻게 올라갈 수 있을까요.

鍾소리도 들려오지 않는데

휘파람이나 불며 서성거리다가,

괴로웠던 사나이

幸福한 예수 그리스도에게

처럼

十字架가 許諾된다면

모가지를 드리우고

꽃처럼 피어나는 피를

어두워가는 하늘 밑에

조용히 흘리겠습니다.

—1941년 5월 31일

서시

죽는 날까지 하늘을 우러러

한 점 부끄럼이 없기를,

잎새에 이는 바람에도

나는 괴로워했다.

별을 노래하는 마음으로

모든 죽어가는 것을 사랑해야지

그리고 나한테 주어진 길을

걸어가야겠다.

오늘밤에도 별이 바람에 스치운다.

—1941년 11월 20일

1948년도에 3주기 기념 시집으로 낸 이 시집에 대한 **정지용의 간략한 서문** 요지는 이렇다. 정지용은 윤동주가 가장 존경하여 공부하였던 선배 시인이자 마음의 스승이었다. 광복을 맞고 후배 시인의 시집에 서문을 쓰면서 깊은 시름에 잠긴 이야기이다.

무시무시한 고독孤獨에서 죽었고나! 29세가 되도록 시詩도 발표發表하여 본 적도 없이!

일제시대日帝時代에 날뛰던 부일문사附日文士놈들의 글이 다시 보아 침을 배알을 것뿐이나, 무명無名 윤동주가 부끄럽지 않고 슬프고 아름답기 한限이 없는 시를 남기지 않았나?

시와 시인은 원래 이런 것이다.

2) 박경리의 작품을 통해 보인 사람들의 꼴 값

박경리(본명은 박금이). 1926년에 통영 출생~2008년 5월 5일 돌아감. 선생이 돌아간 직후에 내가 쓴 글의 요지는 이렇다.

※ 박경리 문학의 뿌리;

박경리 선생이 지난 2008년 5월 5일에 돌아갔다. 작년부터 큰 병 손님이 몸에 들어온 것을 알고도, 가장 가깝게 모셨다고 생각한 내게조차 그는 그 사실을 알리지 않고 홀로 큰 아픔과 두려움을 참고 견디다가 홀연히 우리 곁을 떠났다. 내게는 그가, 나이 들어 만난 위대한 스승으로 또 때론 다정한 어머니로 갖가지 삶의 어려움을 이기는 법을 알려주던 분이었다. 아직도 나는 전화를 하면 곧 그가 맑고 깨끗한 목소리로 전화를 받으면서 밝게 웃어 보일 것만 같다. 그러니까 아직도 그가 내 곁을 떠났다는 게 믿어지지가 않는다. 통영의 그윽하고도 깊은 미륵산 봉우리에 자리 잡은 그의 유택에 눕기 전 징징 울리던 상두꾼 노랫소리와 요령 소리로 내 귀는 먹먹하고, 5월 9일, 산 위로 심하게 불던 바닷바람하며 빛나던 햇볕들 모두가 아직도 내 몸 어딘가에 따라붙어 떨어지지가 않는다. 그 어른이 50여 년 동안 고향 땅을 등졌다가 다시 고향 땅에 묻히는 눈물겨운 장면이 눈에 밟혀 내 눈물샘은 여전히 마르지 않고 있다.

그가 돌아간 자리를 기리는 울림 판 마당마다 그가 생전에 한 말의 가락과 눈빛을 다시 떠올리면서 나는 그의 문학의 뿌리가 무엇인지를 곰곰 생각한다. 그는 말했다.

나는 눈먼 소처럼 「토지」라는 멍에를 짊어지고 평생 그 「토지」 연자 맷돌을 돌리느라 멍에를 내려놓은 적이 없다. 누구도 내 멍에를 벗겨준 사람이 없었고 또 누구도 이 멍에를 벗겨줄 수는 없었다.

나이 스물넷에 딸 하나를 곁에 둔 채 홀로 살아야 했던 아름다운 여성 박경리! 그때부터 그의 문 밖에는 '늑대와 까치독사 하이에나와 여우들'이 지키고 있었고, 그런 험한 삶 판에서 그는 쉰여덟 해를 외로움과 설움, 아픔을 홀로 삭이면서 스스로 길을 찾아 살아 있음의 존엄과 격조를 만들어 나아갔다. 그가 갈아간 문학의 밭은 아픔과 외로움의 실타래였다. 그는 그것을 달래면서 말로 그 지겨운 삶의 탑을 쌓았다. 놀랍게도 그가 스물다섯 해 동안 쌓아올린 『토지』라는 말의 탑은 한국에서 마흔여덟 해 동안 벌어지던 참혹한 한국 질곡의 역사였다. 그때를 살던 사람들의 여러 가지 태깔이며 설움, 아픔의 발자취가 곧 『토지』였던 것이다. 1897년 한가위, 보름달이 휘영청 뜨던 한가위에, 꼬마 아이들이 색동옷을 입고 입에는 송편을 문 채 뛰던 선연한 모습과, 마을을 뒤덮던 농악의 꽹매기 소리 울림으로부터 이야기가 시작된다. 그 긴 이야기는 사십팔 년 동안 펼쳐지다가 1945년 8월 15일 조국 광복의 소문과 함께 작중 제일 인물인 최서희의 온몸을 감고 있던 쇠사슬 풀리는 소리로 끝을 낸다.

그의 문학 뿌리는 한마디로 삶의 아픔이었다. 그리스 문학을 이야기할 때면 으레 고뇌와 아픔을 들먹인다. 영웅들이 짊어진 고통 이야기가 그리스 문학의 뿌리였지만, 박경리 그가 짊어졌던 멍에의 아픔과 외로움은 비록 여성 박경리 개인 역사의 뿌리였지만 그는 그 개인의 아픔으로부터 멀리 벗어나 한민족 모두의 아픔과 설움, 능욕과 피해를 밝혀주는 길로 나아갔다. 그것이 그를 위대한 작가이며 지성인으로 나게 한 문학의 발자취였다. 앞으로 박경리의 이런 위대한 문학 유산은 되풀이되어 나타나지 않을 것이고 또 그런 유산이 다시 생산되어도 안 된다. 그 작품의 내용을 이루는 사람살이가 곧 한국 사람들이 겪어야 했던 엄혹한 굴욕의 식민지 역사였기 때문에, 그런 역사가 다시 한국 사람들에게 반복되어 나타나서는 안 된다는 뜻에서 『토지』가 다시 나와서는 안 된다는 말이다. 누구도 그런 멍에를 다시 져서는 안 되고 한국에 그런 굴욕이 되풀이되어서는 안 되겠기 때문이다.

『토지』에 등장하는 인물만도 7백여 명이 되는 데다가 실제로 서로 엮여 반복되어 기록된 인물만도 칠십여 명이나 된다. 일제 앞뒤 사십팔 년 동안 살았던 이 한국 사람들의 치욕을 견디는 긴장과 여러 꼴의 생존 전략이야말로 『토지』를 이루는 말의 뿌리이다. 존엄성을 지키는 일이야말로 사람됨을 만드는 가장 고귀한 덕목이며, 사랑이 곧 창조라는 공리가 이 『토지』를 이루는 소설 철학이다. 그리고 그는 치열하게 묻는다. 어째서 힘이 센 자는 힘이 약하되 착한 이웃을 그렇게 잔혹하게 짓밟아야 하는지, 정말 그것이 삶에서 무심하게 인정되어도 괜찮은 것인지, 힘이 약하고 착한 사람은 힘센 자에게 짓밟히고 먹혀도 되는 것인지? 이 물음에서 그는 한순간도 눈길을 멈추지 않고 묻는다. 남을 먹이로 삼는 자, 그는 누구이고 남에게 먹히는 자는 누구인가? 그런 물음 속에서 작가 박경리가 답하는 소리는 준엄하다. 나쁜 삶과 좋은 삶, 그리고 나쁜 사람과 훌륭한 사람됨이야말로 바로 이런 갈림길에서 그 잣대가 마련된다. 그것이 『토지』가 우리에게 전하는 위대한 철학적 진술이었다고 나는 읽는다.

박경리 선생이 돌아가기 직전에 쓴 시에 이런 것이 있다.

그 세월, 옛날의 그 집

그랬지 그랬었지

대문 밖에서는

늘

짐승들이 으르렁거렸다

늑대도 있었고 여우도 있었고

까치 독사 하이에나도 있었지

모진 세월 가고

아아 편안하다 늙어서 이리 편안한 것을

버리고 갈 것만 남아서 참 홀가분하다

—「옛날의 그 집」

3) 중진 시인 이시영의 꼴 값 드러내기

이시영李時英=1949년 전남 구례군 마산면에서 출생하여 현재 단국대학교 문창과 교수로 재직 중인 시인. 그의 시 한 편만 보이기로 한다.

내가 언제

시인이란 그가 진정한 시인이라면
우주의 사업에 동참할 수 있어야 한다

그러나 내가 언제 나의 입김으로
더운 꽃 한 송이 피워낸 적 있는가
내가 언제 나의 눈물로
이슬 한 방울 지상에 내린 적이 있는가
내가 언제 나의 손길로
광원曠原을 거쳐서 내게 달려온 고독한 바람의 잔등을
잠재운 적 있는가 쓰다듬은 적 있는가

그의 시편 「**후끄도**」(「긴 노래 짧은 시」 2009년도 판 시집 14쪽)와 「**형제들을 위하여**」(위 시집 46~7쪽), 그리고 다른 여러 편의 시들이 2010년도 오늘을 사는 우리들의 가슴을 친다.

4) 문학이란 무엇인가?

다시 꼴 값 찾기 얘기로 돌아간다. 문학작품을 써내는 시인이나 작가의 사는 몫은 대체로 이렇게 될 터이다. 자기 얼굴 값을 찾기 위해 사람들은 평생을 자기 힘껏 배밀이를 한다. 작가가 된다는 것은;

첫째, 그는 여러 사람들의 손짓 발짓을, 눈 치뜬 짓들을, 본 대로 들은 대로, 그가 특별하다고 본 것을 이야기로 말하는 사람이다. 그러나 그런 특별한 것은 별로 많지가 않다. 그래서 작가는 그의 작가 됨에 큰 짐을 진 꼴새이다. 모든 작가들은 이야기로 자기 삶을 꾸며 엮는다. 그러나 그 꾸밈은 어디까지나 작가 마음 겪음의 열매일 터이므로 그 값은 크다. 둘째, 그러면 작가나 시인이 본 것은 진짜에 가까운 것인가? 진짜가 아니라면 어떻게 사람들이 속아 그걸 진짜로 읽겠는가? 적어도 그런 치열함이 없이 작가가 되기는 어려울 것이다. 셋째, 작가는 적어도 물상의 겉들 속에 감추어진 진짜 속살을 캐어 드러내는 일에는 정말 머리를 싸매고 파고들어야 하는 짐을 진 사람일 터! 이것이 이 작품집 속에 들어 있는 소설적 비의의 큰 빛이다. 넷째, 그들은 나쁜 것과 좋은 것을 골라내어 빛에 비춰주는 짐을 진 사람이다. 윤동주나 박경리, 그리고 현역 시인 이시영이나 모두 자기의 꼴 값을 찾아 서성거리고 또 서성거리는 존재들이다. 문학작품은 그 나라 사람들이 쓰는 말을 보관하는 말의 곳간이다. 그들이 글쓰기의 시린 고통을 견디는 것은, 어쩌면 그가 몸을 받은 나라의 정신이나 마음을 잘 보존하려는 말 창고지기의 등짐을 놓지 않으려는 몸부림과도 퍽 닮았다. 그래서 우리는 그들을 믿고 존경하는 것이다.

2010. 11.

●●● 새로운 빛 찾는 시대를
●●● 위하여

1968년도에 유럽, 미국, 멕시코 등 여러 나라에서는 젊은이들의 불꽃 같은 혁명 열기가 달아올랐었다. 세계의 젊은이들이 뭉쳐 울부짖으며 외쳤고, 눈길을 맞추며 어깨를 겯고, 부둥켜안아 사랑과 화해와 격려, 지녔든 덜 지녔든 더불어 사는 기쁨과 즐거움을 외치며, 노래를 불렀다. 비틀즈와 밥 딜런의 노래가 세계를 누볐으며, 물신숭배 가치로 굳은 모든 문화와 색채, 생각의 틀들을 집어던지자는, 새로운 빛을 찾는 젊은 이들의 꿈틀거림이 지구에 출렁거렸었다. 그런 열기가 지나간 지 40년이 되었다.

제2차 대전이 끝난 자리에서 무기생산 공장이나 화공약품 공장 회사들은 문을 닫게 될 판이었다. '얄타협정'은 이권을 지닌 가진 이들을 위한, 뭔가 수상쩍은 냉전 체제로 짜여질 재부를 챙긴 자들의 눈맞춤이었고, 1953년에 끝난 한국전쟁도 실은 이런 무기상들의 흥정과 관계가 깊었다. 아르헨티나 의과대학 졸업반 학생인 체 게바라는, 여행 중에 보게 된 미국 기업의 더러운 착취와 그들이 썩히는 삶의 참 가치를 지키려는 쿠바 혁명의 대열에 서서, 굽히지 않는 열정을 불살라 세계인들의 가슴을 뜨겁게 달구었다. 프라하를 탱크로 누빈 소련 군대에 대항하던 지식인들이 고국을 탈출하여 전 세계에 자기 나라가 위기에 처했음을 알리던 광경 또한 이 시기의 일이었다. 미국의 젊은 대통령 존 케네디 일가의 젊은 사내들이 모두 암살당하였고, 미국 사회는 기존 가치에 대항하는 몸짓인 마리화나와 동성애 히피들로 넘쳐났다.

당시 한국은 1960년 4·19 학생혁명이 불처럼 일어났었다. 그러나 다음 해 한국은 곧바로 총칼 멘 군인들에게 민권이 짓밟히면서 개발독재의 무거운 어둠 속에 잠겨 있었다. 당대 한국 지식인들은 몇몇 투사들을 빼고는 숨조차 바로 쉬지 못할 탄식에 빠졌다. 1970~80년대로 이어지는 이런 독재자들의 부라퀴 짓은 방방곡곡 확성기를 틀어 놓고 '잘 살아 보세!'라는 어이없는 구호와 명령, 감시로 사람들을 숨막히게 하였었다. 무엇이 잘사는 가치인지를 그때나 지금이나 지식인들은 그대로 놔두었거나 눈을 감은 채 오늘에 이르러, 이 나라 지성은 이미 죽어 가고 있다. 영어 제국주의를 스스로 받아들이겠다고 외치는 멍청이들이 버젓이 지도자연하고 있다. 이렇게 지성이 죽자 대학교 교육도 직업 연수학교로 그 의미가 죽었으며, 젊은이들의 바른 눈뜨기 열기도 죽어 가고 있다. 이제 새 시대가 열리려 하고 있다. 그러나 이 새 시대의 문은 이미 훤하게 뭔가가 보이는 불길한 느낌으로 다가선다. 새로 뽑혔다는 지도자들이 너무 천한 가치에 중독된 사람들로 가득 차 있다. 남보다 지나치게 많은 재산을 지닌 사람들은 무릇 남들 앞에서 부끄러워할 줄 알아야 한다. 그런데 그런 기미는 조금도 없다. 앞으로 우리는 반드시 새로운 계몽 시대, 빛 찾는 시대를 열어가야 한다. 이 시대란 아마도 불꽃같은 가치의 맞튀김이 될 것이고, 새로운 가치를 찾는, 힘찬 계몽주의의 울림으로 다가올 것이다.

2008. 2.

역사를 왜곡한 문학작품 읽기의 고통

−송우혜의 「문학작품을 통해 진행되는 이순신 폄훼 현상」을 읽고−

1) 역사철학과 문학

서양 비평사란 그리스 학자들의 이론을 빌려다가 반복하여 논의해 온 것에 지나지 않는 것들이다. 그리스 비평사 초기에 도덕철학자 플라톤은 그의 『공화국Republic』 10장에서 모방 기술자들인 예술가들이야말로 추방해야 할 존재라고 주장한다. 그가 꿈꾸는 공화국에서 그들을 추방해야 할 이유를 그는 여러 예들을 들어가며 상세하게 설명하고 있다. 창작품, 창작주체, 독자에게 주는 악영향력 등을 논술의 핵심으로 삼은 이유의 기본 골자는 '사실'을 왜곡함으로써 삶의 '진실'을 바꾸어 놓기 때문이라는 것이다. 이 이야기를 길게 하려면 상당한 시간이 소요되지만 '사실'과 '진실'을 왜곡하는 사람들을 경계해야 할 것으로 여기는 이들은 도덕철학자 계열의 학문 자리에 선 사람들이다. 대체로 각 종교 사제나 교육자, 역사가, 올바른 정치가들에 의해 널리 인식되고 있는 사항을, 문학가들은 거짓말을 꾸며 그럴듯하게 씀으로써 진실을 너무 바꾸어 놓는다는 것이다. 역사가와 문학가는 쓰는 범위가 다르다. 그래서 그들이 경우에 따라 같은 출발선에서 이야기를 해 나아가더라도 다르게 이야기 길이 바뀌어 가기 때문에, 역사와 문학은 충돌한다. 사실을 왜곡한다는 말은 무엇인가? 그리고 진실을 바꾸어 놓는다는 것은 무엇인가? 이 문제는 결코 가볍게 다룰 내용이 아니다. 무수한 역사 속에서 언제나 이런 일은 반복되어 왔고 지금도 반복의 모습을 보이고 있기 때문이다. 분명히 언제 어디에서 어떤 이유로 그런 일이 벌어졌어도, 그것을 증명할 근거만 없으면 뒷날 그 사실을 뒤집어 놓으려는 악한 의도는 있어 왔다. 왜인들은 실제로 있었던 일을 보존하는 것을 굉장한 민족인 것처럼 근현대 그 나라 학계에 심어 놓았다. 실증사학을 중요한 가치척도로 삼아, 사실을 모두 없애는 일에 몰두하여 자신들이 저지른 악행들의 흔적만 없으면 '사실이 아니다'라고 주장함으로써, 그들 인격의 격조를 떨어뜨리는 일을 그들은 1945년 이후부터 줄기차게 이어 왔다.

역사학은 실제로 있었던 일을 기록하는 글쓰기를 본으로 삼는다. 그래서 역사가들은 어떤 사람의 행적을 그리거나 사건의 전말을 쓰려고 할 때, 정말로 거기 그때 그렇게 있었느냐 없었느냐를 정교하게 따짐을 글쓰기의 척도로 삼는다. 그러나 문학은 '있을 법한 것', 실제로는 없었다 하더라도 '있을 법하기'만 하면 '필연성의 법칙'에 맞게 확대하거나 심화시켜 꾸며 놓는다. 문제는 여기서부터 발생한다. '필연성의 법칙'이란 문학작품 읽기의 중요한 잣대이다. 그런데도 우리는 핵심을 종종 지나쳐 버리는 글 읽기 버릇 때문에 사실을 왜곡하여 진실을 바꾸어 놓는 일이 자주 생긴다. 그럼에도 불구하고 그것이 실제로 있었던 인물을 대상으로 하지 않을 경우나 또는 실제로 있었다 하더라도 그가 선택한 언어공동체 사람들의 공식적인 명예나 존엄성을 해치지 않을 경우에는 그 글쓰기가 큰 오류로 거론되지 않는다. 그러나 만일 요즘 들어 일어나고 있는 사실관계와 관련된 일들, 예컨대 나라를 강탈당하게 한 책임자들인 이완용이나 송병준 등 을사 오적五賊이라 불린 악마惡魔들을 추켜세운다든지 그들 행적의 정당성을 꾸며 만듦으로써 소설 읽기의 재미를 삼았다면 이것은 큰 문제로 드러날 수밖에 없다. 그런 일은 사실 왜곡은 물론이고 당대로부터 오늘에 이르는 역사적 진실을 더럽힘으로써 우리들 한민족 공동체의 도덕적 결집력을 무너뜨리기 때문이다. 왜적들이 그들이 저지른 앞대에 악마적 역사를 다시 복원하려는 의도가 개입되지 않았다면 결코 있을 수 없는, 한국어로 축조되어 성립할 수 없는, 도덕적 전도 행위일 뿐이다.

2) 꾸며 쓰기虛構의 법칙

문학작품은 그럴듯하게 꾸며 쓰는 것이라고 하여, 진실을 말하고 도덕을 말하는 경서나 사서에 비해, 조선조 시절 이래 많은 지식인들 사이에 하찮게 내려다보이는 대우를 받아 왔었다. 그러나 현대 한국에서는 이런 관념이 바뀌어 가고 있다. 참혹한 삶을 강요받던 일제 1900년대로부터 소설을 통한 진실 알리기는 커다란 성과를 거두었다. 1930년대에 오면 이 문학적 성과를 통한 왜인 제국주의 정책의 야만적 행악들이 폭로되어, 소설 창작이 결코 사실을 엉터리로 만들어 거짓을 드러내는 것만은 아니라는 것이 밝혀지게 되었다. 게다가 박정희 군사독재 정권의 폭력이 창궐하던 1970년대에 이르러 소설 창작은 상업적으로도 커다란 성공을 거두면서, 진실에 값하는 작품들이 산출되어 한국 소설문학의 거대한 산맥을 이루기에 이르렀다. 30년대에 염상섭의 『삼대』, 채만식의 『탁류』, 『태평천하』, 이기영의 『고향』, 홍명희의 『임꺽정』 등의 작품이나 6~70년대에 최인훈, 박경리나 윤흥길, 조세희, 이문구, 김주영, 김원일, 한승원, 황석영 등 뛰어난 작가들은 당대의 동족이 겪은 아픔 내용들을 소설 작품으로 드러냄으로써 한국어의 보물창고 역할을 톡톡히 해 오고 있다. 소설은 꾸며 쓰기만의 글쓰기에 머물러 있지 않음이 이들 작가들에 의해 여실하게 증명이 된 것이다. 이들은 역사 속에 묻혀 가려질 법한 이야기들을 되살려 내어 언어 공동체 사람들이 아파한 내역들을 밝혀내는 일을 가멸차게 한다. 중진 작가 송우혜의『눈이 큰 씨름꾼 이야기』나『하얀 새』, 역사학자이자 작가였던 이균영의『떠도는 것들의 영원』들은 바로 이런 숨겨진 것들을 복원해 내는 일에서 크게 돋보이는 소설적 성과를 보인 작품들이다. 꾸며 쓰는 소설 쓰기에도 뚜렷한 법칙이 있다.

그 첫째가 필연성의 법칙에 맞추어 쓰기이다. 필연성이란 반드시 그러할 수밖에 없는 이야기 진행의 인과법칙이다. 그런 원인과 그에 걸맞은 과정에 따라 도달하는 결과가 아무런 험이 없이 짜여야 비로소 작품은 그 내적 틀의 긴장을 유지한다. 일정한 개인적 목적이나 정치적 목적을 지닌 소설들 가운데 이런 필연법칙에서 벗어난 작품들이 도달하는 파탄의 예를 우리는 이인직의『혈의 누』나『치악산』, 이광수의『무정』등에서 본다.

둘째는 소설의 틀이 일정한 도덕적 법규에서 벗어나서는 안 된다. 작가는 객관적 입장에 서서 역사를 읽고 역사 속의 인물들을 읽는다. 도덕적 치열함을 작가가 잃었을 때 그 작품은 살아남을 수가 없다. 필연법칙과 도덕적 법규에 자신이 있는 작가일수록 과거 역사 속에 묻혀 잊혀져 가는 인물을 되살리는 일에 매어 달린다.

예컨대 중진 작가 김주영이 그의 야심작『화척』에서 고려사에 나와 있던 단 한 줄의 노예 '만적'의 생애를 복원하여 고려조 당대의 역사적 행로를 밝혀 놓았다. 작가 김주영은 이 작품을 쓰기 위해 우선 고려사에 나와 있는 역사 기록들을 섬세하게 읽어 정리한 다음, 권력자들의 틈에서 죽어 간 '만적'을 복원하여 아름다운 한 생애를 만들어 내었다. 이 작가는『고려사』를 참고하여 고려조 당대의 역사 사건들에는 거의 빈틈이 없을 정도로 역사 기록을 되살려 놓았다. 그렇게 역사를 복원하는 가운데서, 작가는 작품의 도덕적 흠결이 없게, 당대 인물들의 얽힘을 읽는 눈길의 치열함을 보임으로써 이 작품을 미적함량이 충분한 것으로 축조하였다. 김주영은 언제나 역사 전면에 나타나지 않되 존재의 존엄성을 지닌 소외계층을 생각한 작가였다. 원균은 조선조 당대에 소외계층이 아니었을 뿐만 아니라 도도한 인격적 품위를 지닌 인물도 못되었던 것으로 도처에 기록되어 있다. 그는 예리한 작가의 눈길에는 닿을 수 없는 정치적 인물이었을 뿐이다.

3) 원균의 부당한 인격 복원 의도

나는 오늘 송우혜의「문학작품을 통해 진행되는 이순신 폄훼 현상」을 읽으면서 참담한 아픔을 앓았다. 이 글을 읽으면 아픔뿐만 아니라 분노심이 복받쳐 오름을 금할 수 없다. 작가 김훈의『칼의 노래』가 나와 이름 있는 상을 받았을 때부터 이상하다는 생각을 품고 있었는데 김탁환의『불멸』에 이르면 2000년대 우리의 이 시대가 어디에 와 있는가 하는 의문을 깊게 가질 수밖에 없다. 어느 시대에나 악당들은 존재한다. 악당이란 무엇인가? '나의 꿈'이나 이상, 나만의 행복을 위해 남을 희생으로 삼거나 수단으로 삼을 때 악은 발생한다. 이 현상에서 나만 좋다면 그만이라는 생각이 넓어지고 또 희생과 수단의 해악이 깊으면 깊을수록 그것을 저지르는 주체는 악마로 바뀐다. 악마는 남의 눈길로부터 숨어 지낼 수밖에 없는 운명을 짊어지고 있다. 악마는 어둠이고 그림자이며 숨는 존재이므로 그것들은 이 운명적 어둠을, 남의 눈길인 밝음과 바꿔치기하려는 속성을 지니고 있다. 죄가 이 악마적 속성으로 탄생하고 있음을 우리는 여러 역사적 행적에서 읽을 수 있다.

나는 오래전에 유성룡의 『징비록』과 이순신의 『난중일기』를 읽으면서 사람됨에 대한 많은 생각을 하였다. 이순신에게 있어 원균은 끝없는 방해꾼이었고 사특한 인격으로 읽혔다. 그의 행적 자체가 수군절도사의 역할을 감당하지 못한 채 중요한 전투에서 어이없는 죽음을 당하여, 과연 이 사람이 장수 됨에 합당한 사람이었는가 늘 궁금하였다. 그런데 2000년대에 들어서며 이완용의 토지 찾기 기운이 공론화되면서 한 변호사의 이름으로 궤변이 낭자한 것을 보았다. 일본의 극우파들이 득세하여 미국의 악마들과 보조를 맞추면서 아하, 드디어 우리 주변 악마들이 다시 준동하기 시작하는구나 하는 생각에 빠졌다. 이 나라가 몹시 위태로운 기운에 휩싸여 가고 있다는 불길한 생각!

이런 현상의 원인을 찾는 일이 우선 우리가 해야 할 일일 터인데 과연 이런 현상은 어째서 생겨난 것일까? 죄를 스스로 덮어쓴 채 출세를 한 인물들은 으레 남의 눈길 앞에 나설 때 그것을 감추기 위한 술수부터 챙긴다. 1960년대 들어 관동군 출신이자 일본 육사 출신인 박정희가 민권을 찬탈하면서 정권을 쥐고 나서, 바르고 당당한 인물 이순신을 내세워 기린 것에는 그림자가 드리워 있을 수밖에 없었다. 이순신 가면 속에 자신의 죄과를 감추려는 술책이 의도하였든 의도하지 않았든, 개발 이데올로기라는 악마 준동에 채용되었다고 나는 읽는다. '국민교육 헌장'이라는 군사정권 찬탈자들의 구호 속에는 '능률과 실질을 숭상하며'라는 구절이 있다. 이 규정이야말로 커다란 그림자를 드리운 구호 내용이었다. 바르고 정당한 절차나 목표가 아닌 어떤 일이든 그 일은 악행과 이어져 있기가 쉽다. 게다가 그들은 '하면 된다'는 무지한 구호를 마구 씀으로써 도덕적으로든 철학적으로든 부당하다든지, 해서는 안 될 어떤 것도, 권력과 무지한 구호 속에 묶어 억압하여 악마로서의 일들을 자행하였다. 그것이 이순신의 가면 속에 들었던 군사정권의 초라한 몰골이었다. 이제 그 가면을 벗은 그들의 행적이 다시 고개를 들고 있음도 우리는 알고 있다.

김탁환은 과연 어떤 작가인가? 그리고 공영방송인 KBS, 원균을 내세워 이순신을 폄훼하려는 그 기획자는 누구인가? 나는 그들에 대해 자세히 모른다. 그러나 일단 송우혜의 논문에 나타난 김탁환이 창작한 소설 쓰기는 다음과 같은 오류로부터 시작하고 있음을 확인할 수가 있다. 그 오류는 의도적인 악의와 관계있는 것으로 읽혀 불쾌하기 그지없다.

첫째, 그는 작가로서 지켜야 할 꾸며 쓰기의 엄격한 법규를 어기고 있다. 역사적인 인물을 소설화하려고 할 때 우선 역사 기록의 정확한 독해가 없다면 그것은 한 인물 평가를 위해 지켜야 할 필연성의 법칙을 어기고 있다는 것이다. 우리에게 원균이 당대 정권하에서 어떤 벼슬을 하였는지 따위는 관심이 없다. 단지 그는 명장인가 아닌가? 또 그는 진정한 영웅으로서의 인물 됨을 지녔던 인물인가? 영웅이란 무엇인가? 영웅의 자격은 우선 용맹해야 한다. 민간에게는 인자하고 겸손해야 하며, 민중을 위해 목숨을 내놓고 나서되 결코 그것을 내세워 스스로를 드높이려 하지 않는다. 그러나 『징비록』이나 『난중일기』에 드러난 그의 사람됨은 옹졸하기 그지없었고, 송우혜의 논문에 나타나듯 열등감에 시달리던 인물이었다. 이 모든 행적을 이 송우혜의 논문은 명확하게 밝혀 놓고 있다. 그런데 어째서 김탁환이나 방송사에서는 이런 식의 역사 왜곡을 서슴지 않는 걸까?

둘째, 이 작가는 도덕적 긴밀성을 잃고 있다. 이미 여러 사료에 의해 정평이 나 있는 인물을 확실한 사료에 입각하지도 않은 채, 왜 명장도 아닌 사람을 명장으로 둔갑시키려 하고 있는가? 이것은 오래동안 남의 눈길 속에 밝게 드러난 인품의 빛을 어둠이 뒤집어엎으려는 악의의 소산이 아닐 수 없다. 문학적 가치 이전에 이미 이 작품은 도덕적 치열성을 잃고 있다. 통속소설들이 으레 이런 도덕적 몰염치 말틀을 써서 독자들에게 흥미를 유발시키려 한다. 어째서 그는 이런 일을 자행하는 것일까?

4) 맺는 말

1818년도 영국의 낭만파 시인 셸리의 부인 메리 셸리는 『프랑켄슈타인』이라는 작품을 지었다. 몸과 정신이 뛰어난 인물들을 여기저기서 뜯어다가 과학의 힘을 빌려 사람을 만들었는데 이 사람이야말로 한 괴물로 사람들 앞에 나설 수가 없다. 괴물로 태어난 자신을 만든 사람을 찾아 복수극을 벌인다는 이 이야기는 영국 낭만파 작가들이 퍼뜨리는 그럴듯한 상상력의 괴물성을 날카롭게 비판한 것이었다. 오늘날 나는 우리들 지식사회 도처에 이런 지식 괴물 프랑켄슈타인들을 목도한다. 악성 지식 바이러스를 동원하여 만들어 낸 지식 괴물들은 아무런 검증 절차도 거치지 않은 채 우리 주변을 배회하거나 횡행하면서 폭력을 휘두른다. 김탁환의 이 『불멸』 속에 생생하게 살아 날뛰는 원균 또한 내게는 통속적인 지식 프랑켄슈타인 인물의 탄생으로 읽힌다. 이것은 앞으로 우리 모두가 밝게 밝혀 어둠 속의 악마성을 밝은 곳으로 끌어낼 의무와 책임이 있다고 생각한다.

2004. 4.

●●● 왜 오늘날 다시
●●● 최현배 선생인가?

–〈외솔회〉 창립 40주년을 기념하는 생각들–

1) 나라사랑의 길

‘나라사랑의 길’을 처음 이야기한 분은 외솔 최현배 선생이었다. ‘나라사랑의 길’이 곧 ‘한글만 쓰기’라는 말은 그의 필생의 철학을 나타낸 말로서, 오늘날 그 슬기 맑히는 마음가짐이 더욱 돋보이는 외침으로 들린다. 그 이유는 뭘까? 외솔 선생이 목을 죄는 억눌림의 쓰라린 왜정시대를 버티면서 머릿속을 가득 채웠었고, 또 나라를 되찾은 뒤에 쓴 이 깊은 생각들은, 지금도 우리 앞에 생생하게 살아 넘치는 말이자 슬기 맑힘 이야기이다. 그는 왜정시대를 살던 1926년 가을에서 겨울에 이르는 동안 『동아일보』 지상에다가 예순여섯 차례에 걸쳐 「민족갱생의 도」를 써서 많은 사람들의 깊은 공감을 얻었다. 이 글에서 그는 이렇게 썼다.

> 오늘날 우리 민족의 처지의 위급함이 저 범 등에 앉은 사람이나, 저 강물에 빠진 사람의 경우와 조금도 다름이 없다. 명이 경각에 있다.
> ─「민족갱생의 도」 (서울: 정음사, 1962), 111쪽

1945년 8월 광복을 맞고 나서 우리들은 한동안 나라를 어떻게 세워 나가야 할지를 몰라 갈팡질팡하고 있었다. 남한에는 미군들이 들어와 왜정 때 거들먹대던 친일 세력들을 부리면서 영어 제국의 길을 터놓았고, 북한에는 소련 군대가 들어와 북새통을 놓으면서 우리나라를 반 동강 내고 있었다. 그럴 때에, 그는 민족 교육의 중요함을 깊이 깨달아 여기저기 사람들을 붙잡아 마음 바로세우는 눈뜨이기를 위해, 나라사랑의 길 찾기에 온 마음을 썼다. 외솔 선생의 한살이를 톺아보면, 그는 살았던 내내, 나라사랑과 한글로만 글쓰기 마음 길을 살려내는 데 몸과 마음을 바쳤다. 그는 바로 그런 눈뜨기로 나라사랑의 길을 이야기하였던 것이다. 나라사랑이 곧 한글만 쓰기라는 주장은 지금도 뚜렷하게 살아있는 슬기 맑힘(철학)의 샘이다. 남의 나라 말과 글로 자기를 드러낸다든지 자기 삶의 생각 뿌리를 살린다는 것은, 바윗돌을 파고 콩을 심자는 것이나 다름없는 헛소리일 뿐이다. 나의 나 됨을 만들어 가는 곧은 생각의 주춧돌은 오직 자기 말과 글쓰기로부터만 제대로 놓인다. 그런데도 사람들은 눈을 뻔히 뜨고도 힘깨나 쓴다는 남의 말에 따라나서거나, 아예 눈을 감고 생각을 멈춘 듯이 보인다. 눈뜬 외솔 최현배 선생! 그는 이렇게 썼다.

　　나는 여기서 교육적 효과로써, 한글만 쓰기의 첫째 근거를 삼았다. 왜냐하면, 교육은 인간에서의 가장 근본스럽고 귀중한 일이기 때문이다. 사람의 지식이 참된 사람이 되며, 사람의 고귀한 정신을 발양하여 착한 인생, 아름다운 사회를 이루며, 또 모든 기계를 개발하고, 기술을 발달시켜, 사람살이를 더욱 편리하며, 각종 산업을 일으켜 풍성한 생활을 일삼게 하는 일들이다. 교육의 터전 위에서만 가능한 것이다. 다시 말하면 교육은 사람을 사람되게 하며, 사람답게 살 수 있게 하며, 학문과 도덕과 예술과 종교와 경제의 이상(가치)을 창조하게 한다. 곧 교육은 문화의 창조와 문명의 전승으로써, 가치

실현의 역사 생활을 가능하게 하는 원동력이요, 말과 글은, 이렇듯 고귀하고 중대한 교육의 기초 수단인즉, 교육적 효과의 여하가 그 글자의 선택 기준이 됨은 당연한 사리임이 틀림없다. 내가 교육의 참된 효과로써 한글 올쓰기傳用 주장의 "첫째 원리"로 삼는 까닭이 여기에 있다.

—한글만 쓰기 주장의 까닭 (2)

중국말을 적는 한문이나 왜말 속에 든 한자말 따위로 우리들의 생각이나 느낌 모두를 적는 길은 아예 남의 삶 논 갈기에 지나지 않는다. 그런 길을 우리는 오랫동안 걸어왔다. 그래서 우리만의 올곧은 슬기 맑힘(철학)이나 참 빛 이야기는 크게 눈에 띄지 않는다. 거의 남의 이야기나 슬기 맑힘 방식들을 베껴 써먹어 온 셈이다. 남을 흉내내면서 자기를 밝힐 수는 없는 법이다. 흉내쟁이는 흉내쟁이일 뿐이지 그 자신은 없다. 자기 삶의 내밀한 속내를 적어 우리들 서로에게 알려야 할 슬기 맑힘 글쓰기는 오직 자기 말글로 적어야만 그 깊이까지 파 들어갈 수가 있다. 왜정 때에는 왜국 사람들이 우리 말글을 쓰지 못하게 막았고 거기 뒤따르자는 어리석은 우리 앞 사람들이 있었다. 그런데 요즘에는 영어로 도시 전체를 뒤발라 놓기 시작한 지도 꽤 오래되었고, 영어로 강의하는 대학교수나 그런 대학교 따위로 지성을 자랑하는 듯한 말 바람들을 슬그머니 불어제치고 있다. 게다가 영어마을 만들기, 영어 잘하게 하기 위해 일찌감치 미국 유학 보내기, 초등학교 학생들 영어로 가르치기, 대학교 강의를 영어로 하기 부추김 따위 다시, 꼭, 영어제국 호랑이 등을 탄 꼴새다. 꼴불견이다. 바로 이런 뒷날의 우리나라 됨됨을 외솔 선생은 꿰뚫어 읽었던 것이다. 그때나 이때나 이런 어리석고 천한 사람들은 있었고 또 있다. 그런 사람들의 비뚤어진 눈뜨기를 우리는 어떻게 쳐다보면서 그들의 사팔뜨기 눈을 바로잡을 수가 있을까? 이런 답답한 마음으로 우리는 외솔 선생을 되새겨 본다. 그리고 선생의 굳고도 바른 앞의 이런 말을 들으면, 참된 사람 참된 가치를 만들어 나아가는 길은, 곧 자기 말과 글로 적어야 한다는 것을 다시 깨우치게 된다. 그러기에 우리는 오늘 외솔 최현배 선생을 다시 찾게 되는 것이다.

대학생 시절, 나는 무애 양주동 선생의 강의를 열심히 들었다. 그가 쓴 필생의 저술 『고가연구』가 있다. 이 저술은 당시 학생들 사이에서 그제까지 현대 한국 학계에 놓인 뛰어난 저술의 하나였다. 당시 학계에서는 대한민국에서 드러내 놓을 만한 빼어난 세 낱의 저술이 있었다. 최현배의 『우리말본』, 이능화의 『불교통사』, 그리고 양주동의 『고가연구』들이 그것이다. 양주동 선생은 자부심이 아주 많은 분이었다. 늘 해서(해주) 천재라고 자랑하면서, 천재론을 끌어들여 강의에 임하곤 하였다. 그가 『고가연구』를 연구하며 쓸 때의 열정과 나라사랑의 뜻을 전할 때에는 그야말로 젊은이들의 피를 끓게 하는 바가 있었다. 왜인 학자 소창진은 식민지 나라에 와서 『삼국유사』에 실려 있던 이두로 된 우리의 고전 시가인 『향가』 등 우리나라 고가에 대한 주석을 달거나 해석하려는 시도를 하였었다. 그것을 보고 분한 마음에 힘을 낸 무애 선생은 고심참담, 삼대 저술에 속할 만한, 방대하고도 치밀한 『고가연구』를 내었던 것이다. 이 원고를 들고 피난살이를 하면서 그 원고 보따리를 아내가 머리에 여 나른 이야기는 학자의 길에 대한 깊은 고뇌와 자랑스러운 기운이 있었다. 그의 그런 자랑이 한참 꼭대기로 솟아오를 때쯤 그는 목소리의 가락을 좀 멈추고 이 연세대학교에 위대한 학자가 있다는 것을 넌지시 말하곤 하였다. 외솔 최현배 선생이 바로 그였다.

양주동 선생! 그는 마음속에 지닌 열등감 또한 컸다. 이제까지 그는 부당한 왜정 세력이나 깨끗지 못하고 더러운 자들, 사회 부조리에 대항하여 싸움 앞자리에 서지 못하였다고 스스로 비판하였다. 그 자신에 대한 스스로의 자기낮춤은 뭔가 우리에게 신선한 느낌을 주었다. 함흥구락부 사건이었나? 제 발이 저린 왜것들에 의해 만들어진 '조선어학회사건'(조선 말글을 지키다 총독부 검열에 걸려 33인이 수감되었던 사건)으로 영어생활을 하다가 풀려나 온 외솔 선생에게 양주동 선생은 부끄러운 축복 인사를 드렸다고 했다. 함께 수감되지 못한 죄책감, 지성인으로서 바른 일에 발 벗고 나서지 못했다는 자기낮춤들이, 그렇게 선생을 기리는 말로 되었다고 했다. '아 외솔 선생님! 참으로 고생 많으셨습니다. 건강은 괜찮으신지요? 참 장하십니다!' 이때 외솔 선생은 양주동 선생의 손을 반갑게 맞잡으며, '무애 선생! 정말 수고하셨소! 아아 큰일을 하셨구려! 내 감옥에서 무애 선생 『고가연구』를 다 읽었소!' 하더라고 했다. 아마도 이 장면에서 그는 퍽 감동적인 낯빛이었다고 나는 기억한다. 양주동 선생과 같은 도저한 학자로부터 그렇게 감동적인 말투를 듣는 것은 또 다른 감동이었다. 그렇게 큰 인물로부터 인정을 받았다는 뿌듯한 자부심과 외솔 선생에 대한 경외심을 드러내는 양주동 선생에게서 우리는 그때 마음의 설렘을 겪었다. 두 분 모두 다 거인 같았다는 느낌을 나는 지금도 지니고 있다. 두 어른 모두 나라를 잃어 갈팡질팡하던 때에 엄청난 학문적 열매를 우리에게 보여주었던 훌륭한 스승들이었던 것이다. 『우리말본』과 『고가연구』, 이 둘은 우리 민족이 지닌 엄청난 문화 자산을 체계적으로 꿰어 낸 불세출의 학문적 성과였다. 그런 큰일들을 해낸 분들이 손을 맞잡고 서로를 격려하며 북돋았던 장면은 우리 민족의 머리 위에 휘날리던 또 다른 큰 깃발과도 같은 것이었다. 두 분 스승 모두 나라사랑의 정신이 무엇인지를 뚜렷하게 밝혀낸 분들이었다. 나라를 사랑한다는 것, 그것은 곧 나라 말씀을 가지고 그들이 지녀 온 깊고 너른 문화를 반듯하게 적바림해 내는 것이다.

2) 〈외솔회〉의 길

이제 외솔 선생을 기리는 〈외솔회〉가 만들어진 지도 벌써 마흔 바퀴 해를 맞았다. 이 모임을 만든 것은 1970년 3월 23일이었다. 1971년도에 재단법인으로 등록한 것이니 이 모임을 만든 나이는 꼭 사십 년이 된다. 이 모임을 시작하면서 만든 「외솔회 회칙」 제2조에 보면 이런 내용이 있다.

제2조 이 회는 나라사랑의 큰 뜻을 품으시고, 평생을 나라와 겨레에 바치신 최현배 박사의 높은 뜻을 이어 받아, 이를 널리 펴냄과 아울러 이 뜻을 같이하는 동지들이 한자리에 모여 친목을 도모하고, 이로써 사회에 새 바람을 불러일으키는 데 도움이 되고자 한다.

이미 사십 년 전에 이 〈외솔회〉 모임을 만들면서 열다섯 분(강성원·권태웅·이종학·박종국·최창식·전규태 등)의 뜻있는 어른들은, 그 첫 회장을 역사학자 홍이섭으로, 부회장을 문학평론가 조연현으로 하는 든든한 조직을 짰다. 이런 모임을 통해서 그동안 이 나라가 겪었던 숱한 우여곡절 가운데 '한글만 쓰기 운동'의 외솔 정신을 잇는 데 큰 열매를 맺게 되었던 것이다. 이 외솔 정신의 샘은 따지고 보면 앞으로, 앞으로 쭈욱 길게 더 나아가 지금으로부터 564년 전인 세종 앞에 와 닿는다. 세종 임금이 『훈민정음』을 널리 펴고 나서도 실은 당신의 신하들조차 공문서는 모두 한문으로 기록하였고 『조선조실록』조차도 깡그리 한문으로 적바림하는 반역을 저질렀다. 그뿐만이 아니다. 조선조 당시 천재라고 할 만한 문인들 가운데, 특히 『열하일기』를 쓴 박지원 같은 사람들이 모두 다 한글을 몰랐다고 했다. 나의 나 됨이 자기 말과 글로 되어 있다는 정신을 그들은 몰랐던 것이거나 아니면 사팔뜨기 눈길로 당대 사회를 읽었기 때문일 터이다. 그리고 나서 외솔 최현배 선생의 정신의 샘물 또 한 줄기가 있음을 알아야 한다. 한힌샘 주시경 선생! '훈민정음'을 '한글'로 바꾸어 부르기 시작하였던, 세종 정신을 잇는 최근세의 가장 큰 물줄기였던 한힌샘 주시경 선생은 바로 외솔 최현배 선생의 직계 스승이자 한글의 법통이었다. 그는 무구한 나라사랑의 정신으로 그 제자들을 길러 내었고, 그 싹이 곧게 자라나 오늘날 한국 말글 정신의 맥을 잇는 데 크게 이바지 하였다. 그 제자들 가운데 제일 첫손에 꼽히는 어른이 곧 외솔 최현배 선생임은, 아는 이들은 다 아는 학맥이자 정신의 물 흐름이다. 그런 정신을 잇자고 만들어 놓은 것이 바로 이 〈외솔회〉이다. 이런 모임이 있다는 것은 이 나라의 큰 복이다.

그런데 오늘날 문득 외솔 선생을 다시 찾고 기리려는 기운이 일어나고 있다. 이유는 뭘까? 맑은 공기나 맑은 물은 늘 그것을 잃었을 때에 다시 찾는 법이다. 늘 숨 쉬며 마시는 공기와 아무 때나 목마르면 마시는 맑은 물, 이것은 그것을 잃었을 때 가장 절실한 법이다. 오늘날 다시 외솔 최현배 선생은 우리 앞에 서게 되었다. 오늘 우리 시대는 뭔가 수상한 흐름으로 다시 맑은 공기와 맑은 물을 흐리려 하고 있다. 그것은 외솔 선생이 그렇게나 강조하고 웅심 깊게 작정하였던 교육 마당에서 일어나고 있는 돌개바람이다. 영어 제국주의의 세계화! 영어로 말하고 들으며 그 것으로 글쓰기를 잘하는 것이야말로 이 시대를 덮어 싸고 있는 어두운 그림자다. 18~19세기 동안 영국이 전 세계를 누비며 휘젓고 다니던 때에도 이런 돌개바람이 한국에서는 불지 않았다. 그런데 이제 미국이 전 세계를 휘젓기 시작하면서 이런 바람은 불기 시작한다. 몇 가지 이상한 마음의 흐름들 이야기를 적어 보이면 이렇다.

첫째, 이름깨나 있는 대학교나 대학교 교수들은 영어로 가르치고 또 영어로 논문 쓰기를 강요받고 있다. 아니 어쩌면 그들 스스로가 영어 제국주의의 하수인으로 떨어져 가려고 하는지도 모를 일이다. 어느 대학교에서는 영어로 강의하는 교수에게 1억 원을 준다고 했다. 대학교에서 가령 논문을 영어로 쓰고 대학원 학생들로 하여금 논문을 영어로 쓰도록 강요한다면, 그런 일이 10여 년 지나고 나면 어떤 일이 벌어질까? 한국 말글로 쓴 학술논문에는 점수조차 매기지 않는다면 모든 지식인들은 다 그쪽으로 머리를 써서 영어로만 논문을 쓰고 저술도 그렇게 하게 된다.

둘째, 초·중등학교 학생들에게도 영어로 강의하고 영어로 수필이나 글짓기를 시킨다. 그러면 10여 년 안짝에 이 나라는 우리말로 글을 쓰거나 말하는 사람들이 설 자리는 흔들리다가 끝내 사라진다. 그러면 완전한 영어 제국주의가 먹이로 삼았던 한 나라의 말글은 사라진다. 거기 참여하지 못하는 많은 백성들은 하층계급으로 떨어져 영어하는 이들의 종이거나 부림 받는 하층민이 된다. 조선조 500여 년 전부터 해 내려왔던, 그래서 사대부 집안이나 대대로 양반 계급 사람들은 한문으로 뭔가를 남기는 꼴불견 짓거리를 하였던 대로 이제는 영어로 그 따위 짓거리를 이어서 할 판이다.

셋째, 머지않아 중국이 큰 힘을 내기 시작하면서 미국과 맞서는 힘의 줄다리기를 한다면 또한 이 나라 지식 꼴새는 어찌되나? 중국 말글과 영어 말글이 한반도에 와서 다시 힘겨루기를 한다. 거기 한국의 지식인은 자기 말글은 잊고 영어와 중국어에 맞게 이리저리 춤추는 꼽추 춤을 추게 될 것이다. 눈은 사팔뜨기로 뜨면서 추는 꼽추 춤! 가히 볼 만한 꼴새가 아닐까?

나라가 왜 이 꼴이 되었는지 답답할 뿐이다. 집안이 기울면 슬기로운 며느리를 기다리게 되고 나라가 어수선하면 어진 재상을 바란다고 했던가! 영어 제국주의가 전 세계를 헤집으며 판치고 있는 이런 때에 우리가 외솔 최현배 선생을 기리고 그리워하는 이유가 바로 여기에 있다. 나의 나는 오직 내 말과 글로 쓸 수 있고 말할 수 있을 때에라야 내가 된다. 그 것을 잃으면 나의 나는 끝장이다. 나의 나 됨이 아니라 나의 남 됨 쪽으로 가는 길은 아마도 영어 제국주의 하수인들이 꿈꾸는 노예 됨 곧 영어로 말글 쓰기를 걷는 길이다. 잘못 난 길이다. 그것은 반드시 고쳐 생각들을 바꾸어야 한다. 앞으로 이 〈외솔회〉가 가야할 길은 좀 많아졌다. 그 나아갈 길을 좀 적바림해 보기로 한다.

먼저 〈외솔회〉는 외솔 선생의 큰 스승이셨던 한힘샘 주시경 선생을 기리는 일로부터 큰일을 시작해야 할 것으로 보인다. 주시경 선생이야말로 세종임금에 버금가는 위대한 정신을 지녔던 분이고 그의 정신을 첫째로 이어받은 분이 바로 외솔 최현배 선생이다. 그렇다면 〈외솔회〉가 나서서 해야 할 첫째 일이란 무엇이겠는가? 뿌리 없는 몸통이 어디에 있는가? 주시경 선생의 모든 사적이나 위대한 정신은 이미 〈외솔회〉가 주간하여 만든 『나라사랑』 넷째 특집호에서 다루었다. 문제는 누군가를 기리는 생각이 끊어지지 않도록 마음 쓰는 일이다. 그것이 〈외솔회〉가 해야 할 일이나 아닐까? 이 기관지 특집 속에 내용들을 가지고 이번에는, 주시경 선생을 기리는 특별한 행사를 〈외솔회〉에서 주관하여 갖는 게 좋을 듯싶다. 큰 기획을 미리미리 짜서 심포지엄이나, 어떤 공개적인 행사 모임을 〈외솔회〉 주관으로 하여, 돌아오는 어느 해 어느 달쯤 크게 열어 한글 정신을 되새기도록 하면 좋겠다. 그런 일은 그 뒤부터 해마다 주기적으로 행해야 한다. 그런 행사 속에 이미 외솔 최현배 선생과 그의 동지들 정신은 다 드러난다.

그리고는 이어서 외솔 최현배 선생과 뜻을 함께 하다가 옥고를 치렀던 많은 한글학자들을 드러내야 한다. 〈외솔회〉만이 할 수 있는 그런 동지 기리기의 일은 바로 외솔 정신을 싹틔워 키우는 시작이다. 김윤경, 이

극로, 정열모, 김두봉 등은 꼭 〈외솔회〉에서 기리는 일을 벌여야 한다. 월북한 학자나 안 한 학자나 모두 우리가 아끼고 존중해야 할 민족 자산인 한글학자들이다. 게다가 그분들의 한글 체제에 대한 학설조차도 외솔 선생과는 같거나 다르다. 그렇기 때문에 〈외솔회〉는 그런 분들의 학술적 가치를 드러내어 알리는 일을 해야 한다. 그것이 바로 외솔 최현배 선생의 위대함을 드러내는 길이다.

다음, 외솔 정신이란 나라사랑이고 그것을 실현하기 위해 필요한 것이 한글만 쓰기라고 그는 뚜렷하게 밝혀 놓았다. '한글만 쓰기의 교육적 근거'를 그는 이렇게 들어 놓았다. '교육은 문화의 창조와 문명의 전승으로써, 가치 실현의 역사 생활을 가능하게 하는 원동력이요, 말과 글은 이렇듯 고귀하고 중대한 교육의 기초 수단'이라고 읽었던 외솔 선생의 뜻을 받드는 일을 하려는 〈외솔회〉는 이 외솔 선생의 정신을 이어가기 위한 가르침의 길을 더욱 넓히고 깊여야 한다. 전국 중·고등학교 학생들이 외솔 최현배 선생을 얼마나 알고 있을까? 행여 많이 알지 못한다면 〈외솔회〉가 이제껏 해 온 일에는 무언가 문제가 있다. 여러 가지 정치적 바뀜이나 그 호된 배경을 모두 다 인정한다고 치고라도 이 문제는 앞으로 〈외솔회〉가 열어 나아가야 할 막힌 문이다. 전국 중·고등학교 국어 선생들과 사회 담당 선생들에게 정기적으로 『나라사랑』을 읽게 하는 일부터 시작해야 할 것은 아닐까? 인터넷이 널리 보급되어 있으니 이 인터넷 공간을 이용하는 외솔 선생 정신 잇기 운동이 학술적으로 또 실천적으로 이루어진다면 그것 또한 일의 값이 아주 톡톡할 것으로 생각된다.

넷째 차례쯤 되나? 〈외솔회〉는 앞으로 그 모임의 문을 더욱 활짝 열어 외솔 정신에 마음을 여는 이들에게 그들이 해낼 수 있는 일을 하도록 밀어주며 당기는 일을 했으면 좋겠다. 이 사회에는 알게 모르게 한글만 쓰기의 주장을 실천하려는 많은 모임들이 있다. 먼저 그들의 단체나 모임들을 잘 알아내어 그들로 하여금 이 〈외솔회〉 모임과 뜻을 같이 하는 일을 함께 만들어 가는 일도 아주 중요해 보인다. 내가 잘 아는 얘기만을 먼저 하자면, 2001년부터 시작한 학자들 모임인 〈우리말로 학문하기〉 모임만 해도, 벌써 수십 차례에 걸쳐 학술 발표 모임을 가지고 오늘에 이른 학자들의 단체이다. 이들의 학문적 성과와 그 방향을 이 〈외솔회〉는 깊은 관심을 갖고 지켜보면서 서로 돕고 밀며 이끌었으면 좋겠다. 그것 말고도 아마 많은 말글 단체가 여기저기서 활동하고 있을 터이다. 〈외솔회〉는 이들 단체가 행하고 있는 모든 것을 주시하면서 그것을 『나라사랑』지에 포용하는 정책을 썼으면 한다.

게다가 그러려면 이 〈외솔회〉는 좀 더 젊어져야 한다. 피가 끓는 젊은이들로 하여금 이 〈외솔회〉의 정신을 잇도록 문을 활짝 열어야 한다. 지금은 이 모임의 일꾼들이 너무 나이가 들었다. 나부터도 벌써, 이미 일흔이다. 젊은 피 수혈이 이 〈외솔회〉는 필요해 보인다. 그리고 또한 이 모임은 연세대학교와 그 대학 출신 중심이라는 인상을 벗어날 필요가 있다. 연세대학교는 외솔 선생 학문의 터전이었고 한글 정신을 키워나가는 데 앞장 선 훌륭한 교육장이었다. 하지만 이제는 연세대학교도 눈을 크게 열어 외솔 최현배 선생을 이 나라의 전체의 큰 스승임을 알게 하는 일에 뒤에서 함께 힘써야 하지 않을까! 늘 남 뒤에 서는 슬기를 잊고 살도록 강요받고 있는 것이 오늘의 세태이다. 이것은 고쳐야 할 부패한 정신이다. 연세대학교라는 엄청난 힘이 이 외솔 스승을 세상에 알리고 기리는 일에, 때론 앞장서고 또 때론 뒤에 서서 미는 힘이 된다면 얼마나 아름답고 좋아 보일까! 그래야 다른 대학교의 말글을 사랑하는 나라사랑꾼들도 마음 놓고 모일 수 있다. 실은 나조차도 연세대학교 출신에다가 그 대학교수 출신이기도 하다. 바로 그렇기 때문에 이런 말을 하게 하는 꼴새이다. 이를 어쩌면 좋을까!

3) 짧은 마침 말

1960년 4월 19일 나는 연세대학교 1학년 학생이었다. 성난 젊은 학생들의 꿈틀대던 물결 흐름은 광화문통을 누비며 독재와 부정부패 꾀수들을 물러가라고 외친 다음 신촌 교정 대강당 앞에 모였었다. 이때 백낙준 총장이 연단에 올라서 눈물을 훔치며 '자랑스런 연세인들아! 그대들이 이 나라를 구하는 데 큰일을 하였구나!'라며 우리를 격려하였다. 그런데 여기저기서 외솔 최현배 선생을 찾는 소리가 웅성웅성 들리기 시작하더니 함성으로 바뀌었다. 자그마한 이 어른이 연단에 올라와 카랑카랑한 목소리로 우리를 격려하는 말이 떨어지자마자 학생들은 함성으로 선생을 맞았다. '최현배! 최현배!' 나는 그때 이 어른이 어떤 분인지를 잘 몰랐었다. 선배들이 그렇게나 선생을 부르며 마음 애타하던 그 목소리와 웅성대며 가슴 출렁이게 하던 그 외침 소리가 지금도 내게는 귀에 생생하다. 이 어른이 오늘 우리가 다시 부르고 찾으며 그 정신을 본받고자 그리워하는 외솔 최현배 선생이라는 걸, 나는 요즘에 와서 다시 사무치게 깨닫는다. 왜 오늘날 외솔 최현배 선생인가? 나라 말글이 지금 영어라는 호랑이 등을 탄 꼴로 아주 위태롭다. 그러매 뜻있는 사람들은 외솔 최현배 선생을 애타게 찾는 것이다. 큰 한글학자이며 교육자, 그리고 나라사랑의 받침돌을 놓은 외솔 최현배 선생! 우리 민족이 기리는 그리운 참 스승 어른!

2010. 10.

●●● 한국 근대 한국학 연구소
●●● 학술 발표회
●●●

-손곡 이달의 생애와 문학 세계에 부쳐-

　먼저 이런 귀중한 자리에서 발표를 맡아 주신 허경진 선생님, 김성기 선생님, 최경환 선생님, 윤호진 선생님! 그리고 지정 토론을 맡아 해 주실 김호길 선생님, 박형진 선생님, 구지현 선생님, 윤현숙 선생님들께 그동안 노고에 대해 고마움의 말씀을 드린다.

　뜻있는 젊은이들 사이에서 묻곤 하는 질문이 몇 가지 있다.
　첫째, 한국의 고유한 문화 가운데 음식 문화, 김치, 고추장, 된장 담그기, 된장찌개 같은 전통 음식을 공동 그릇에 끓여 여럿이 둘러앉아 퍼먹는 광경은 지속될 것인가?
　둘째, 한국의 가족 관계가 과연 옛날 같은 대가족 형태로 복원될 가능성은 있는가?
　셋째, 한국 문화의 전통은 복원되거나 유지 발현할 수 있겠는가?

　대강 위의 질문은 비관적인 예상을 가지고 묻는 질문이기도 하다. 이 질문이 나온 까닭은 오늘날 우리가 모두 자기로부터 외출하여 자아 '나 됨'이 없는 형국으로 흘러가면서 자기 문화의 고유한 특성이나 독창성에 대한 일체의 자부심을 잃었기 때문이다. 석굴암이나 팔만대장경판본, 훈민정음, 불국사 등 문화유산은 세계 어느 곳에 가도 최고 문화의 꽃으로 대접받는다. 그것은 한국인인 우리들의 정체성을 드러낼 핵심적인 근거이다. 이런 우리 문화는 모두 우리들 손으로 만들어진 것이 확실한 것이기 때문이다. 이런 한국인의 독창적인 자아 발현에 대한 자각이 이 시대에는 깡그리 사라질 위기에 처해 있다는 예감 때문에 위와 같은 질문은 툭하면 튀어나오는 것이다.

오늘 이 지역 원주의 자랑스런 문인 손곡 이달 선생의 생애와 그 문학 세계를 짚어 보는 자리에서 엉뚱하게 위와 같은 이야기를 던지는 것은 우리가 스스로의 존재 가치를 잃었을 때 어떤 정황에 처할 것인가에 대한 아픈 자문을 하기 위해서이다.

〈우리말로 학문하기〉라는 인문학자들 학술 모임의 회장을 맡고 있는 철학자 이기상 교수는, 지난주 여럿이 모인 자리에서 자신이 듣고 보았다는 이야기를 다음과 같이 하였다. 프랑스 신문에 난 한국 문화 이야기 가운데 특기할 만한 것으로 세 가지를 꼽았는데, 첫째가 음식 공동체 문화 이야기였다. 된장찌개를 같은 그릇에 끓여 여럿이 둘러앉아 퍼먹는 풍경은 자신들이 잃었던 것을 아직도 지니고 있는 엄청난 문화유산이라는 내용이었다. 꽁빠니compagnie는 함께 있다는 뜻이다. 이것은 빵을 함께 먹는다는 뜻으로 쓰인 말이라고 한다. 함께 누린다는 것은 공동체 문화의 중요한 핵심이다. 이것이 불어에서는 말만 살아 있는데 한국에서는 아직도 살아 있다는 것. 둘째는 발효 식품의 최고 음식인 김치 문화. 한국 여인들은 어째서 뚱뚱한 여인들이 없는가? 그것은 잘 발효된 음식인 김치와 된장, 고추장을 식생활 문화 주식의 기둥으로 삼고 있기 때문이다. 이 전통이 앞으로 사라질 것인가? 셋째, 이미 알려진 대로 한국인들의 전반적인 인터넷 인구화는 세계적으로 가장 앞장서 있는 추세이다.

그 까닭이 어디로부터 온 것인가? 그것은 곧 과학적이고 간편한 한글이 그 중요한 무기라는 것. 한글이 얼마나 독창적이고 과학적이며 합리적인 문자인가는 이미 여러 국제적인 언어학자들에 의해 증명되어 오고 있다. 이 문자를 우리는 15세기에 만들어 가졌고, 그것은 인터넷 보급에 획기적인 기여를 하고 있다는 것이다. 오늘 우리는 다시 깨우치고 배워 알아야 할 손곡 이달 선생의 생애와 그 문학 세계에 대해 배우게 되었다.

손곡 이달 선생이야말로 우리가 잊어서는 안 될 위대한 시인이며 지식인이었다. 위대한 정신이란 어디로부터 오는가? 그것은 나는 나를 남에게서 찾지 않고 나 자신에게서 찾으려는 정신 속에 들어 있다고 생각한다. 자기가 처한 입장의 어려움이 크면 클수록 그것을 극복하려는 정신의 치열한 불꽃은 위대한 정신과 맞닿게 되어 있다. 우리 문학사에서 언제나 빛을 내고 있는 『홍길동전』의 허균이나 그의 누이 허난설헌 등의 문학 세계가 찬연하게 빛나는 것에는 그 앞에 손곡 이달 선생과 같은 위대한 정신의 소유자가 스승으로 버티고 있었기에 가능한 것이었다.

다시 위대한 정신의 발현에 대해 한 가지 덧붙이고자 한다. 자기가 처해 있던 세계가 자신에게 편안하고 여러 혜택이 주어졌다면 자기 정신이 발현될 수가 있겠는지? 아마도 그것은 아닐 것이다. 상상력은 언제나 결핍 상태로부터 생기는 것이고 당대 사회의 윤리적 모순과 조직적 부패상을 눈으로 똑바로 볼 수 있는 사람은 그런 조직이나 사회구조에서 혜택을 누리는 사람이 아니다. 역대에 위대한 문인이나 철학자들을 보면 대부분이 불우한 처지의 삶을 스스로 개척하면서 힘겹게 지탱하여 엮어 나아간 사람들이었다.

오늘 또 하나의 위대한 정신이며 삶의 빛인 손곡 이달 선생의 생애와 문학 세계에 대한 연구 발표를 듣는 우리는 지금 행복한 자리에 앉아 있다고 생각한다. 과거를 잊는 사람은 양심을 잃는 사람이라는 문학적 원리를 공식적으로 밝힌 사람은 『하얀배』와 『백 년보다도 긴 하루』의 키르키즈 출신 작가 아이트마토프였다. 기억이 곧 양심이라는 말, 이것은 오늘 손곡 이달 선생의 문학 세계를 이해하는 차원을 넘어 옛 문인을 결코 우리가 잊지 않는다는 당당한 자세에도 그 맥이 닿아 있다. 이런 위대한 스승에 대한 생애와 정신세계에 대한 발표를 맡아 주신 선생님들이야말로 또한 그런 스승을 잊지 않는 이 시대의 양심이며 깨어 있는 정신의 계승자임을 생각할 때, 오늘 이 자리는 축복받은 자리임에 틀림없다. 이런 복된 자리에서 축하 인사를 드리게 되는 저의 행운을 여러분도 함께 누리시기를 바란다. 이 행사를 주관하시고 적극적으로 도와주신 원주시 관계자 여러분들과 오늘 발표를 맡아 주신 선생님들, 그리고 청중 여러분들께 고맙다는 인사를 다시 드린다.

2005. 7.

제 4 부

박경리 선생을 그린다

●●● 박경리의
●●● 삶과 문학

–원주에서 새긴 작가의 문학적 발자취–

1) 삶과 죽음 앞으로 끄는 인연들

박경리 선생이 이승을 떠난 지 2년이 지났다. 재작년 5월에 그가 갔으니 벌써 달수로 2년 하고도 두 달을 넘기고 있는 셈이다. 이곳저곳 5월이면 앞뒷산에서 우짖으며 짝을 찾던 묏새들이 이젠 그 새끼들에게 먹이 사냥법과 나는 법을 가르치느라 아침부터 난리들을 친다. 더운 여름으로 들어선 모양이다. 시간의 강둑 위에서 속절없이 나이만 들어가다가 또 그 어딘가로 사라지는 그런 일이 우리들 삶의 모두일 뿐이라는 말일까?

박경리 선생을 내가 알게 된 것은 20여 년 저쪽 어느 해였다. 내가 전두환 군사정권의 폭력에 쫓겨 대학교로부터 쫓겨났다가 7년여를 빌빌댄 다음, 복직이랍시고 연세대학교 원주 캠퍼스 국문학과에 들어갔던 해는 1988년도였다. 원주, 그곳에 작가 박경리 선생이 계셨다. 나는 서울에 살면서 통근을 하는 입장이었지만 전부터 이 어른이 써 오던 원주 통신을 간간이 읽고 있었던 참이라 학교에 발을 붙이자마자 나는 박경리 선생을 찾아뵈었다. 단구동, 지금은 그가 사시던 그곳을 〈토지 문학공원〉으로 만들어, 원주시에서 관리하며 원주 시민들에게 공원 터를 거닐면서

문학과 삶 이야기들을 나누는 아늑한 자리로 가꾸어 가고 있다. 하지만 내가 그곳에서 그를 뵈었을 때엔 지금의 아늑하고도 따뜻한 햇볕 바라기로 된 곳은 아니었다. 7백 몇 십 평 되는 널따란 그곳에는 철철이 콩과 고추, 배추, 오이들이 무성하게 자라고 있었고 억척스런 농부의 손길이라도 닿은 것처럼 산수유나무와 살구나무, 아름다운 향나무, 그리고 미루나무도 힘꼴깨나 쓸 듯이 우줄우줄 자라고 있어, 봄이면 꿩들도 날아와 자기 짝에게 뭔가를 알리는 소리들을 지르곤 하였다. 그리고 그 채마밭과 풀숲 속에 한 여성이 수건을 머리에 쓴 채 쭈그리고 앉아 밭에 난 풀을 뽑거나 나뭇가지를 자르고 있었다. 어떤 풍경이라고 불러야 할까? 그곳은 일종의 식물들의 전쟁터였고, 작가 박경리 선생이 목숨을 걸고 시작한 『토지』의 4부를 남겨 놓고 말씨름을 벌이며 피투성이 몸으로 예술의 즙을 쥐어짜던 자기 단련의 작가 됨 터였다.

외로움과 막막함, 아픔, 여러 질곡의 수건을 둘러쓴 그의 곁으로는, 결코 아무나 함부로 다가설 수 없는 두려운 서기가 뻗치고 있었다. 밭에서 일할 때도 그렇거니와 밤중에 한 칸 한 칸 원고지 속에 다져 담는 수많은 말의 조합과 거기 어우러지는 인물들과의 맞섬은 팽팽한 긴장을 조금도 풀 수 없도록 그를 묶고 있었기 때문에, 이익이나 호기심 따위 눈굴림으로 기웃대는, 그런 세상 사람의 이마빡과 눈치만의 푼수로는 결코 그에게 다가설 수가 없었을 터이다. 그가 『토지』의 마지막으로 치닫는 이야기를 쓸 때 어쩌면, 그의 생생한 삶의 나날들이란 멀고 먼 딴 시간 속의 여행이었을 터이다. 아니 그때 그는 그가 꾸며낸 삶의 무대 이야기 위에 만들어 내고 있던 사람들과의 소리 없는 이야기들을 시도 때도 없이 나누고 있었을 터이다. 그는 그 당시 수십 명, 작품 속에 사는 사람들의 모습을 스스로 지닌 채 살고 있었던 것으로 내겐 읽혔다.

하지만 그럼에도 불구하고 원주로 다시 가자마자 나는 그에게 조심스럽게 다가섰다. 나도 이미 세상 물정이 얼마나 구질구질하고 쓰라린 지를 조금은 맛을 보아 알고 있었기 때문이었는지 이 어른이 내게 큰 경계를 하지는 않았다. 나는 일종의 삶의 전투에서 큰 타격을 입고 비틀대는 발걸음으로 그에게 다가선 것이니 그 날카로운 눈길로 그런 모습을 그가 못 읽었을 리가 없다. 나는 그때 긴 세월 해직되었다가 겨우 다시 자리를 잡아 들어간 연세대학교 교수였고 문학평론가였지만 그가 나를 잘 알고 있지는 않았다. 내가 시름을 품고 그를 찾아 만나게 된 것은 가혹한 폭력의 시대 아픔을 같이 지녔다는 그런 이유가 가장 컸다. 또 그뿐만이 아닌 이유도 있었다.

내게는 그의 사위이자 시인인 김지하라는 사상가를 숨겨 준 인연이 있었다. 그게 나를 유일한 직장이었던 대학교에서 쫓아내는 구실이 되었던 것도 사실이다. 범죄자(?) 은닉범! 1962년부터 박정희 군부 독재자들은 일본에 눈짓을 보내어 오히라-김종필 한일협정을 맞으면서, 정치자금을 뽑아내는 일로, 왜국이 이 나라에 서른여섯 해나 저질렀던 과거 범죄에 대한 보상을 흥정하였었다. 김영일(김지하)은 당시 이 한일협정 반대 투쟁에 앞장서 정보부 눈길을 피해 다니던 때였고, 어쩌다가 그는 장안평 판잣집인, 내 집에까지 오게 되었다. 이것이 인연이 되어 나는 김지하라는 슬프고도 위대한 한 영혼을 만나게 되었고 또 그의 장모이자 우리의 스승인 작가 박경리 선생을 알게 되었다. 사람들은 어떤 꼴로든지 누군가를 만나 자아의 나 됨을 만들어 간다. 내가 박경리 선생을 뵙게 된 것은 이런 만남들의 한 모서리에서 누군가 그 벼리를 죄는 인연으로 이루어졌다. 흉칙한 몽둥이질로 정권을 주무르는 욕망의 악귀 부라퀴들이, 꼴같잖은 만행을 휘두르던 어둠의 시대를 같이 산 문학비평가와 작가. 이런 만남은 어쩌면 운명이었을 수도 있겠다.

2) 박금이에서 박경리로 되는 삶의 줄타기

(1) 작가가 된다는 것은 무엇인가?

작가 박경리의 본명은 박금이朴今伊였다. 왕권 계급으로 울퉁불퉁하게 시골 들판에 나뒹굴던 층층이 계급사회 마지막 시절, 시골 어디서나 가장 쉽게 만날 수 있는 여자 이름, 투박한 자연인 박금이. 그는 이제 어떤 절체절명 삶의 뜀 판에 서면서 글 쓰는 작가 박경리朴景利로 바뀐다. 그는 1926년 10월 28일 경상남도 통영에서 태어나 2008년까지 원주에서 살다가 그해 5월 5일 서울 삼성 의료원에서 돌아갔다. 향년 82세였다. 그의 삶은 그의 글 속에 모두 복제되어 오늘날까지 찬란한 말 탑으로 빛난다. 그가 1988년도에 낸 첫 시집 『못 떠나는 배』(지식산업사판)에 이런 시가 있다.

글 기둥 하나 잡고
내 반평생
연자매 돌리는 눈먼 말이었네

아무도 무엇으로도
고삐를 풀어주지 않았고
풀 수도 없었네

영광이라고도 하고
사명이라고도 했지만
진정 내겐 그런 것 없었고

스치고 부딪치고
아프기만 했지
그래,

글 기둥 하나 붙들고
여까지 왔네

—「눈먼 말」 전문

　어느 시대를 살았든, 누구나 다 아는 바와 같이, 꼴같잖은 부라퀴들이 권력을 손에 쥐면 사람들이 살아내야 하는 세상살이는 어둠 속에 잠긴다. 그들은 갖은 좋은 말로 꾸며 백성이 주인이라는 둥, 사람 위에 사람 없고 사람 밑에 사람 없는 민주주의 따위 어수선한 말장난으로 사람들 가슴을 타고 올라앉아 별의별 이권 자리를 독차지해 이익을 빨아들이면서, 사람들을 기죽이거나 잡아 가두고 독한 채찍질로 온갖 부라퀴 짓들을 일삼는다. 그들은 말의 참 뜻을 죽이고 사람들의 마음속 진실을 죽인다. 박경리가 태어나 죽을 때까지 이런 혹독한 부라퀴들의 악행은 저질러져 왔다. 지금도 그렇지만 이런 따위 만행은 더러운 부라퀴들이 권력을 잡은 시대마다 있어 왔다. 그래서 민중들의 자유나 권익이란 모두 그들 권력 패들의 손아귀에서 늘 버둥거리게 되어 있다. 영국이 한때 제국주의 책략으로 전 세계에 악행을 저지를 때, 그 나라 작가 한 사람은 이렇게 중얼거렸다.

　모름지기 자유라는 것에 그 어떤 뜻이 있다고 한다면, 그것은 상대가 듣기 싫어하는 것을 억지로 상대의 귀에 쑤셔 넣는 권리일 뿐이다.

이 글은 「동물농장」의, 끝내 햇빛을 보지 못하고 끝나 버린 서문 속에 있는 한 구절로서 독자들에게는 생소한 말이다. 그러나 이 글을 읽고 나서 조지 오웰이라는 한 인간의 거침없고 뚜렷한 소리를 느낀다. 뺨을 호되게 후려 맞는 듯한 매섭고 따끔한 문귀다.

—피터 루이스 지음, 김기웅 옮김, 조지 오웰-1984년이냐 동물농장이냐!(서울: 환상과 창작, 1984), 11쪽

오늘날 4대 강물 파헤치기로 나랏일을 삼는 한나라당 정권의 꼴도 이와 별로 다를 바가 없다. 이런 시대에 작가는 태어난다. 작가가 하는 일 가운데 가장 큰 일은 자기가 살았던 시대의 어둠을 꿰뚫어 읽고 그것을 글로 적어 뒷세상에 알리는 일이다. 왜정 시절에 나라도 없이 태어나 갖은 쓰라림을 겪었고, 남북 전쟁이 터져 민족이 둘로 갈라지는 아픔을 견뎌야 했던 젊은 시절에 남편을 여읜 채 자기 삶을 갈아야 하였던, 아름답고도 도도한 여성 박금이는 이렇게 글 기둥 하나를 잡고 온몸으로 거기 매달려 민족의 한과 설움을 기록하는 일에 매달렸다. 놀랍게도 이런 참혹한 시대에 반드시 위대한 작가는 태어난다. 자유와 존엄성을 지킬 수가 없도록, 민중은 물론이고 그 민중이 살아가는 삶의 터전인 들과 산, 자연스럽게 흐르는 강물 모두를 마구잡이로 까뭉개면서, 개발의 나팔소리를 울려대며 사람들의 마음을 억누르는 시대는 참혹한 시대이다. 왜정시대는 물론이고 광복되고 나서 미국과 소련이 군대를 몰아다 주둔시킨 채 이 나라를 두 동강 낸 뒤, 무기장사들과 돈놀이꾼들로 하여금 한반도 남북 전쟁의 검은 연기 속에다 민중을 다시 가둔, 한반도 남북분단의 질곡을 작가 박경리는 어김없이 겪어 내어야 했다. 그리고 그는 그것을 꿰뚫어 읽고는 글로 적어 전하기 시작하였다. 욕망을 부추기며 그 끝 간 데까지 탐욕을 밀어 올리는 참혹한 인간들을 작가 박경리는 꿰뚫

어 읽었다. 그의 시 한 편을 다시 읽는다. 이 시 또한 1988년도에 낸 얇은 시집 『못 떠나는 배』 속에 실려 전한다.

강자를 물어뜯는 노을은 신선하고
그의 승리는 슬픔으로 장중하다

강자의 발을 핥는 자는
반드시 패도를 꿈꾸고
그가 치는 승전고는
피바다를 예고한다

욕망의 계곡을 누비며
연민도 없이
눈물도 없이
채워도 채워도 허기진 자
그들로 인하여
역사는
민초의 피로 얼룩져 왔다

— 「피」 전문

내 삶의 즐거움이나 기쁨, 행복을 위해 남을 부리거나 짓밟는 짓은 악이다. 남을 밟고 올라서 많은 것을 누리면서도, 남의 아픔이나 설움, 절망을 못 본 채, 일체의 자기 물음이 없이 사는 삶이야말로 나쁜 사람됨의 길로 빠진 범죄다. 이런 죄악이 산야에 덮여 일체의 부끄러움이나 염치를 잃었던 시대를 우리 역사는 지녀 왔다. 왜정 36년의 참혹한 먹구름

시대, 윤동주가 1941년도에 '하늘을 우러러 한 점 부끄럼이 없기를, 잎새에 이는 바람에도 나는 괴로워했다'라고 썼던 그런 시대 한복판에서 작가 박경리는 태어났고 배웠으며 글을 썼다. 광복이 된 이후에도 외국의 나쁜 세력들은 이 나라를 둘로 쪼개어 먹이사냥 하듯 저들 이익을 빨아들였으며, 전쟁을 일으켜 수많은 한국 사람들을 죽고 죽이게 하는 범죄를 저질렀다. 이렇게 한국 역사가 피로 물들이는 동족 갈등의 아픔과 두려움에 사로잡혀 있던 때, 그는 자기 삶에 가로놓인 젊은 시절을 보내야 하였다. 이렇게 자기 삶에 달라붙었던 혹독한 시대에 이웃의 아픔과 쓰라림, 풀 수 없는 한을 멍에로 짊어진 채, 그는 글이라는 말 탑을 쌓아 올려놓았다. 이름 하여 『토지』, 그것은 곧 한국 소설사가 지닌 말글 탑의 긴 산맥에 해당하는 보물이다.

훌륭한 작품이란 위대한 정신이 모여 말글로 살아난 이야기이다. 『토지』는 그런 한국 민족의 정신이 단단하게 뭉쳐 뻗쳐오른 한국말의 탑이다. 어느 시대나 부라퀴들은 남의 나라 땅덩이를 집어 삼키려는 악의에 빠져 허우적댄다. 그들은, 기어코 빼앗아 삼키려는 종족의 실체인 사람들을 죽여 없애려고 할 뿐만 아니라, 그들 먹잇감들이 쓰던 모든 것, 산이나 들에 널린 모든 곡물, 모든 사물의 이름, 아껴 지녀 왔던 문화, 전통, 그리고 마지막에는 그들이 익숙하게 써 오던 말글까지 빼앗으려는 나쁜 꾀부림에 빠진다. 말은 곧 그 말을 쓰는 종족의 혼이기 때문이다. 한 종족의 혼을 빼앗는 것이야말로 그들 부라퀴들이 꿈꾸는 생각이다. 다른 종족을 없애려는 생각들은, 사람이 지닌 가장 어리석고 천한 짓인데도 꾸준히 이어져 온 악행이다. 왜정 때, 1939년에 조선총독부에서는 한국말은 천한 말이라고 가르치면서, 왜말로 바꾸라고 중등 과정에서 조선어 가르치기를 폐지하였다. 그다음 해 1940년에 왜정 부라퀴들은 조선인 이름을 왜식 이름으로 바꾸라는 강제 칙령을 발표하였다.

2010년 현재에도 서양은 영어 쓰기 음모 촉수를 내뻗어 그들 영어 제국주의 앞잡이들을 시켜 갖은 책략을 다 긁어모은다. 친미 성향의『조선일보』에서 행하는 대학평가, 그 평가 기준을 영어로 쓰는 논문 편수로 정하는 일 또한 한국어 없애기 꼼수와 끈은 닿아 있다. 영어로 논문 쓰는 학자들에게 1억 원씩이나 더 얹어 준다든지, 영어로 강의하는 것을 대단한 개혁이나 이룬 것처럼 떠드는 대학 사회의 분위기, 얄팍한 책략으로 한국의 학자들을 꾀는 꼼수는 바로 이런 한국 말글 없애기 책략이다. 각 대학교에서『SCI』나『SSCI』지에 싣는 논문에만 점수를 매김으로써 한글로 쓰는 논문에는 점수를 매기지 않을 때, 한국의 학자들은 모두 영어로만 논문을 쓰려고 할 터이니 그 앞길이야 불을 보듯 빤하다. 말글살이의 잣대를 영어로 삼을 때 한국 말글의 운명은 너무 애련하다. 그런데도『조선일보』는 이런 꼴새를 대학평가의 한 중요한 잣대로 들이댄다. 작가 박경리의 분노나 설움은 이런 따위 인간들의 어리석음으로부터 나오는 것이고 거기서『토지』라는 위대한 작품이 나오게 되었다.『토지』의 배경이 비록 왜정시대 한복판이었다고 해도 그것을 쓴 것은 1969년 이후 이십오 년이나 되는 긴 해, 1994년이었음을 우리는 무심히 보아서는 안 된다. 이 작품이 왜정시대를 깊이 읽은 눈길이었지만 그것을 쓰던 시기는 바로 지금 우리들이 사는 시대, 현대였던 것이다. 앞에서 들어 보인 시집 속에「조국」이라는 시가 들어 있다.

허리 짤리운/ 우리 강산에/ 미국 군대가 있고/ 어찌 또 다시/ 우리 강산에/ 일본이 오는가

무덥던 여름/ 장농 깊은 곳에서/ 숙고사 연분홍 치마/ 은조사 흰 적삼/ 소중히 꺼내어 입고/ 시골 신작로 따라/ 초등학교 운동장 가던 새색시/

모두 어우러져서/ 한 덩어리가 되어/ 울음 섞고 눈물 뿌리며/ 만세를 불렀다

이제는/ 오손도손 우리끼리 살겠구나/ 내 땅에 와서 내 겨레 가슴에/ 숱한 못질을 하던/ 그들이 가는 구나

부모형제를 찾고/ 우리말 찾고/ 내 이름도 찾고/ 아아 내 옷도 찾아서/ 이제 찬란한 햇빛 아래/ 내 산천을 바라보리
새색시 백발이 되었고/ 세상만사 다 변하였는데/ 그때 눈물과/ 그때 기쁨은/ 다시 찾아오지 않았다

(뒤 세 연 생략)

(2) 박경리의 『토지』란 무엇인가?

스물다섯 해에 걸쳐 완결 지은 박경리의 『토지』는 한국의 근현대 역사를 이야기로 풀어 쓴 역사와 철학을 지닌 소설이다. 1897년 한가위로부터 이야기를 시작한 이 작품은 1945년 8월 15일 한국이 광복되는 날까지 꽉 찬 48년 동안 한국 사람들이 겪은 어리석은 왜정 부라퀴들이 설치던 어둠을 견디는 아픔과 설움, 그리고 참음의 길을 보여준 이야기 뭉치이다. 이런 귀중한 말뭉치는 민족정신을 한 그릇에 담은 한국말의 보물창고임에도 틀림없다. 신국판 500여 쪽짜리 열여섯 권(16권, 솔 출판사판 기준)에 달하는 긴 이야기 여정에는 아주 많은 한국 사람들의 꼴새들이 그려져 있다. 경상남도 하동군 안악면 평사리에 살던 최 참판 댁의 삼 대에 걸치는 이 이야기 틀은 그 가정 안과 바깥쪽 사정이 한눈에 뚜렷하게 잘 보이도록 펼쳐 그려졌다. 이 평사리의 최 참판 댁은 어쩌면 당시 조선조 말기 왕권에 해당하는 상징을 담고 있다. 이 이야기 뭉치에서

내가 가장 먼저 눈여겨 읽은 장면들은 다음과 같은 것들이다.

첫째, 한국의 왕권 권력은 이미 그 평계와 기운이 바닥을 내고 있었던 때여서 왕권으로 나누어 계급화하였던 양반, 상놈, 평민 따위의 계급이 더는 그 위용이나 권세를 버티기 어렵게 되어 있었다. 양반 퇴물이었던 최 참판 댁 당주 최치수는 반거들충이로 비실대다가 음모꾼 하인들에게 죽임을 당하였다. 왕권 몰락의 시작을 보이는 소설적 상징이다. 실제로 명성 왕후 시해 사건은 1895년 10월 8일 묘시에 벌어졌다. 건청궁 곤녕함(민비 침전) 옥호루에서 왜놈 자객에 의해 이 시해 사건은 일어났다. 조선조가 무너진 것은 왕권이라는 권력 틀을 적절한 때에 바꾸지 못한 탓이 컸다.

둘째, 최 참판 댁 다음 당주인 윤 씨 부인은 기도하러 지리산으로 갔다가 동학 잔당의 하나인 김개주에게 겁탈당하여 사내 아이 김환을 낳았다. 왕권에 해당하는 윤 씨 부인! 그를 겁탈한 김개주는 실제 한국 역사에서 빛나는 동학 접주 가운데서도 계급 타도를 가장 과격하게 주장하였던 김개남을 꼭 닮은 인물이다.

1860년대 동학당은 농민군과 합해 왕권을 무너뜨리려는 봉기에 떨쳐나섰다. 이때의 동학 접주들 가운데 전봉준이나 손화중은 온건한 개혁파에 속하는 인물이었다. 그러나 김개남만은 과격파여서 관공서를 쳐들어갔을 때마다 인정사정없이 탐관오리들을 잡아 죽이는 악명을 떨쳤다. 그러므로 그는 관군에게 잡히자마자 척살당함으로써 그 과격함이 어떤 열매로 반작용을 일으켰는지 잘 보여주는 인물이었다. 동학 접주로 같은 우두머리들이었던 전봉준이나 손화중은 잡히고 나서, 비록 코미디 대본 같은 내용이긴 하지만, 공초供招라는 일종의 재판 기록을 남겼다(박종홍, 이상은 외 편, 『전봉준 공초』, 한국사상, 1959, 159~185쪽 참조). 그런데 『토지』의 배경 최 참판 댁 당주 윤 씨 부인은 바로 그런 과격한 생각을 지녔던 인물에게 겁탈을 당한 것이다. 게다가 거기서 한 아이가 태어났다. 이름은 김환. 자기 배다른 형 최치수의 아내인 형수를 사랑하여 그를 데리고 도망갔지만 그는 뒷날 독립운동에 나서는 개성 뚜렷한 인물로 살아난다. 이게 도대체 무슨 뜻일까? 작가가 뜻한 것은 정말 무엇이었을까? 『토지』라는 긴 이야기가 지닌 속뜻을 1900년대로부터 시작된 한국 사회 계급의 재편 기운을 명시하려는 것으로 나는 읽었다(**최서희의 삼촌뻘이 되는 그와 서희 남편 김길상이 만나 해란강가에서 뒹굴며 울부짖는 이야기 장면 또한 만만치 않은 볼거리이다**).

셋째, 왕권 권력이 안팎으로 흔들리자 한국 안에서는 이때까지의 계급 서열이 재빠르게 무너지면서, 돈을 왕으로 섬기게 되는 흉한 자본주의 사회 틀이 만들어져 가기 시작하였다. 평사리 최 참판 댁에서는 그 당주 최치수가 죽고 또 윤 씨 부인조차 죽었다. 왕권처럼 완강하던 세력이 완전히 부서져 버리는 형국이었다. 어린아이로 살아남았던 최서희는 그 집안 재산과 그나마 남은 위엄의 힘, 그 집의 오래된 하인들이 지켜준 덕으로 자라났다. 그리고는 할머니 윤 씨 부인이 장롱 받침대 밑에 숨겨 남겨 준 황금을 밑천 삼아 최서희는 만주로 피신을 하였고, 거기서 그녀는 곡물장사로 떼돈을 벌었다. 큰 전쟁이 유럽에서 두 번이나 일어나 흉흉한 시절로 접어들자 만주에서 생산되는 온갖 곡물들, 그 가운데서도 콩(백두)은 수확만 하면 유럽에서 비싸게 사들이는 일들이 벌어졌다. 친일파에다 가장 악랄한 부라퀴 인물, 윤 씨 부인의 먼 친척 조준구는, 이때 최 참판 댁 저택은 물론이고 논밭전지 모두를 가로채었다. 왜놈들에 의해 한국이 나라 전체를 빼앗겨, 한국 사람들은 살길을 찾아 너도나도 만주로 시베리아로 하와이로 몸을 피했던, 그런 시절과 딱 맞아떨어지는 이야기 틀이었다.

넷째, 경상남도 평사리로부터 만주로 피신하여 떠났던 최서희 일가는 돈 흐름 원칙에 따라, 엄청나게 번 돈으로 평사리 주택 전지를 다시 사들였으며, 광복을 앞두고 귀향의 길을 열었다. 만주에서 공 노인이라 든지 최 씨 가의 충실한 이웃들이 보이는 서로 돕고 보살피는 아름다운 장면들 또한 이 작품이 지닌 이야기 뒤쪽의 읽을거리이다. 거기서 최서 희는 새로운 자기 삶의 존재 조건을 갖추었다. 양반 신분의 탈을 깬 파격 적인 혼인이 그것이다. 하인으로, 연인으로, 후견인으로 함께 어린 시절 을 보내었던 김길상. 그는 출신성분조차 희미한 천민에 속한 인물이었지 만 양반 출신인 최서희가 그를 남편으로 택함으로써 최 씨 일가의 새로 운 틀을 만들었을 뿐만 아니라, 이 작품이 지닌 독특한 사랑의 빛을 내 뿜게 하였다. 계급이 다른 남녀의 사랑과 혼인, 그것은 당대 한국 사회 의 정직한 계급 뒤섞임이었다. 하인과 양반 주인이 혼인을 한다는 것은 어떤 뜻인가? 계급사회의 흔적이 뚜렷했던 시대에 일어난 그런 일에는 작가의 깊은 뜻이 담겨 있다. 이 작품을 '사랑 공리'로 읽게 하는 중요한 대목이다. 작가 박경리는 이 작품 『토지』를 통해 사랑이 곧 창조라는 중 요한 소설 철학을 이야기 뼈대로 펼쳐 놓았다. 남과의 관계에서 사랑이 빠진 마주침들에는 어떤 뜻이 있겠는가? 사랑은 개인이든 집단이든 모 든 관계의 가장 중요하고도 창조적인 힘줄이라는 게 작가 박경리의 또 다른 이야기 철학이다. 제국주의자들의 침략 속에 사랑은 발붙일 곳이 있는가? 없다. 빼앗아 챙기는 강제와 억압, 앞에 보여준 조지 오웰이 규 정한 대로, '자유'라는 말의 구겨진 통로만 있을 뿐이다.

다섯째, 나라 되찾기 일과 관련된 이야기다. 이 작품 후반부에 오면 여러 계층의 뜻있는 사람들이 국내 여기저기 만주나 연해주에 모여 갑 론을박, 나라 되찾는 운동에 열을 올리는 장면이 있다. 동학 잔당은 잔 당대로, 지리산에 거점을 둔 운동꾼들은 운동꾼대로, 지사는 지사대 로, 한국 사람들이 모이는 곳마다 이 이야기는 피를 끓게 한다. 김두수 로 상징되는 왜경찰 밀정 얘기 또한 이 작품에서는 빼놓을 수 없는 긴장의 끈끈이이다.

여섯째, 이 작품은 일본을 철저하게 분석하여, 그 치명적인 민족적 열등감이 어떻게 남의 나라를 침입하여 제국주의 흉물로 바뀌는지를 밝혀 준 이야기 틀이다. 그러므로 이 작품은 일본론이자 제국주의론이며, 그들 제국주의라는 나라 꼴새가 어떤 열등감으로부터 시작되는지를 철저하게 밝히는 국가론이기도 하다. 여기에는 서양 제국주의 국가들 또한 그 분석 눈길로부터 벗어나지 않는다. 왜국은 본래 서양으로부터 그 따위 나쁜 부라퀴 짓을 배워 그런 짓을 저질렀으니까. 악행은 누군가로부터 배워 익히면 그 맛들임으로부터 벗어나기 어려운 모양이다. 중세기에 프랑코(지금의 프랑스)가 십자가를 등에 지고 예루살렘을 향해 남의 나라 아랍제국 사람들을 무찌르며 떠난 십자군 전쟁의 꼴새와 조금도 다르지가 않다(아민 말루프 지음, 김미선 옮김, 『아랍인의 눈으로 본 십자군 전쟁』, 아침이슬, 2002 참조). 그뿐인가? 현재 세계 각국 130여 개가 넘는 나라 1000여 곳에 자기 군대를 주둔시키고 일체의 권세를 내보이는 미국의 행악 또한 그런 부라퀴 짓의 이어진 꼴새는 아닐 것인가?(장 지글러 지음, 양영란 옮김, 『탐욕의 시대』, 갈라파고스, 2008; 엠마뉘엘 토드 지음, 주경철 옮김, 『제국의 몰락』, 까치출판사, 2003; 밀란 레이 지음, 신현승/정경옥 옮김, 『전쟁에 반대한다』, 산해, 2003; 이매뉴얼 월러스틴 지음, 한기욱/정범진 옮김, 『미국패권의 몰락』, 창비, 2004 참조)

일곱째, 이 작품 『토지』는 모든 살아 있는 존재가 지닌 존엄성을 누구든 훼손할 권리가 없다는 '존엄성 공리'를 담고 있다. 작든 크든, 잘나든 못났든, 모든 존재는 그것 자체로 존재할 존엄한 가치가 있고 그것을 지킬 권리와 의무를 지닌다. 힘이 약하다고 해서 힘센 무리가 짓밟는 일은 사람으로서는 해서 안 된다는 것이 그의 소설적 철학 공리이다. 이 이야기에서 작가 박경리는 평소에 자주 이런 이야기를 하였다. 늙었다고 깔본다든지 가난하거나 힘이 없다고 짓밟을 수 있다고 생각한다면 그는 이미 부끄러움도 염치도 잃은 존재이다. 그 원리를 작가 박경리는 『토지』라는 긴 이야기 틀에다 깊게 박아 놓았다. 제국주의자나 못된 권력자들은 이미 이런 염치를 잃은 존재로 멸시받아 마땅한 존재이다.

여덟째, 이 작품 『토지』가 지닌 세 개의 '집짓기 공리'는 물 샐 틈 없는 구조로 짜여 있다. 하늘의 집짓기와 민족의 집짓기, 그리고 우주의 집짓기라는 공리가 이 작품에서는 빈틈없이 짜여져 읽기를 아주 편하게 한다.

3) 끝맺는 말

한국 소설사 줄기에는 빛나는 작가 작품들이 줄줄이 달려 있다. 1930년대부터 1970~90년대, 그리고 2000년대 오늘날에도 빛나는 작가들은 한국이라는 삶의 텃밭에서 깊은 숨을 고르며 자기가 견뎌 내야 하는 설움이나 외로움, 그리고 아픔들을 되새기며 글을 쓰고 있다. 이 나라는 어쩌면 그런 빛나는 작가들을 길러 내는 퍽 기름진 거름을 주기적으로 받아들여 왔다. 이 나라 이웃에 사는 부라퀴들은 때론 왜국이었다가 중국이었다가 또 미국으로 그 이름이 바뀌면서 갖은 질곡의 씨앗을 뿌려왔다. 그뿐인가? 그들이 갈라놓아 이웃과 민족끼리 서로 으르렁대는 꼬락서니는 어떤가! 눈길 깊은 작가는 그것을 늘 놓치지 않는다.

세계가 자본주의 뚜쟁이들이 부는 드높은 나팔 소리와 거기 기생하는 천덕꾸러기들의 어깨춤 바람에, 사람들은 어쩌다가 돈의 종들이 되어 버렸는지조차 모른 채 나날들을 보내게 되었다. 오늘날 돈과 은행, 빚과 돈의 관계를 아는 사람은 그리 흔치 않다. 은행은 사람들이 꾸는 빚만큼씩 돈을 찍어 세상에 뿌리고 사람들은 필요하다고 진 빚만큼씩 종살이에 신음한다. 작가 박경리가 평생 두고 이 돈 문제에 대해 깊은 생각을 품었던 것은 분명하다. 그의 『토지』 속에 펼쳐 보인, 자본주의 속성을 잘 이용하여, 그 자본주의 침탈에 대응하는 글쓰기 전략을 구사한 것이 바로 그 증거다. 자본주의는 제국주의나 식민주의와 같다. 그저 다른 이름으로 부르는 것일 뿐이다. 그가 만년에 남긴 시를 묶어, 돌아간 그해에 출간한 시집 『버리고 갈 것만 남아서 참 홀가분하다』에는 서른세 편의 시가 있다. 이 시집의 시편들은 주로 자신의 개인사, 가족사 이야기와 농촌 사람들의 순박한 한살이의 풍요를 비는 내용들이다. 그러나 가끔씩 세상 읽기를 드러내면서 이 자본주의의 정말 몸체가 어떤 것인지를 밝히는 시가 있다. 「소문」의 한 연에는 이런 구절이 있다.

소위 자본주의 방식의 하나이며/ 정치가는 뒤질세라 편승하는 열차편/ 거대한 산업/ 어디로 가나 세상 구석구석/ 광고의 싸락눈 안 내리는 곳이 없다// (…중략…) 그것으로 먹고사는 함정에서/ 사람들은 빠져나갈 수가 없다/ 소비가 왕인 정경 합작의 괴물을/ 그 누가 퇴치할 것인가/ 천하무적의 폭군이 지나간 자리엔

제2차 대전이 벌어져 세상 부라퀴란 부라퀴 모두가 날칠 때 프랑스 시인 폴 엘뤼아르는 시 「공습경보」를 발표하여 사람들을 위로하였다. 박경리나 엘뤼아르 모두, 그런 악마들이 날치고 있을 때일지라도 실은 우리는 서로를 사랑하고 껴안으며 부추겨 결코 외롭지 않다는 소근거림으로 우리를 버티게 한다. 작가 됨이란 이렇게 해악과 타협하지 않는 정신으로 우리를 에워싸게 한다. 이런 것이 문학의 향기일 터이다.

2010. 7.

박경리, 흰 용과 용틀임으로 『토지』읽기

— 시집 『버리고 갈 것만 남아서 참 홀가분하다』를 중심으로 읽는 『토지』—

1) 박경리 선생은 지금 어디 계실까?

올해 나는 내 생애에서 살아계시되 가장 존경하였던 스승 두 분을 잃었다. 박경리 선생! 그리고 또 한 분은 최석규 교수님으로 프랑스 파리에서 40여 년 사시다가 지난 달(2008년 10월) 22일 돌아가셨다. 언어학자로 소쉬르와 마르티네를 잇는 유일한 동양 언어학자로서 천재적인 언어철학자로 알려진 분이었는데, 나는 그 어른으로부터 프랑스 말을 배웠고 프랑스 철학을 배웠다. 가장 가까이 모셨던 스승이자 어머니 같았던 박경리 선생을 떠나보낸 지 불과 다섯 달이 지난 뒤의 일이었다. 두 분 스승은 같은 해 1926년생이었다. 두 어른 모두 일본에 대한 뚜렷한 눈길을 갖추고 계셨던¹ 분이어서, 그동안 내 앎의 둥지에 기대어 왔던 두 어른을

---

1 같은 해에 태어나 다른 길로 삶을 살았던 분들이지만 최석규 교수가 일본말을 가지고 프랑스 최초의 한국인 국가박사학위를 받아 교수 급 학자들을 가르치는 고등교육학교(Ecole Pratique des Haute Étude)에서 강의하였으며 이광수를 친일파로 모는 것에 극구 반대하였던 분인데 비해, 박경리 선생은 같은 해에 태어나 다른 삶을 살면서 『토지』라는 거대한 한국말의 집을 지은 분으로 일본에 대한 뚜렷한 감정을 지니고 있었다. 이광수를 비롯한 일본유학파 지식인들을 달갑지 않게 보던 박경리 선생의 눈길에 비하면 최석규 선생님은 일본에 대한 극도의 미움과 멸시를 가지고 있으면서도

잃은 것으로, 이제까지 내가 기댄 앎의 큰 두 텃밭은 텅 비었다.

지난 2008년 5월 5일 박경리 선생은 우리 곁으로 나오셨던 그곳으로 다시 돌아가셨다. 그곳이 어디인지 우리는 알지 못하지만, 이 어른이 우리 곁에 안 계시다는 것만 점점 나날이 바뀌면서 실감이 난다. 그러나 자세히 들여다보면 이 실감에도 문제가 있다. 박경리 선생식으로 세계를 읽기만 한다면 분명 이 어른도 우리 곁에 어딘가 계신 것이 분명하다.[2] 지금 여기 있는 우리가 그 어른이 가신 곳을 알지는 못하지만 대강 그가 가신 곳을 나는 알 듯하다. 그가 간 곳은 우주 어느 공간일 터이지만 놀랍게도 그는 그 우주로 가는 길을 평생 닦아 놓고 계셨다. 단구동 사시던 집 뜰 앞길, 그 길은 그가 밟고 갈 길이었을 뿐만 아니라 누군가, 그가 평생을 기다리던 분, 그 어떤 분이 올지도 모르는 길닦이였던 것으로 내겐 읽혔다. 정릉 경국사 뒤쪽에 있었던 선생 댁 마당길은 말할 것도 없고, 원주시 단구동 댁 돌길, 흥업면 회촌 댁 돌길도 모두 그분이 오실지 모른다는 기다림을 조각한 마음닦이였다. 기다리던 분이 오는 일은 실현되지 않았다. 그렇게 몇 십 년, 평생을 기다려도 오지 않던 분, 그분을 이제 박경리 선생은 직접 찾아갈 차례이다. 그렇게 한 개 두 개 돌을 골라 고른 길로 깔아 놓던 정성을 우리는 결코 쉽게 풀이해서는 안 될 것으로 나는 생각한다. 기다리는 분을 위한 길닦이! 나는 이 글에서 박경

일본유학파 특히 이광수에 대한 생각에는 좀 다른 데가 있었다. 두 분 모두 개성이 너무나 강렬한 분인 데다 뛰어난 지성의 힘을 지닌 분들이어서 늘 존경해 왔지만, 나는 지금도 박 선생의 의견에 마음을 싣는 입장이다. 그러나 요즘 나는 세계적인 언어학자이신 최석규 교수 1주기에 뭔가 이 어른에 대한 기념 심포지엄을 열 계획을 세우고 있다. 이 어른은 한국에서 너무 알려지지 않은 큰 스승인데 누군가 나설 사람이 없다.

2 나는 가을걷이 무를 뽑으면서도, 배추밭을 서성거리며 거기 달라붙던 벌레들과 이야기를 나누면서도, 박경리 선생이 내 곁에 계시다는 걸 느끼곤 하였으니 이 어른은 배추밭에도 계시고, 가을 청명한 하늘에도 계시고 또 밤 꿈, 맞다 가끔씩 내 꿈자리에 나타나 안부를 묻곤 하신다. 내 마음속에 이 어른은 계속 살아계시는 걸 어쩌랴!

리 선생이 직접 남겨 놓고 간 시편 이야기들을 길잡이 삼아 그의 생애와 문학 세계를 살펴보려고 한다. 우선 그가 가신 곳을 찾아보자. 그가 쓴 「우주 만상 속의 당신」은 이렇게 되어 있다.

내 영혼이
의지할 곳 없어 인간을 떠돌고 있을 때
당신께서는
산간 높은 나뭇가지에 앉아
나를 바라보고 있었습니다

내 영혼이
뱀처럼 배를 깔고 갈밭을 헤맬 때[3]
당신께서는
산마루 헐벗은 바위에 앉아
나를 바라보고 있었습니다

내 영혼이
생사를 넘나드는 미친 바람 속을
질주하며 울부짖었을 때
당신께서는 여전히
풀숲 들꽃 옆에 앉아
나를 바라보고 있었습니다

---

3 이 비유법은 박경리 선생의 독특한 화법 가운데 하나이다. 불쌍한 아이를 보고 어른들이 이렇게 말한다고 박 선생은 늘 말하였다. '눈먼 뱀 갈밭에 든다!' 보호해 줄 어른들을 잃고 지내는 어린 것을 보고 아파하는 말법!

그렇지요

진작에 내가 갔어야 했습니다

당신 곁으로 갔어야 했습니다

찔레덩쿨을 헤치고

피 흐르는 맨발로라도

백발이 되어

이제 겨우 겨우 당도하니

당신은 아니 먼 곳에 계십니다

절절이 당신을 바라보면서도

아직 한 발은 사파에 묻고 있는 것은

무슨 까닭이겠습니까

　그가 그렇게 믿고 의지하였던 당신, 그는 누구였을까? 그는 분명 박경리 선생 마음속에 가장 믿고 기댈 수 있었던 누구이다. 박 선생이 가톨릭 신자였던 것은 분명하지만, 그가 천주교가 내세우는 하느님을 그렇게 표현한 것으로 읽히지는 않는다. 그는 분명 박 선생이 따라나설 어떤 분이고 그가 계신 곳에 지금 박 선생은 가셨을 것임에 틀림이 없다. 평생을 기다리면서 또 그 어느 곳에 갈 준비로 살아온 박경리 선생. 진작 좇아갔어야 했다고 마음 되새기는 깊은 회한과 모든 것을 놓고 그 어느 곳에 갈 준비로 마음 쓰던 박 선생은 정말 어떤 분이었나? 그가 기다렸던 분은 그가 살았던 이 우주 각 곳 나무나 풀, 바위 모든 곳에 있었던 것이다. 그렇다고 보면 지금 우리가 그리는 박경리 선생은 우리가 그를 그리고 있는 동안 우리 옆에 무수하게 널려 있는 나무나 돌, 풀숲, 바위 어디에도 계실 수 있다. 그가 그처럼 조심하여 자기 삶의 길을 닦았던 것처럼 자기 길을 밝히기만 한다면 박 선생은 우리 옆 어디에나 계시다. 그 어른이 평생 바란 것이나 싫어한 것, 그리고 꿈꾸었던 것은 무엇이었나? 그 어른의 모든 것을 자세하게 안다고 지껄이는 것은 무리이다. 짐작하고 어림잡을 뿐이다. 이 글 또한 그래서 어림잡아 그리는 내 생각일 뿐이다. 하지만;

이 어른이 가장 싫어하는 것이 무엇이었는지를 나는 조금 안다. 사람을 수단으로 대하는 계산된 만남, 즉 상업적 수법으로 대하는 것을 그는 가장 싫어하였다. 모든 사람은 다 누구도 범접하지 못할 존엄성이 있는데 그것을 훼손하는 것이야말로 바로 계산된 관계에서 생기는 것이기 쉽다. 그는 그런 만남을 싫어하였다. 그리고 그는 굳어진 관례, 공식적인 자리, 남들 앞에 함부로 노출되는 것을 싫어하였다. 인터뷰를 한답시고 대뜸 '언제 태어나셨나요?' 이렇게 묻는다면 분명 이 어른은 화를 벌컥 내었을 터이다. 너무 뻔한 질문, 그런 요식적인 물음 따위는 그를 질리게 하곤 하였다. 그러나 그의 생애 이야기에서 태어난 시기와 장소는 빼놓을 수 없다. 1926년 10월 28일 경남 통영에서 그는 태어났다. 그리고 그는 2008년 5월 5일에 서울 아산병원에서 돌아가셨다.[4]

박경리 선생은 당신 생애의 중요한 기억들을 모두 시로 적어 우리 앞에 남겨 놓았다. 그가 돌아가신 직후, 2008년 9월에 낸 유고시집 『버리고 갈 것만 남아서 참 홀가분하다』가 그것이다. 이 시집에는 그가 평소에 이야기하셨던 많은 당신 삶의 겪음과 보았던 것들, 들었던 것들이 자

---

[4] 박경리 선생 계산법으로 나는 이 어른이 아직도 나를 지켜보실 것으로 믿어 전화번호를 지우지 못하고 있다. 그리고 그가 생전에 계셨던 회촌 손님방 그 자리, 단구동 댁 거실 그 소파 그 자리, 그가 피우던 담배 연기나 커피 잔의 파르스름한 향기, 안방 맞은편 방에 말라 가던 빨간 고추냄새, 단구동 작은 부엌방에서 끓여 우리에게 먹여 주셨던 곰국 맛과 그 향취 따위가 모두 내 몸 어딘가에 남아 자주 그것들이 내 꿈자리나 마음의 실끝으로 다가오곤 한다. 그는 내 우주 어딘가에 살아계시다.

세하게 시화되어 있다. 나는 박경리 선생의 『토지』를 '일본론', '존재론', '생명론', '이자론', '모순론', '우주론', '폭력론' 또는 '마디읽기', '집짓기 공리' 등으로 읽어야 한다는 이론을 내세웠다. 이 장쾌한 장편소설이 쓰이기 위해 박경리 선생이 겪어야 하였던 각종 삶의 고초와 아픔의 줄은 여러 가지가 있다. 세 개의 작두 위에서 자기 평생을 경영하였던 박경리 선생의 상처 이야기는 내가 일찍이 쓴 글에 나와 있다. 꽃다운 처녀 시절에 왜정치하 정신대 문제가 그 하나였고, 또 하나는 6·25 남북 전쟁 때 남편과 아들을 잃었던 아픔, 마지막으로 나는 외동딸의 남편 김지하가 사형선고 등을 당하는 투사형 고초를 온몸으로 안아야 했던 사실에서 그것을 찾았다. 이것은 어쩌면 정치적 격변에 한 작가 생애를 빗댄 지극히 도식적인 풀이였던 셈이다. 이제 나는 그가 적어 놓고 돌아간 시집 시편들에서 박경리 선생의 생애 이야기를 내보이려고 한다.

2) 나의 나임과 나 됨, 박경리 선생 '나'

요즘 나는 〈우리말로 학문하기〉라는 학자들 모임의 회장을 맡고 있다. 이 모임이 만들어지고 이어져 온 지 벌써 8년째 되어 간다. 최근에 이 모임의 회원인 젊은 역사학자 신운용 박사[5]는 '나'의 어원이 무엇인지를 캐묻는 물음을 학생들에게도 내게도 퍼붓는다. '나'란 도대체 어떻게 해서 생긴 말일까? 그는 '나'에 대한 말 샘(어원)을 '나오다/나다'에서 찾는다. '죽는다'를 한국 사람들은 '돌아가다'로 이른다. 어딘가 그가 있던 자

---

5 신운용 박사는 2007년도에 안중근 연구로 박사학위를 받아 안중근 기념사업에 마음을 모으는 신예 학자이다.

리에서 '나'왔다가 돌아간다는 말은 곧 '나'의 '나임'을 결정짓는 말본새라는 것이다. 이런 가설은 물론 진짜 가설이다. 하지만 이 가설을 하나의 실끝으로 삼아 박경리 선생의 나임을 찾는 일은 아주 재미있다. 그가 써놓은 시편들 속에는 그의 나임이 어떻게 결정되었는지를 자세하고도 깊게, 또 조심스럽게 적어 놓고 있다. 그는 호랑이띠로 태어났다. 그러나 그가 조심스럽게 적은 곳에서 보이듯, 진짜 박경리 선생 자신인 '나'야말로 호랑이이고 또 한편 흰 용이었다는 믿음이 아니었을까? 다음 시편을 보기로 한다.

나의 생년월일은
1926년 음력 10월 28일이다
한국 나이로 하자면
아버지가 18세 어머니는 22세에
나를 낳았다

가난했던 외가였지만
혼인한 지 사오 년이 되도록
아이를 낳지 못하는 딸자식을 근심하여
이웃에 사는 도사
그러니까 축지법을 쓴다는
황당한 소문이 있는 도사에게
자식을 점지해 달라고
외할머니가 부탁하여
덤불山祭를 올렸다는 것인데
그것이 영험으로 나타났던지

바람 잡아 나간 아버지가
섣달 그믐날 난데없이 나타났고
어머니는, 어머니의 말을 빌리지면
두 눈이 눈깔사탕같이 파아랗고
몸이 하얀 용이 나타난 꿈
그것이 태몽이었다는 것이다
하여 어머니도 주위 사람도
아들이 태어날 것을 믿었다고 했다

고된 시집살이였던 그때
어머니는
어른들 저녁 차림을 하고 있던 참에
갑자기 산기가 있어
마침 그날 도정해다 놓은 쌀가마에서
쌀을 퍼 담고
친정으로 오자마자 나를 순산했으며
술시라던가
아무튼 초저녁이었다는 것이다
계집아이 띠가
호랑이라는 것도 그렇거니와
대낮도 아니고 새벽녘도 아니고
한참 호랑이가 용을 쓰는
초저녁이라
그 팔자가 셀 것을 말해 뭐하냐
어릴 적에 나는

그 말을 종종 듣기도 했고
점쟁이는 팔자가 세니
후취로 시집보내라 그랬다는 것이다
그러나 어머니는
딸이라 섭섭해 한 적은 없었다고 했다

나를 낳고 젖몸살을 앓은 어머니가
젖꼭지를 아이에게 물릴 때마다
아파서 얼굴을 찡그리는 것을 본
나이 어린 신랑이
신통하게도
젖꼭지랑 젖병을 사들고 왔더라는 것이다
어머니가 유일하게
아버지로부터 받은 애정인 셈이다

그러저러한 사연을 지니고
다른 아이들과 별반 다를 것 없이
나는 세상에 떨어졌던 것이다
하나 사족을 달자면
용을 본 것이 태몽인데
공교롭게도
어머니의 이름이 용수龍守였다
본명을 선이라 했으나
어릴 적에 죽은 바로 위의 오빠
그의 이름이 용수였고

어떻게 된 일인지
호적상으로 어머니가
물려받게 된 것이라 했다
땅문서 집문서의 소유주 이름은 물론
문패에도 어머니의 이름은
김용수金龍守였다

—「나의 출생」, 위 책, 18~21쪽

  비록 사람의 몸으로 태어나지만 우리를 둘러친 생각 갈래는 너도나도 여러 가지 길로 나있어 각기 자기 방식대로 생각의 닻을 내리고 산다. 띠가 높다든지 태몽의 격이 높은 경우, 사람들은 으레 그 띠와 태몽에 상당한 상징적 예지에 기대거나 거기 맞도록 하는 태도를 지니기 쉽다. 박경리 선생은 여자로서는 너무 높고 강렬한, 초저녁 호랑이띠를 생래적으로 지닌 데다가 어머니 태몽인 용꿈을 몸에 싣고 태어나서, 세상살이가 엄청나게 고되고 힘겨운 삶일 수밖에 없겠다는 믿음을 은연중에 품고 살아왔던 것 같다. 거기다가 그가 은근히 내세우고 싶어 한 내용이 바로 이 용이다. 용은 동양인으로서는 상서로운 힘의 상징으로 믿는 띠이다. 박경리 선생, 그는 생애 만년에 이르러 당신 어머니에 대한 회상을 자주 하였었다. 게다가 그 고통스런 어머니와의 한살이 회상으로 떠오르는 모든 일 또한, 뒤늦게이지만 박 선생은 자기 한살이에 씌워진 운명이리라는 퍽 긍정적인 생각을 하고 있었던 것으로 보인다. 하얀 몸에 눈알이 파란 용! 그런 용인 자신을 지키던 어머니는 누구였나?
  어머니는 용인 자기를 지키는 고통스런 용 지킴이가 아니었나! 김용수金龍守, 금빛 나는 용 지킴이! 남긴 그의 시편들 「어머니」와 「어머니의 사는 법」 속에서 박 선생은 어머니에 대한 회한과 그리움, 그리고 그 삶에 임한 자상한 철학을 밝혀 놓았다. 뿐만이 아니다. 그는 당신의 외할머니와 친할머니에 대한 시도 써서 당신이 살아 내었던 존재의 샘을 기록해 놓았다.[6] 그는 혈연으로 맺어진 삶의 고통을 외할머니에게서 읽었다.[6] 그 고통이 어머니를 짓눌렀을 터이고 그것은 다시 자신에게도 전해져 내려왔다는 것, 그것이 외할머니가 자기에게 준 내림이었다는 것이다. 또 한편 도도하고 당당한 한살이의 모습을 내려주었던 이는 친할머니였다. 박 씨 집안의 당당한 장녀로서의 격을 만들어 준 분! 다른 살림을 차려 어머니를 힘겹게 하였던 아버지, 그 댁에 가서 월사금 받아오라는 어머니 등밀이에 그곳에 갔다가 마주친 작은 어머니 기봉이네! 그 부딪침과 악다구니 속에서 울던 손녀 앞에 할머니는, 호랑이에다가 용꿈으로 태어난 박경리, 아니 박금이를 편들어 삶 길의 떳떳한 자세를 바로 세워 주었다.

> 그년이 감히 누굴 때려!
> 할머니 일갈에 집안은 온통 난리가 났다
> 부산에 출장갔다 온 아버지는
> 차부로 달려가서 기봉이네를 매질하고
> 양복장 서랍을 모조리 끄내어
> 마당에다 불을 질렀다고 했다
> 그 후
> 기봉이네는 깍듯이 내게 예절을 지켰다

---

6 「외할머니」 속에 그려진 외할머니는 평생 놀음으로 인생을 탕진한 외아들 때문에 괴로워하였던 모습이 잘 드러나 있다. 위 책, 74쪽.
'딸들 집을 전전하던 외할머니/ 말년에는 아들네 옹색한 셋방에서/ 진종일 긴 담뱃대만 물고 있었다/ 인생을 노름판에서 탕진한 아들/ 그 외아들을 도와주지 않는다고/ 딸들 앞에서 울던 외할머니/ 해방직후/ 그분 역시 팔십 장수 누리다가 떠났다'

할머니가 내 편을 들어준 것도

그때가 처음이며 마지막이었다

(중략)

육이오사변으로 고향에 피난 간 나는

불길에서 건져 낸 농짝 하나

나비 장식의 귀목장을 아버지로부터 받았다

지금도 그 나비장 한 짝은 내 곁에 있다

—「친할머니」끝부분, 위 책, 81쪽

　　한살이에서 자신의 '나임'이 정당화되지 않으면 사람들은 삶의 균형
을 잃는다. 조선조 500여 년 동안 이 문제는 사회적으로 가장 큰 어둠이
었고, 사람살이의 격을 만드는 뿌리였다. 조선조에 정실부인이 낳은 자
식 이외의 자식을 묶어 사회적으로 반신불수로 만들어 서얼 차별을 굳
혀 왔으며, 조선조가 끝나고 난 이후에도 이런 관념의 덫은 줄곧 한국
사회에 알게 모르게 사람됨을 만드는 뿌리로 작용하여 왔다.[7] 내가 나임
으로부터 나 됨을 만들어 나아가려고 할 때 이런 등짐으로 억누르는 사

---

7 李朝社會에 一大重要問題를 惹起한 「庶流禁錮法」의 淵源은 太宗十五年 徐選의 上言에서 시작
　　된다. 卽 太宗實錄第二十九券, 太宗十五年 六月庚寅條에 '右副代言徐選等六人陳言宗親及各品庶
　　孼子孫不任官職事以別嫡妾之分議得依陳言施行'이라 記錄된 것이 그것이다. 서선이 던진 庶流禁
　　錮의 最初一石은 朝廷의 贊同을 얻어 官吏銓衡의 內規로 되었으나, 이것도 應科의 길을 全然 막은
　　것은 아니었다. 그런데 成宗 때에 編纂을 完了한 經國大典 禮典諸科條에 庶孼勿許赴文科生員進
　　士試라 規定함에 이르러 完全히 法典으로 成文化하였다. 그 後 明宗 5년 安瑋, 閔筌 等이 經國大
　　典 註解를 編纂할 때, 이 經國大典 規定에 있는 〈子孫〉을 〈子子孫孫〉이라 解함으로써 庶孼永世
　　禁錮法의 成立됨에 이른 것이다.
　　　　　　　　　　　　　　　　　　　　　　　　—구자균, 『조선평민문학사』(서울: 민학사, 1974), 24쪽

회 통념의 억압은 치명적일 수 있다. 박경리 선생은 평생 이 등짐으로부터 자유롭지가 않았던 분이다. 그런 등짐을 짊어진 박금이, 그가 위대한 작가 박경리로 나 됨을 만들어가는 길목에는 이런 등짐이 지워져 있었다. 그러나 그런 등짐을 커다란 힘으로 떠받쳐 그를 자유롭게 할 수 있었던 빛은 그 친할머니로부터 왔다. 그것이 위의 시편에서 박 선생이 드러내 보인 빛의 내용이다. 하지만 그는 호랑이에다가 용이라는 엄청난 상징적인 힘을 겹으로 등에 짊어졌다. 그러면 그가 그처럼 평생 당신 등에 짊어지고 태어난 호랑이는 무엇이고 용은 무엇인가? 박 선생은 호랑이도 호랑이지만 용에 대한 믿음이 더 컸던 것으로 내겐 읽힌다. 용이란 무엇인가?

3) 용과 용틀임, 박경리의 『토지』

용에 대한 동양과 서양의 생각에는 다른 점이 있다. 기독교의 영향으로 해서인지 서양에서는 용을 나쁜 상징으로 읽고 있는 모양이다. 연세대학교 원주 캠퍼스의 교직원 이메일 아이디는 처음 '드래곤 연세(dragon yonsei.ac.kr)'였다. 그런데 교직원 가운데 맹목적인 기독교 광신자들이 있어 '드래곤'을 빼라고 무시로 중얼거려 드디어 그게 빠지는 일이 벌어졌다. 웃기는 일이었지만 그게 믿음 세계의 웃기는 현실이다. 영국의 작가 디 에이치 로렌스의 『로렌스의 묵시록』이라는 책이 있다. 연세대학교 김명복 교수가 옮겨 놓은 얄팍한 책이다. 이 책 앞 장에서는 유대인들이 오랫동안 억압당한 폭력에 대한 복수심의 상징으로 묵시록이 만들어졌다는 것을 적었고, 그것은 최상의 힘을 원하는 어떤 복수심이었던 것으로 로렌스는 읽었다. 그리고 이 작품 뒷장에 오면 동양인 특히 중국인들이 좋아하는 용에 대한 절묘한 정의를 내리고 있다.

> 무엇보다도 용은 우리 내부에서 살아 움직이는 유체이다. 그것은 빠르고, 펄쩍 뛰는 생명운동의 상징이다. 뱀과 같이 우리를 통과하기도 하고, 우리 내부에 숨어서 똬리를 틀고 기다리고 있는 용은 그 펄쩍 뛰는 생명이다. 우주도 그와 같다.
>
> 인간은 처음부터 그의 내부에 있는 '힘', 그 잠재력을 뜻하는 용에 대하여 알고 있었다. 그리고 또한 그 용은 밖에도 있었다. 인간은 그 용을 어쩌지 못한다. 그 용은 잠자는 듯 누워 있다가 기대치 않게 뛰어나올 태세를 항상 취하고 있는 유체로, 파문을 일으키는 잠재력이다. 우리들의 내부로부터 우리에게 덤벼드는 격노들이 바로 그 용이다. 그 용은 활력이 넘치는 사람들에게 활력을 주기는 하나 무서운 것이다. 격렬한 욕망, 사나운 성적 욕망, 파괴적인 격노, 잠에 대한 알 수 없는 무한한 욕망 등의 모습으로 용은 갑자기 우리에게 접근한다. 에서Esau가 그의 출생권리를 팔게 하였던 그 기아는 그의 용이었다고 불러야 할 것이다. 후에 그리스인들은 그것을 자신들의 안에 있는 '신'이라고 불렀을 것이다. 그 '신'은 우리가 어쩔 수 없는 그 무엇이다. 그 '신'은 뱀과 같이 빠르고 놀라움을 안겨주며, 용과 같이 위압적이다. 그 '신'은 그의 내부의 어느 곳에선가 튀어나와 그를 휘어잡는다.[8]

이 용이 처음 어떤 원리로 뭉쳐 드러날 때면 푸른빛을 띤 청룡이 된다. 그러나 그 원리를 실생활에 적용하면서 널리 쓰이기 시작하고, 뿌리本가 잎末으로 빠질 때면, 점점 붉은 빛을 띠는 독사로 바뀌다가 붉은 용이 되어 폭력을 일상화하는 힘으로 나아간다. 모든 믿음 틀인 종교나 정치적

---

8 D.H. 로렌스 지음, 김명복 옮김, 『로렌스의 묵시록』(서울: 나남출판사, 1998), 166~7쪽.

교조들이 모두 다 이런 경로를 거친다. 불교가 그렇고 유교가 그렇고 기독교가 그러하며 또 공산주의 사상이 그렇다. 원리의 본과 말, 그것이야말로 힘의 유체가 하나의 원리로 뭉치면서 용틀임하는 변환 과정이다.

박경리 선생의 『토지』는 한국 현대사의 한 용틀임을 그린 이야기 떨기이다. 이런 용틀임은 용이라는 거대한 힘이 없었다면 그런 큰 물결을 일으키는 말의 탑으로 결코 이루어질 수 없었다. 『토지』가 48년에 이르는 시간 안에 벌어진 한국 현대사의 한복판에 웅크린 민중의 용틀임이 었음은 이 작품을 꼼꼼하게 읽은 사람들이 모두 다 인정하는 느낌이다. 용틀임! 왜정 폭력이라는 거대한 붉은 용들의 악의에 의해 고통당하던 설움이나 아픔을 『토지』의 여러 인물들은 실제로 겪었고, 그 붉은 악룡들의 악행에 대항할 힘은 한반도 도처에 웅크린 푸른 용들의 꿈틀댐으로 용틀임하였다. 한반도에 퍼진 그 붉은 악룡들의 악의가 무성하면 할수록 한반도의 용틀임은 더욱 거세어졌고 그 거센 용틀임에 의해 한국인들은 버티고 살 수가 있었던 것이다. 그것을 박경리 선생은 치밀한 눈길로 읽어 모든 사람들이 내뿜는 힘의 빛을 그려내었다. 그것이 박경리 선생의 『토지』였다.

『토지』를 해석하는 눈길은 그야말로 여러 갈래로 열려 있다. 경상남도 하동군 안악면 평사리에 커다란 집을 둘러쓰고 살았던 최 참판 댁 이야기는 1897년도부터 1945년 조선 사람들이 겪었던 삶의 축도였다. 평사리 부잣집 최 참판 댁은 이를테면 조선조 마지막 왕권을 지키고 있던 마지막 왕 고종 왕실의 상징적인 대리 정치판이었다고 나는 읽는다. 왕을 둘러싼 몇몇 사람들이 특권을 누리면서 모든 다른 사람의 인격을 송두리째 억압하는 왕권, 그 왕권 밑에서 행악 부리기를 조금도 부끄러워하지 않던 관리 패거리들의 부라퀴 짓들을 용인하는 왕권을 과연 한국 역사가 더 유지할 수가 있었을까? 여러 정황으로 미루어 그것은 이미 불가능한 어떤 것이었다. 그러므로 그런 왕권은 망가질 수밖에 없는 지경에 닿아 있었다. 1860년대에 이미 동학교도들이 10만을 넘는 숫자로 불어났었고, 계급으로 사람을 묶는 사회구조는 더 지탱할 수 없게 되어 있었다. 게다가 바깥에 버티고 다가서던 붉은 용들인 제국주의 국가들 서양 부라퀴들과 거기 부화뇌동하는 왜국 부라퀴들의 독한 촉수들을 막아낼 수가 없는, 내부결속에 실패한 왕권 틀로는 왕권 질서를 도저히 유지할 수가 없었다. 그것이 한국 현대사의 첫 장에 떠오른 황혼 빛이었고 『토지』는 바로 조선왕국의 이 황혼 빛을 그리려는 용틀임으로, 25년 간이나에 걸친, 피 어린 박경리 용의 몸부림이 있었다.

최 참판 댁의 상징적인 최고 권위자 윤 씨 부인은 이미 그 왕권 계급을 깨우치겠다고 들고 일어났던 혁명가 김개주(이 인물은 분명 실제 조선조 혁명 주체 세력이었던 전봉준과 손화중, 그리고 그들과 함께 한 행동 주체로 솥발 같았던 김개남의 다른 이름이었다.)에게 겁탈당하여 자식 구천이를 낳았다. 이 구천은 윤 씨 부인 앞에 나타나 자기 존재를 알게 하였고 또 다시 씨 다른 형의 아내, 별당 아씨인 형수를 사랑하여 함께 도망가는 일을 저질렀다. 조선조 당대가 떠받들던 모든 윤리 규범이 보기 좋게 깨어지는 일들이 이 평사리 최 씨 집에서 벌어졌던 것이다. 조선왕조 말기에 이런 현상은 있을 수밖에 없었던 어떤 현상이었기에 이것은 지극히 상징적인 사건이었다. 조선 말기 1980년대 후반, 이미 조선조가 만들어 쌓아 올렸던 계급 틀은 서서히 무너질 수밖에 없었고, 이 계급 틀의 부서짐 징후는 곧 최서희와 그의 하인이었던 김길상과의 혼인으로도 이어지고 있다. 이것이 박경리 선생의 『토지』가 우리에게 알려주려고 한 사회 바뀜의 소설적 소통이었다.

사회를 이루는 생각 틀이 바뀌면서 사람들은 여러 가지로 자기 격을 드러낸다. 앞에서 인용해 보인 사람들 내면 속에 거느린 힘이 뱀처럼 꿈틀거리는 용틀임은 각기 그가 선 자리에 맞게 빛깔을 드러낸다. 사람됨의 격조란 이런 격변 속에서 잘 드러난다. 붉은 용의 빛으로 남을 괴롭히거나 남의 것을 제 것으로 빼앗아 챙기려는 탐욕과 폭력은 이런 시기에 가장 구체적이고 치열하게 나타난다. 그것을 박경리 선생은 하나도 놓치지 않고 잡아 유려하고도 독특한 말법으로 옮겨 놓았다. 사람됨의 격조! 이것이야말로 작가 박경리 선생이 우리 앞에 내세워 보여주고 싶어 한 문학 길의 철학적 전망이었다. 70여 명, 각기 그 물려받은 이름을 지닌 『토지』의 작중 인물들은, 그들이 각기 발하는 윤리의 길, 삶 판 열기의 태깔을 드러내 보인다. 그런데 놀랍게도 그가 돌아가기 전에 남긴 짧은 시편들 속에는 그가 평생 꿈꾸고 생각을 모았던 장편 『토지』에서 이야기하고 싶어 하였던 사람됨의 격을 요약하여 시화하고 있다. 그의 시 「사람의 됨됨이」는 이렇다.

가난하다고
다 인색한 것은 아니다
부자라고
모두가 후한 것도 아니다
그것은
사람의 됨됨이에 다라 다르다

후함으로 하여
삶이 풍성해지고
인색함으로 하여
삶이 궁색해 보이기도 하는데
생명들은 어쨌거나

서로 나누며 소통하게 돼 있다
그렇게 아니하는 존재는
길가에 굴러 있는
한낱 돌멩이와 다를 바 없다

나는 인색함으로 하여
메마르고 보잘 것 없는
인생을 더러 보아 왔다
심성이 후하여
넉넉하고 생기에 찬
인생도 더러 보아 왔다

인색함은 검약이 아니다
후함은 낭비가 아니다
인색한 사람은
자기 자신을 위해 낭비하지만
후한 사람은
자기 자신에게는 준열하게 검약한다

사람 됨됨이에 따라
사는 세상도 달라진다
후한 사람은 늘 성취감을 맛보지만
인색한 사람은 먹어도 배가 고프다
천국과 지옥의 차이다

― 「사람의 됨됨이」, 위 책, 88~9쪽

『토지』는 욕망을 절제하지 못하여 벌인 제국주의 악당들의 발광과 거기 부화뇌동하는 조선 천민들의 발짓, 그리고 거기 대항하여 맞서는 위대한 푸른 용의 용틀임 이야기이다. 그것은 바로 그런 왜국 부라퀴들이 조선 사람들을 파괴하거나 능욕한 더러운 삶 판 속에서, 그들과는 결코 똑같을 수 없는 더러운 천격을 벗어 내던지려는 피나는 몸부림이었다. 그야말로 이것이 한국 현대사의 축도가 아니고 무엇이겠는가! 박 선생은 『토지』를 통해서도, 그의 강의록 「문학을 사랑하는 젊은이들에게」를 통해서도 남을 향한 힘의 외화야말로 삼가야 할 사람됨의 격조라고 주장하여 왔다. 인도의 간디가 영국 부라퀴들에게 맞서 내세웠던 아힘사Ahimsa, 비폭력, 분수에 넘치는 것을 바라는 모든 마음을 폭력으로 읽었던 이런 사상은 박경리 선생의 생명 사상에도 깊이 박혀 그가 남긴 말씀 여기저기에 다 들어 있다. 후함과 인색함, 사람됨의 높낮이를 재는 잣대가 이 두 낱말에 있음을 나는 위 시편에서 읽는다. 많이 가진 자들일수록 먹어도, 먹어도 배가 고픈 거지임을 우리는 자주 곁에서 보고 겪는다. 자본주의 문명이 밀어온 물신 숭배의 피할 수 없는 지옥 모습이다.

4) 맺는 말

박경리 선생은 지금도 어딘가 살아계신다. 그가 지금은 저승에 가셔서, 이생에서 평생 그리워하였던 어떤 분과 틀림없이 만나 화목하게 살고 계시겠지만, 우리들 마음속에 살아계신 이 어른은 우리가 늘 걱정하고 마음 태우는 이 지구의 안위 문제를 놓고 우리들과 같이 염려하고 계실 터이다. 그가 생전 여러 자리에서 자주 말하였던 '이자론'은 우리가 누리고 있는 이생인 이 지구 안위에 대한 걱정과 이어져 있었다. 지구 자원을 자연 그대로 이용하여 거기서 나오는 이자인 열매로 삶 판을 엮어 나가야 하는데 이 문명은 그 이자에 만족하지 못하고 본전을 까먹고 있다는 경고였던 것이다. 개발 이념이야말로 이 문명이 믿고 밀어붙인 오늘날 서양과 그들 뒤를 열심히 뒤따르는 우리 문명의 모습이다. 그 결과로 만들어진 것 가운데 가장 무섭고도 두려운 개발의 꼭짓점은 곧 핵폭탄이다. 이 폭탄을 누가 지녔는지를 따지는 일은 이제 문제의 둑을 넘어선 형편이다. 누군가 이 장난감을 잘못 다뤄 터뜨리기만 하면 이 지구는 멸망할 것임에 틀림이 없다.

> 문명의 걸작이며
> 승리의 금과옥조
> 세계를 쥐고 흔든다는 것은
> 죽음을 지배한다는 것은
> 그 얼마나 신나는 일인가
> 죽음의 행진 은밀한 그 발자욱소리
> 죽음의 향연 玉碎를 앞둔 술잔
> 죽음의 난무 멈출 수 없는 분홍신의 춤
> 미쳐서 세상이 보이지 않는 무리에게는
> 처참하고 웅대한 멸망의 서사시야말로
> 황홀한 꿈의 세계일 것이다

— 「핵폭탄」 제3연, 위 책, 129~130쪽

지금 미국을 중심으로 한 서방 세계 여러 나라 무기상들은, 그들을 끼고 세계를 지배한다고 착각하고 있는 무리들을 부추겨 테러 국가, 위험한 국가 따위로 작은 나라들을 위협한다. 그들 테러 국가로 점 찍힌 나라들은 그들 무기상들이 지배하는 서방 여러 나라가 만들어 위협용으로 써먹었던 핵폭탄이라는 엄청난 장난감을 본떠 만들려고, 여러 길을 통해 은밀하고도 적극적으로 핵폭탄을 만들려고 하는 꼴이다. 정치적인 전략 필요상 이 핵무기는 필연적인 대응 수단이다. 이 문제를 놓고 엄밀하게 생각해 보면 웃기는 곳은 서방 세계 제국주의자들이다. 그들이야말로 핵무기를 만들어 세계를 지배하려는 더러운 야망을 뱃속에 검게 간직하고 있다. 힘센 놈은 그런 위험한 장난감인 핵폭탄을 가져도 되고 약한 나라는 그런 위험물을 가져서는 안 된다고 강변한다. 이 무슨 해괴한 논법인가? 그것 한 발로 지구가 멸망할 만한 장난감이라면 애초에 그 누구도 그걸 만들어서는 안 된다. 그런데 그들은 그들 필요에 따라 만든 다음 다른 나라를 그것으로 위협한다. 꼴불견이다!

그런 것을 만들 수 있는 과학을 발전시켰으니 남보다 우월한 존재라는 투의 자부심이야말로 처참한 야만의 무도덕한 천격이다. 이것을 우리는 밝혀야 하고 서슴지 않고 그것을 세계에 알릴 필요가 있다. 나는 이 대열에 박경리 선생을 끼워 놓고 나설 생각은 없다. 다만 위의 시편이 말하고 싶어 하는 '말씀'은 그런 무리들이야말로 세계를 지배하려는, 지배욕에 눈이 먼 천민들, 미치광이라는 목소리라고 읽으려고 한다. 이 시가 그렇게 귀한 것으로 믿고 인정되고 있는 그 핵무기 광신자들이야말로 두려운 '미쳐서 세상이 보이지 않는 무리'들이다. 그들에 의해 수많은 죄 없는 사람, 마땅히 존엄한 생존권을 지닌 생명들이 죽어 갈 것을 생각하면 저승에 계신 박 선생님께서 밤잠조차 편하지 않을 것으로 나는 믿는다. 이 어른이 그런 악당들 때문에 밤잠을 못 주무신다면 내게는 죄스럽기 짝이 없다. 그가 평생 사랑하였던 고통 받는 생명에 대한 애틋한 마음 씀을 나는 이렇게 드러내어 표현한다. 내 마음속에 살아계신 박 선생님에 대한 내 설움과 그리움은 바로 이런 그의 시 해석에 맞닿는다. 어디까지나 내 마음에 남은 내 생각의 일단일 뿐이다. 이제 이 이야기를 끝낼 차례이다. 지극히 개인적인 이야기를 마지막으로 담겠다. 박경리 선생은 내게 자주 물었다. '정 선생은 언제 글 쓸 거야?' 이 물음에 대한 답은 나는 요즘 쓴 시들로 대답할 생각이다. 이 어른이 쓰신 「핵폭탄」에 답하는 내 시를 여기 올려 보이면 이렇다.

미국 부시가 오줌깨나 쌌겠다.
뻔뻔하게도 키 쓰고 소금 달라고 세계 방방곡곡
여기 이집 저집 키 쓴 오줌싸개 지도 훤하다.

그러게 불장난질 좀 그만하라고 그렇게들
여기, 저기서 아우성인데 그 소리 뒷전으로 한 아우성
총 장사꾼이나 대포, 포탄, 무기 실은 헬리콥터, 한 발에 몇몇
10만 불짜리 미사일 장사꾼들 불장난질 그렇게들 아우성
아프가니스탄이다 이라크다 전에는 한반도다 월남
그 기름진 땅 위에 퍼붓던 쇠붙이 총알과 포탄깨나 퍼 쏴
사람 잡는 날 백정 장군이라나 뭐라나 하는 것들
그것도 직업이랍시고 불장난질 이골 난 뒷짐지고 커험
신석기 이전으로나 만들어 버리겠노라,
손바닥 뒤집듯이 호언장담 거 뭐 그따위 불한당이 있나 그래!
부시 동류 불장난질에 결딴나고 죽어간 영혼들 여기저기 누워
푸른 하늘 바라보며 오줌싸개 악당들 향해 한숨짓는다.
아아 오줌싸개 전쟁광들아! 나가라 제발 나가라 나가!
그 불장난감들 들고 메고 지고 신고들
이 땅이고 어디고 네 나라 불장난질로들 배불린 그 땅

야만의 땅으로 썩 나가라 에비들아!
에비, 무기 장난질은 이제 그만, 불 놓고 오줌 싸고 키 쓴
당신 부라퀴들아 나가라 여기저기서 나가라 나가!

—「에비, 불장난질과 오줌싸개」

2008년 11월 14일 쇠 빛날(금요일) 아침 서하리 글방. 안개가 자욱하게 긴 마당가에 아내는 부지런을 떨며 낙엽들을 쓰느라 어수선하다. 어젯밤부터 아니 그전부터 이 오줌싸개 이야기를 서양 제국주의 패거리들과 맞물려 써보겠다고 하였지만 뜻만 앞서 늘 실패한다. 검은 얼굴 버락 오바마가 미국 대통령이 되었다고들 아우성이다. 한국 대통령 이명박 씨야 마음에 안 들겠지만 불장난질을 너무 많이 한 미국 공화당 패들의 치켜세운 어깨뼈들에 겁이 난 미국인들은 대신 오줌을 싸면서 사람을 바꿨다. 이제 오바마가 부시 대신 소금들을 얻으러 다니거나 아니면 남의 나라 것들을 빼앗겠지, 그도 미국인이니까! 일체 이런 이야기는 빼고 오줌싸개 이야기 속에다 이런 제국주의 악행을 말끔하고도 산뜻하게 시로 담을 수만 있다면 얼마나 좋을까! 오늘 우학모 이사회의 날이다. 강의 끝내고 총무 이은주 박사가 마련한 장소로 가야한다. 오늘 하루도 꽉 차겠다.

요즘도 나는 담배를 피우곤 한다. 박경리 선생께서 남들 앞에 계실 때 무안하지 않으시라고 피우기 시작한 담배를 아직도 못 끊었다. 그런데 그렇게 박 선생을 사랑하고 존경하였던 작가 이세기 씨가 담배를 딱 끊었다. 배신감! 그게 내 꿈에 나타났다. 그래서 내가 쓴 시는 이렇다.

오랜만에 박경리 선생 내 꿈속 끝 장면에 오셨네!
담배 끊으시고 가신 지 벌써 몇 달 후딱 지나갔는데

오늘 댓바람 내 앞에 나타나 긴 장죽 물으시고 또
집을 또 한 채 지으시려나 또 지어요?
대답 듣지 못한 채 내 잠도 확 달아나는 길목
꿈도 다 마치지 못한 날은 훤히 새어 지지구구 지지구구
오동나무 터 잡아 지저귀는 새들 목청 때론 째액!
큰 소리로 귀청 울리던 새들 기우는 가을
경기도 뚝 떨어지고 돈줄들이 오무라들어
새들도 저 난리들을 치는가 보다.

장죽 무신 박경리 선생 오랜만에 내 꿈
꿈속에 들어오신 선생께선
다시 담배를 피우시나보다.

선생 땜에 피우던 담배 나는 못 끊고
줄담배로 연기깨나 올리던 이세기, 정 많은 작가
어느 날 뚝 담배 끊어 박 선생 돌아가신 날 이후
끊었노라 눈물 흘리던 그, 의리 없는 이세기
나만 담배 피우는 나로 남아
오늘 박 선생 입에 무신 장죽 담뱃대 보며
내 눈에 웃음 담아 이세기에게 마음 보낸다.
거봐! 또 피우시잖아!

—「박경리 선생 장죽 담뱃대」

　이런 시를 써 놓고 박 선생에 대한 글을 쓰느라 다시 시집을 펼쳐 읽
다가 나는 놀랐다. 그 시편들 속의 외할머니나 친할머니 두 분 모두 긴

담뱃대를 물고 담배를 피우고 있었다. 그런데 어째서 내 시에 들어오신 박 선생께서는 내 꿈 끝자락에 긴 담뱃대를 물고 계셨나? 그 꿈속에서 또 다른 집을 짓고 계시느냐고 물었던 것은 이제 보니 그의 시집이 또 하나의 집이었던 것으로 내겐 읽힌다. 박경리 선생의 유고 시집 『버리고 갈 것만 남아서 참 홀가분하다』는 그가 쌓은 『토지』와 함께, 〈토지문화관〉, 강의록 「문학을 사랑하는 젊은이들에게」와 함께 원주에 오셔서 지은 거대한 또 하나의 집이었다고 나는 믿는다. 그는 엄청난 고통을 몸에 짊어지고 살았던 참칼잡이 문학의 승부사였다. 시련이 올 적마다 아픈 마음을 다스리느라 풀이나 나무, 찰진 흙과 나는 새들로부터 살아남을 기운을 받아들였다. 그는 우주는 물론이고 거기 퍼져 살던 모든 생명과 호흡을 맞추었던 용이었고 호랑이었다. 그렇게 그는 스스로가 살아생전 숨죽인 호랑이었던 것을 알고 있었고 또 우주를 읽는 힘의 유체인 용임을 믿고 있었다. 그는 평생 그의 개인적 용틀임을 통해 이 나라가 틀고 있던 분란의 꿈틀대던 용틀임을 지켜보는 정신으로, 또 글로 살았던 분이다. 늘 평안한 잠이 그곳 저승에서 이루어지기를 빈다.

2008. 11.

살아 있음의
능동성과 피동성 논리

-박경리론 네 번째 것-

1) 박경리 선생의 일상적 나날들

지난 2004년 6월 1일, 나는 『생명의 아픔』이라는 제목이 달린 박경리 선생의 원고 뭉치를 받았다. 서른두 편의 짤막짤막한 글을 모은 이 이야기들은 10여 년 전부터 각종 모임에서 이루어진 강연 글이나 이분의 말씀이 필요할 때마다 청탁하여 발표된 신문 칼럼, 기타 원고들이다. 대체로 그 당시에 나는 현장에 있었거나 그 글을 읽었던 터라 익숙한 내용이었지만, 다시 읽으면서 가슴이 떨리는 부분이 너무나 많아 아하! 나는 또 다른 하나의 『토지』를 읽고 있구나 하고 깊은 생각에 잠긴다.

요즘 서울에는 청계천 복원과 관련된 공식적인 이야기가 이런 저런 내용을 담으면서 공론 입길에 올라 있다. 2000년도였나 그 이전이었나? 원주 소재 〈토지문화관〉에서는 희한한 세미나가 열렸었다. 이른바 '청계천 복원에 관한 환경학적 검토'였다. 엉뚱하게도 원주의 한 문화관에서 서울의 옛 도시 모습 재현이라는 주제를 놓고 환경 관련 학자들이 모여 열띤 토론들을 벌였다. 당시는 그런 일이 언제 이루어질지 아무도 생각하지 못하던 시절이었는데, 뜬금없이 이런 논의가 원주에서 박경리 선생의 흔쾌한 지지와 격려를 받아 가며 이루어졌다. 바로 그렇게 시작하였던 서울의 청계천 복원 이야기는 2004년도 지금의 중요한 서울 재건축 문제로 부각되어 논의가 뜨겁다. 순진한 문학도인 나는 박태원의 『천변풍경』을 떠올리며 학생들에게도 이 작품을 읽어 지옥 서울 청계천 복원의 뜻이 무엇인지를 밝혀 가 보라고 부추기곤 하였다.

그런데 문득 내 옆 동료 교수 한 분이 내게 귀띔하기를 최근 박경리 선생의 글이 화제인데 글이 아주 신선하고 역시 박경리 선생다운 대가의 풍모가 보인다고 한다. 박경리 선생을 공격하며 비난하는 이들의 이야기인즉, '박경리 선생은 원주에 묻혀 살기 때문에 세상 물정을 잘 모를 터인데 아마도 그의 글은 누군가가 대필하여 주었을 것이다'라는 투의 말. 그런 세속의 더러운 말버릇들을 향해 다시 박 선생은 직접 대필이 아니라는 이야기로 꼬라박았다는 이야기였다. 가가대소! 이 역사적인 서울시 새 복원이 그것을 시행하려는 시 행정가들의 정치적 조급성때문에 벌어진 횐소 거리였던 것이다.

언제였나? 정신대 할머니들에 대한 보상 문제로 떠들썩하던 때에 박경리 선생은 시큰둥한 태도였고, 그런 태도를 당시 운동권자들은 똑같은 투로 비난하였었다. '시골에 묻혀 살기 때문에 세상 물정을 모른다'는 요지의 횐소! 박경리 선생의 마음속에는 활화산 같은 분노와 슬픔이 뜨겁게 자리하고 있었음을 잘 아는 내게도 누군가가 그따위 이야기를 하였다.

"우리 딸들의 옛 수치를 그런 식으로 보상받으려는 정부의 얄팍하고도 유치한 대응이 말이나 되는 거냐? 우리 정부에서 이제까지 과연 그들을 위한 위로의 보상을 얼마나 하였나? 그들에게는 우리 모두의 무거운 부채가 있고 슬픔이 똬리처럼 틀고 있는데, 돈을 얼마나 달라는 투가 말이나 되는 거냐? 몸값 흥정이냐? 일본인들이 만주에서 2~30만 명을 죽이는 만행보다도 더 큰 만행의 보상을 돈으로 하라고? 우리들 존재의 대지를 더럽힌 것을 돈으로 받으련다고? 그 엄청난 수치를 어떻게 환산할 거냐? 행여 돈으로 받더라도 그 돈으로는 일본인들의 영원한 치욕을 상기시킬 기념물을 만들되 우리 딸들의 한은 우리 정부가 나서서 우리 모두의 가슴으로 두고두고 갚아 나가야 하는 거 아닐까? 그게 우리 도리 아닐까?" 그의 분노는 가슴을 떨리게 하는 울림이 있었음을 나는 잘 알고 있었기에 그렇게 전한다. 옳지! 그러면 그렇지! 대부분 당시에 지각 있는 분들은 그렇게 수긍하였다.

언제인가 박상륭 형은 이렇게 내게 말한 적이 있었다. 도를 통한 고승의 숨결은 '숨을 내쉴 때 깨끗한 공기를 혼탁한 세상에 내뿜고, 세상의 더러운 온갖 죄악의 때를 들숨으로 빨아들임으로써 세상을 정화'한다고……. 산속에 묻혀 지내기 때문에 세상 물정을 모른다는 이야기 따위란 기실 때묻은 사기 놀음 정치에 순치된 사람들의 속된 지껄임임을 그는 그렇게 말한 것이라고 나는 이해한다.

이 글 서른세 편의 글들을 읽으면서 나는 몇 가지 그의 삶에 대한 뜨거운 열기와 철학, 문학적 상상력을 읽는다. 이 글들 속에는 그의 대표작 『토지』에서 이미 도도한 이야기들로 형상화되었고, 또 「문학을 지망하는 학생들에게」라는 강의 노트에서도 밝힌 이 시대에 대한 예언이자 작가로서의 고뇌, 우주 읽기가 통렬한 그만의 문체로 뿜어져 나오고 있다. 나는 이 글을 통해 그가 내세우고자 한 몇 낱의 삶의 질서를 정리하려고 한다.

2) 박경리의 세계관 읽기

(1) 일본론

　일본을 이웃으로 둔 것은 우리 민족의 불운이었다. 일본이 이웃에 폐를 끼치는 한 우리는 민족주의자일 수밖에 없다. 피해를 주지 않을 때 비로소 우리는 민족을 떠나 인간으로서 인류로서 손을 잡을 것이며 민족주의도 필요없게 된다.

　그가 직접 정식으로 「일본론」이라고 이름 붙인 글(이 책에서는 「'한국통속민족주의론'에 대한 반론—일본론」)에 박경리 선생은 일본인 모 잡지사 편집자에게 한 말로 기록하여 놓았다. 박경리 선생은 일본이라는 이웃과 우리 민족의 운명이 지렛대처럼 묶여 있는 것에 대해 평생을 묻고 대답해 온 작가였다. 그의 장편소설 『토지』가 일본론에 해당한다는 점에 대해서는 작가 자신도 부정하지 않는다.

　옛날 일본은 아시아에서 고도였을 뿐만 아니라 문화에서도 고아 같은 존재였다. 기능적이며 공리적인 특성은 차라리 서쪽에 가깝다. 그리고 일본은 서쪽을 등에 업고 동쪽을 배신한 유일한 나라이다.

—「다시 Q씨에게 2-망상의 끝」 중에서

　2001년 9월 16일에 발행한 일본의 『조일신문』사 간행의 주간지 『세계의 문학』 조선 특집호 「한국·조선의 문학Ⅱ」에 쓴 박경리론에서 나는 「일본론으로 본 박경리의 '토지' 읽기」라는 글로 일본과 일본인, 그들의 선험적인 열등감과 포악성, 슬픈 국가 전통 따위를 적시한 적이 있었다. 모두 『토지』에서 이끌어 낸 내용이었다. 이 글의 한 부분은 이렇다.

어째서 우리 민족은 임자도 모르게 남들 싸움의 전리품으로 곤두박질했는가? 약육강식도 생태계에서는 다만 생존을 위한 것일 뿐, 과다한 욕망은 자연질서에 위배되는 만큼 그 논리도 실은 모순이 아닌가? 역사는 언제나 그래 왔다. 사실 그래 왔으나 그 역사는 정당했는가? 열강이 모두 그랬노라, 하여 악을 옹호해도 되는가? 불의는 결코 정의일 수 없으며 반문화적인 것이다. 개인의 가치관과 집단의 가치관, 그 유리된 또랑에 갇힌 일본인들은 벗어날 수 없는 자의와 타의의 혼합체인가? 아니면 침략의 공범자인가? 황국주의皇國主義에 갇힌 순치된 피동적 존재인가? 혹은 옛날 한반도에서 수없이 건너간 반체제 도래인의 분노가 선험적으로 이어져서 조선 민족에 대하여 본능적인 악행으로 나타나는 것인가? 이 의문은 『토지』가 장장 수천 마디의 이야기를 작동시키면서 빼놓지 않는 치열한 물음이다.

이 글은 재일 교포 평론가 안우식에 의해 번역되어 실렸는데 대체로 정확한 번역이었노라는 박 선생의 귀띔이었다. 나는 일본어를 모른다.

2000년도 12월 8일부터 12일까지 〈토지문화관〉에서는 토지문화재단 심포지엄이 열렸었다. '자연과 예술'이라는 제목으로 여러 나라에서 온 예술가, 학자들이 모여 아름다운 문화관 환경을 예찬하면서, 자연과 환경의 문제에 대해 열띤 토론을 벌였다. 이 심포지엄 첫날이 끝나고 나는 독일에서 온 화가 우르슬라 판한스 뷔엘러 교수(카셀 예술대학교 교수)와 많은 이야기를 나누었다. 그는 그날 '탈출하는 그림자 날아오르는 그림자'라는 제목으로 독특한 발표를 한 60세가 넘은 원숙한 예술가였다. 나와 통역자 한국인과 다른 분들이 조촐하게 뒤풀이를 하는 가운데 이야기가 너무 진지하게 진행되면서 많은 화제로 이야기의 가락이 속 시원하게 맞아 들었다. 끝없이 말아 피우는 그의 담배 연기, 쉼 없이 마셔대는 나의 맥주 열기가 맞아 떨어지면서 나는 물었다.

"제2차 세계대전 당시에 저지른 독일인들의 만행을 고발한 다큐 영상물 「쇼아」를 행여 본 적이 있는지요? 프랑스 현대 잡지 편집장으로 폴란드 출신 유태인 작가 란쯔만이 19년 동안, 오랜 세월을 두고 만든 영상물입니다."

"아, 예! 본 적이 있어요. 인간임이 부끄러운 내용이지요. 독일에서 그것을 보았어요. 아홉 시간 상영되는 아우슈비츠 참상 내용이지요?"

"독일에 있는 한국인 화가 노은림 씨와 이야기를 나누는 가운데 독일의 나이 든 많은 지식인들이 우울증에 시달린다는 말을 들었습니다. 히틀러의 악행에 대한 자의식 때문이라고 하더라고요. 그렇습니까?"

"맞아요! 하아! 그런데 말이에요. 빌리 그란트가 전쟁 후 독일의 첫 수상이 되었을 때 아우슈비츠에 들렀어요. 그는 사실 히틀러 패들과 싸운 투사였어요. 그러나 그는 아우슈비츠에 도착하여 그 참상을 돌아보면서 무릎을 꿇고 통곡하며 용서를 빌었어요. 우리들 마음속에 도사린 사악한 마음을 그가 대신하여 사죄한 것이지요."

"저도 그 말을 들었습니다. 놀라운 일이지요. 그리고 너무나 당연한 지성의 일이기도 하고요. 독일과 일본의 차이는 바로 그 점에 있다고 우리들은 생각합니다. 독일에 고도의 철학과 음악이 있는 근본이 바로 그런 양식에 있다고 나는 믿고 있답니다. 그런데 일본의 정치가나 지식인들 가운데 그런 사람은 한 사람도 없었습니다. 그들이 저지른 한국인과 중국인 등 아시아 전역에서의 악행은 말로 다 할 수 없을 지경이었답니다. 어째서 일본인들은 그런 양심의 소리에 귀를 기울일 줄 모를까요?"

"아아 그거? 우리 인류 역사상 이 지상에는 원자탄이라는 가공할 살육무기가 두 발 떨어졌지요? 그 한 발은 독일에 떨어졌어야 할 폭탄인데 그게 모두 일본에 떨어져서 그들이 그런 게 아닐까요!"[1]

---

1 이런 일본인과 독일인의 지성적 차이 이야기는 박 선생과 만나는 자리에서마다 반복해서 나누어

나는 이 이야기를 듣고는 그를 빤히 바라보았다. 당연한 이야기를 한 것뿐이라는 그의 태도에 나는 다시 놀랐다. 나는 벌떡 일어났다. 그에게 노래를 들려주겠다고, 당신이야말로 매력 있는 독일인이므로 내가 노래로 보답하겠노라! 나는 그 앞에서 정지용의 「고향」을 처연하게 불렀다. 그가 내 손을 잡으며 고맙다고 했다.

이 책 『생명의 아픔』에 수록될 글 가운데서도 일본론은 댓 편쯤 된다. 아니 어쩌면 글 도처에서 말한 일본에 관한 이야기를 따진다면 이 책 전체가 일본론에 집중되었다고 강변할 수도 있다. 그의 '모순론'이나 '원·구심력 이론', '생명론', '멋론', '능동체론', '이자론', '균형론' 등 모든 그의 사상 풀이 논거 이야기 가운데 허위의 나라 일본에 관한 실증 예는 빠지지 않는다. 「신들이 사는 나라」, 「모순의 수용」, 「진실의 상자를 못 여는 일본」, 「'한국통속민족주의론'에 대한 반론─일본론」, 「다시 Q씨에게 2─망상의 끝」 등은 모두 본격적인 일본론에 해당하는 글들이다. 그만큼 그는 일본에 대한 관심이 깊은 것이다. 그 관심의 깊이를 일본인들이 짐작이나 할까? 그의 일본론에는 반드시 한국의 지식인들에 대한 관심이 깊게 깔려 있다. 일본 지식인들(?)과 한국 지식인들의 모습에 대해서 박경리 선생은 철저한 생각의 깊이를 이 글들에서도 밝혀 놓았다.

인류에게는 일찍이 신神이 있었다. 그것은 인간이 창출한 관념에 지나지 않는 것이지만 그럼에도 불구하고 믿는 것은 신이 그 모순 자체이기 때문이 아닐까. 사실 논리로 신을 죽이든 살리든 상관없는 일이며 무의미한 짓이다. 그러나 나는 신을 만들고 부수는 만행을 기억한다. 그것은 엄청난 생명을 작

왔던 내용이다. 그런데 그 내용을 독일인 예술가에게서 확인한 것은 거의 감동에 가까웠다. 만남의 행복이란 이런 곳에서 이루어지는 법임을 확인한 것이다. 이 책 「다시 Q씨에게2─망상의 끝」 끝 부분에 이 언급이 있다.

살낸 만행이기도 했다. 20세기를 질러온 나는 신국神國이다. 현인신이다. 확고 부동한 절대자. 하며 터무니없는 것을 만들어 놓고 일본은 얼마나 많은 생명들을 학살했는가. 신병神兵이라는 이름을 걸고 성전聖戰이라는 기치 아래 그칠 줄 모르는 탐욕의 배를 채우던 것을 똑똑히 기억한다.

이 언급은 그의 철학 사상 가운데 가장 정확한 '일본론'에 해당한다. 위의 말은 「모순의 수용」이라는 글의 한 장 「신神의 이름으로 만행」에서 한 말이다. 경험과 지성은 한 줄기의 뿌리에서 탄생한다는 것을 나는 그의 글들을 읽으면서 절감한다. 그의 철학 사상의 줄기는 여러 이론을 합하여 제기되고 논증되는 특징을 지녔다. 이제 박경리 선생이 읽고 있는 일본론의 요지를 요약하여 보이면 이렇다.

첫째, 일본은 거짓에 순치되어 숨통이 막힌 나라이다. 그 실례를 들면 우선 일본의 국가國歌 기미가요 일절 가운데 이런 구절이 있다. '모래알이 바위가 되는' 나라가 일본이라는 것. 이것은 허위이고 거짓이다. 그들은 국가적으로 이런 따위의 거짓된 가설 위에서 삶과 세계를 파악하고 있다. 과연 모래알은 바위가 될 수 있는 것인가? 비자연적이고 비과학적인 사고가 그들 나라에는 당연한 것처럼 생활화되어 있다. 일본은 자신들이 지니고 있는 역사적 진실을 깊이 알려고 하지 않는 민족이다. 아니 어쩌면 정치가들이 그것을 의도적으로 막아 진실을 숨기려고 하여 온 민족이다. 「진실의 상자를 못 여는 일본」에서 이 이야기는 구체화되어 있다. 용궁에서 어부가 얻어 온 옥항아리 뚜껑을 열자 백발이 되었다는 전설. '백발은 정확한 시간의 표상이다.'라는 순리, 원형이정을 벗어난 철학, 그것은 사이비 철학이고 정치적 책략과 끈을 댄 일본의 비참한 운명이다.

일본은 거짓의 두 기둥을 박아 놓고 국민을 가두어 왔다. 하나는 천조의 상속권 주장인 만세일계요, 다른 하나는 현인신으로 왕을 치장한 신도다. 각일각 변화하는 생명과 만상의 원리를 어기고 어찌하여 일문이 만세에 걸쳐 군림할 수 있을까. 나고 죽는 우주 질서에서 일왕도 예외가 아니거늘 어찌하여 신으로 칭하는 걸까. 거짓은 만사를 거짓으로 만든다. 그러나 그곳은 진실을 추구하는 철학 예술, 창조를 이룩할 수 없는 허방인 것이다. 그 체제를 변호하는 한, 그 체제가 존속하는 한 일본에 지성인은 존재하기 어렵다. 지성인은 거짓말을 안 하는 사람이기 때문이다. 사상이 약하고 유리알 속의 유희 같은 탐미주의가 예술을 주도하고 있는 것도 일본이 진실을 도외시하기 때문이며 청산하는 독일과 청산하지 않는 일본의 차이가 바로 그곳에 있다.

—「진실의 상자를 못 여는 일본」 중에서

앞에서 여성 독일인 예술가와 나누었던 이야기의 또 다른 언급이 위 인용에도 있다. 지성과 문화가 살아 있는 나라와 그렇지 못한 나라에 대한 뚜렷한 확증 내용을 박 선생은 우리에게 전해 준다.

둘째, 위 내용을 당연히 뒤따르는 거짓의 정점, 살아 있는 인신人神으로 천황天皇을 숭배하는 철저한 거짓의 문제. 그들은 국가 전체, 국민 전체가 그런 거짓의 정점에 눈을 감고 있다. 일본이 지성의 부재에 놓여 있다는 가장 살아 있는 증거이다. 살아 있는 신, 천황, 모든 백성은 그의 적손으로 영원히 그들 천황 인신에게 복종해야 하는 몬도가네 같은 나라가 일본이다. 그뿐만이 아니다. 그들 나라에는 나라를 위해 몸을 바친 사람들을 신으로 추앙하도록 하려는 여러 형태의 기념물을 만들어 놓았다. 대표적인 것으로, 우리는 요즘도 일본 총리가 해마다 참배를 일삼는 것으로 자신의 일본적 정체성을 알리려 하는 신사神祠 이야기를 알고 있다. 그곳은 신성한 곳이다. 그러므로 그곳에 흰 비둘기 떼들을 모아 신징

神徽으로 만드려는 분위기 조작을, 나는 그곳 신사 뜰에서 본 적이 있다.

셋째, 선험적인 열등감에 사로잡힌 나라가 일본이라는 이론. 박경리 선생은 일제시대를 온몸으로 겪어 온 작가이다. 일본인들이 한국에 와서 저지른 악행은 말할 것도 없고 중국이나 아시아 전역에서 저지른 악독한 만행들을 듣고 보아 왔다. 그들이 그처럼 대륙 진출에 몸살을 앓는 이유란 무엇일까? 왜 그들은 남의 나라 땅을 집어삼키려고 주기적으로 침략을 일삼는가? 『삼국유사』나 『삼국사기』를 보면 주기적으로 일본인들은 우리나라를 침략하여 노략질들을 일삼아왔다. 1592년에 저지른 '임진왜란'에서 그들은 재미를 톡톡히 본 다음 호시탐탐 한국 상륙을 꾀하여 오다가, 1910년에 이루어진 그들의 강제 합방으로 삼십육 년 동안이나 이 나라에 와서 분탕질을 마음껏 쳤다. 모두 미국의 사주를 받은 것이긴 하지만 그들의 대륙 진출에 대한 야망은 결코 가벼운 질병 증세가 아니다. 박경리 선생의 『토지』가 이 문제를 놓고 줄기차게 질문을 던져 온 것은 예사로운 일이 아니다. 이유란 무엇일까?

그 해답을 박경리 선생은 깊이 꿰뚫어 알고 있었고 다른 학자들도 알고 있었다. 이들의 공통적인 이유 탐색은 대체로 이런 결론으로 모아진다. 그것은 일본인 그들이 섬나라에 살고 있기 때문에 잠재화된 선험적 두려움을 기저로 하고 있다는 것이다. 이 이야기는 연민 이가원 선생도 그의 『조선문학사』에서 정식으로 내용을 적은 적이 있다.[2]

---

2 이가원은 다산 정약용 선생이 일본을 잘못 읽고 있던 것을 바로잡는 글을 다음과 같이 썼다.

다산은 그의 「일본론 1」 중에서 이미 일본은 문장이 찬연하고, 예의를 알며, 먼 장래를 걱정할 줄 아는 민족이어서 그들의 침입을 걱정할 것 없음을 비상히 강조하였고, 「일본론 2」 중에서는 "日本之無可憂" 다섯 가지를 열거하였는데, 그 이론이 비록 그럴듯하나 모두 그릇 보고 속단하여 그릇 판단하였다. 이는 그들의 문자 기록에 실린 자기·기만적(自欺·欺瞞的)인 기지에 크게 속은 것이다.

이렇게 다산 정약용 선생의 이론을 평가하면서 이어 이가원 선생은 다음과 같이 논급하고 있다.

넷째, 일본인들의 소인배 기질론. '의외로 소심하고 겁이 많은' 민족, '집단적 심리 경향'의 민족, '집단에 대한 복종', '권력에 약하고 강자숭배는 거의 생리적인' 민족이 바로 일본인들(「신들이 사는 나라」에서 한 말)임을 박경리 선생은 꿰뚫어 읽고 있다. 죽기살기로 만주를 통째로 삼키려는 배포로 만주에 진출한 그들은 우선 광활한 공간에 공포를 느낄 수밖에 없었다는 것이 박경리 선생의 지론이다. 남경 사건, 만주 벌판에서 일본 군인들이 저지른 잔혹한 살육 행위는 그들의 처참한 '두려움' 때문이었다고 박경리 선생은 읽고 있다. 두려움을 넘어서는 방법은 독기로 맞서는 수밖에 없다. 군부 책임자들은 그들 전선 맨 앞줄에 선 군인들에게 살육의 자유를 만끽하도록 부추긴다. 그들은 죄악에 대한 면죄부 같은 심리적 마약을 국가로부터 부여받았다. 때문에 그들은 마음 놓고 민간인들에게 만행을 저지르게 된다. 야만은 이런 것이다. 최근 이라크에 침공한 미국 병사들 이야기도 유사하다. 백악관 군사 관리들이 이라크 전사들에게 부여해 준 이 만행의 자유(?) 또한 똑같은 이유를 근거로 하고 있어 보인다. 죄악에 대한 두려움을 극복하기 위해 죄악감을 마비시키는 방법은 군사 전략상 필요하였겠지만 그 후유증은 오래 간다. 미국도 일본도 모두 그 죄악의 굴레는 영원히 벗어날 수가 없다.

거짓과 사기술은 인간성을 마비시킴으로써 그들 집단의 원기를 좀먹는다. 능동력은 사라지고 오직 피동체로서의 인간 집단은 창조의 길에

일본인은 잠시라도 침략 사상을 버린 적이 없었다. 그들이 그런 데는 나름대로 이유가 있다. 첫째는 지진이다. 지진은 우리나라나 중국도 예외는 아니다. 그러나 일본은 극심하다. 둘째로는 육침(陸沈)이다. 지진에 따라 일본은 육침될 가능성이 상존한다. 이러한 이유 때문에 일본인은 넓은 영토와 영화를 누리면서도 외토(外土) 침략의 야만성을 버릴 수가 없었다. 일본은 다산 몰후(歿後) 70여 년 만에 우리나라를 강점하였다.

　　　　　　　　　　　　　　　　　—이가원, 『조선문학사』 하권(서울: 태학사, 1997), 1504~5쪽

들어설 수가 없다. 그것이 일본이 짊어진, 우라시마 어부 전설이 안고 있는 덫이다. 박경리 선생의 일본 진단이며 일본론의 핵심이다.

(2) 모순론

이 모순론은 박경리 선생이 만나는 사람마다 들려주는 이론이다. 이 책에도 이 이론이 있다. 중국 전국시대, 초楚나라의 한 상인이 칼과 방패를 팔면서 겪었다는 양도론(兩刀論=논리학에서 엔티메메라 부르는 막힘 논리)적 곤경 이야기를 박경리 선생은 독특한 시각으로 해석한다. 그의 이야기는 절묘한 방식으로 전개된다. 이 모순론은 우주 물상이 모두 지니고 있는 원심력과 구심력, 생명의 삶과 죽음에서 그 절정을 이루는데 그것은 곧 균형에 이르는 존재론이다.

> 모순은 균형이며 긴장이다. 그것도 하나가 아닌 데서 가능했으며 존재의 조건인 동시에 연속성과 삶에 대한 인식이기도 하다. 만일 모순이 없어진다면 논리는 완성될 것이며 언어도 피안에 도달하겠고 절대적인 것이 그 모습을 드러낼지 모르지만 완성이며 정지이며 소멸인 것이다.

이 모순론에서 박경리 선생은 서양의 합리주의적 사고에 경종을 울린다. 아니 어쩌면 그것은 합리주의라는 이름의 사기성을 믿는 척하며, 그 맹목의 잣대로 남들 앞에 권세를 누리려는, 수많은 지식인들 머리에 꿀밤을 먹이기 위한 언어적 수사학일지도 모른다. 이 모순의 틈에서 어느 한 쪽을 선택해야 하는 것으로 강요될 때 눈에 띄는 문명은 발달하였으되 문화는 망가질 수밖에 없었다는 것이 그의 이론이다. 이 이론에 기대어 오늘날 지식인들은 어느 한 쪽을 선택해야 할 기로에 처박혀 있다고 그는 본다. 서양 잣대냐 자기 잣대냐. 이 모순론의 절정은 양 극단에서 하나의 길을 택하는 것이 아니라 그 틀을 깨는 데 있다는 지적에 있다.

모순론을 좀 더 구체화하여 일본을 읽는다면 1923년경 일본 신문들이 내세우면서 공언한 이른바 일본 문화의 세 축으로 이어진다. 루시앙 골드만이 '비극적 세계관'이라 불렀던 이 양도론 곤경에서 빠져나가는 길은, 일본 쪽으로 볼 때 그들이 전시에 주장한 다음 세 가지 문화 축이 된다. 에로(에로티시즘), 그로(그로테스크=칼부림 자랑), 난센스가 바로 그것이다. 에로티시즘이야 모두 알 만한 내용인데 일본의 그 경향은 그야말로 대단하다는 것. 그로테스크는 칼로 자기 배가름과 뒤에서 목을 칼로 쳐 주는 살해법이 극치를 이룬다. 이 추악한 현상을 탐미주의 어쩌고 하는 작가들이 있어 미학의 극치 운운하는 것도 그들만의 것이다. 이것이야말로 전쟁을 합리화하는 중요한 뜀 판이 아니겠는가. '전쟁은 문화의 어머니 어쩌고 하는 말'(「신들이 사는 나라」)도 모두 인간의 창의력을 뒷받침하는 모순론에서 그 틀을 깨지 못하도록 만들어진 일본 특유의 정치적 함정이 있기 때문이다. 거대한 두 틀의 거짓, 현인신과 그들의 권세가 영원무궁하다는 밑바닥 없는 함정에서 군국주의가 탄생하고 남의 나라 침략이 합리화되며 미국 종속이 운명으로 그들을 묶는다.

(3) 씨앗론生命論

이 씨앗론은 이 책 도처에서 거론되는 이론인데 고려대학교에서 행한 연설 내용이 그 중요한 시발을 이룬다. 당시에 행한 연설의 제목은 「균형에 대하여」였다. 그리고 다른 글 「윤리와 정서」 또한 이 씨앗론의 전개 논의이다. 「균형에 대하여」에서는 앞에서 살펴본 모순론에서 출발하여 균형과 긴장이야말로 인간다움의 기초이고, 창조력의 기반이며 더욱 크게는 그것이 곧 인간에게는 물론이고 세상 만물의 살아 있음 터전인 신神이 된다고 역설하고 있다. '모든 생명에는 능동성이 있다'고 전

제하는 그의 이론에서 이 능동성이 깨어지면 문명은 꽃피울 수 있을지 몰라도 적어도 문화나 지성은 없어진다는 것이었다.

이 씨앗론은 현대 문명을 비판하는 내용이 주를 이루고 있다. 서양을 필두로 한 이 현대 문명은 지구상의 모든 씨앗을 멸종 상태로 짓밟아 가고 있다는 것이다. 거대한 물질의 힘만을 믿도록 부추겨진 이 현대의 황폐함은 바로 씨앗에 대한 경시로부터 출발하였다고 그는 읽는다. 생명 자체의 씨앗은 바로 인류의 말 씨앗으로 남는 법인데, 생명이 도태되면서 말의 씨앗도 도태된다는 그의 이런 주장은 그만의 독특하고도 절묘한 문화론에 해당한다.

생명들은 그 연속을 위해 모두 씨앗을 남깁니다. 해서 생명들은 수만 년을 존속해 왔고, 이와 마찬가지로 진리나 진실을 탐구해 온 말, 삶의 규범을 정립해 온 말들도 씨앗인 것입니다. 인간의 역사와 더불어 말들은 씨앗으로 존속해 왔습니다.

현대 문명은 서양이라는 야만(이 용어는 내가 쓰는 용어이다.)에 의해 만들어진 물질문명 그 자체이다. 그들 야만적 서양인들은 그들의 욕망을 채우기 위해 우주상의 수많은 종족을 도태시켜 왔고(타이노 족 멸절이나 인디언 족 멸절 등), 생물들을 멸절시켜 오면서 그들의 말들조차 멸절 상태로 몰고 갔다. 말의 멸절은 곧 수많은 종족이 지녀 왔던 가치관과 문화의 멸절로 이어졌다. 삶의 균형과 긴장이 거세되면서 모든 생명에게는 피동적 삶만이, 그래서 비창조적인 기계적 삶만이 강요되어 오고 있다. 인간의 능동성을 잃도록 강요된 기계문명이 활짝 핀 이 시대 삶의 한복판에서, 능동의 씨앗 존재의 신비를 지키려는 그의 노력은 그의 작가 됨의 격조는 물론이고 한국 문단의 대표적 지성다운 풍모를 담고 있다.

이 씨앗론은 그가 자주 주장해 온 '이자론'과도 밀접한 관계가 있다. 땅이나 물, 산과 바다에 포함되어 있는 지구 자원은 그것 자체가 생명의 모태이다. 그런데 사람들은 탐욕을 채우기 위해 끊임없이 자연을 훼손함으로써 모태를 병들게 한다. 인간은 자연이 준 혜택의 이자만으로도 삶을 유지할 수 있다. 그의 우주론이다. 자연을 훼손하는 일은 생명의 모태를 따먹는 일로, 바르지 않은 삶의 태도일 뿐만 아니라 자연 질서를 파괴하는 일이다. 이자만으로 사는 삶, 작가 박경리 선생은 그의 '생명론'과 '이자론'을 통해 그것을 꿈꾸고 있고 또 우리들에게도 그런 꿈을 꾸도록 격려하고 부추긴다. 개발론자들의 욕망에 정면으로 맞서는 작가적 자세이다. 그것은 곧 그의 철학 사상이며 문학적 전망이기도 하다.

3) 진실 또는 세상의 안과 바깥

박경리 선생의 세계관에 관한 논의는 이 밖에도 더 거론되어야 하고 정리되어야 할 터이다. 앞에서 간략하게 거론한 내용들이 이 세계에 대한 원리를 적용한 세상 비판에 초점이 맞추어져 있다면, 이런 그의 이론이 만들어진 것은 그의 내면에 들끓는 세상에 대한 애정과 떼려야 뗄 수 없는 끈이 있다. 세상에 존재하는 생명에 대한 치열한 애정 없이는 글쓰기를 하지 말라고 그는 젊은이들에게 가르쳐 왔다. 밉거나 싫은 감정은 어째서 생겨나는가? 그것은 마땅히 사랑받아야 할 대상을 올라타고 앉아 그들의 숨통을 조이거나 억압하며, 멸절시키려는 어떤 힘과 악의가 거기 있기 때문에, 누군가가 미워지는 감정일시 분명하다. 그래서 그의 이 사랑의 대상에는 여러 것들이 있다. 섬세하고도 아름다운 그의 글 가운데 사람의 가슴을 찌르는 내용들은 바로 이런 애정이 이야기 속에 들어 있다. 횃대 위에 앉아 가슴 저미는 울음으로 사람을 맞는 꾀꼬리, 산 꿩과 콩 모이, 집 고양이처럼 음식을 먹여 키우는 야생 고양이, 그리고 한국인의 멋론으로 드는 갓과 모시옷, 중년 사내가 집에서 무를 깎아 먹으며 할머니가 그리워 우는 장면 이야기 등은 그가 이 세상의 안과 바깥을 공평하게 읽는 눈길을 지닌 작가임을 알게 한다.

한국의 근현대사는 서양 정신의 거침없는 유입으로 이루어져 왔다. 그들 서양 정신의 전파자들은 합리주의와 민주주의라는 이름의 정신 닮기를 금과옥조로 여김으로써 자신이 수천 년 동안 지녀 왔던 모든 가치를 내다 버리는 일로 그 삶의 목표를 삼았다. 무엇인가 새로 받아들인다는 것은 무엇인가 내버린다는 것으로 되기 쉽다. 그런 행위에는 얻는 것만큼 잃는 것이 있음을 각오하지 않으면 안 된다. 미국의 태평양 전략 일환으로 기획된 일본의 조선 침략(1905년 가쓰라-태프트 조약이 그 대표적인 실례이다.)은 근본적으로 현대형 제국주의의 전략이었음이 최근에 속속 밝혀지고 있다. 작가란 무엇인가? 당대의 포위 관념을 꿰뚫어 읽는 눈길을 지닌 사람이 그들이다. 박경리 선생의 이런 눈길은 가히 거인의 풍모를 지니고 있다. 당대의 포위 관념이란 대체로 악의 힘이고 사악한 무리들의 탐욕으로 이루어져 있다. 그들 제국주의의 야욕을 지닌 이들은 언제나 힘을 외화함으로써 남을 억누른다. 그들이야말로 삶의 또는 세상의 안쪽에 놓인 존재라는 것이 그들의 강변이다. 약육강식, 적자생존, 무한 경쟁 따위 독한 말들을 도처에 뿌림으로써 보호막을 지니지 않은 사람들을 억압하여 죽이거나 소외시킨다. 본시 세상에는 안과 바깥이 없는 법이다. 권력을 지닌 사람들의 세상은 자기들 세상이 안이고 그들 밖에 있는 존재란 모두 세상의 바깥에 있다는 관념을 유포시킴으로써 사람들을 언제나 허기증에 시달리게 한다. 이야말로 허위이고 사악한 포위 관념이 아닐 것인가. 박경리 선생의 이 저술에서는 이런 포위 관념에 피동적 노예 됨을 질타하는 이론을 내세우면서 모든 인간의 능동적 창조성을 강조하여 왔다. 그는 우리들 스스로가 인간 됨의 최고 가치를 드높이도록 격려하고 있다.

그의 많은 작품 세계가 일본론에 초점이 맞추어져 있다는 점은 앞에서 반복하여 확인하였다. 그가 읽는 일본과 관련된 가치 평정 눈길에는, 동시대의 어떤 다른 작가와는 아주 다른, 뚜렷한 주관이 있음을 보게 된다. 1900년대로부터 이어져 온 동경유학파들에 대한 날카로운 그의 비판 의식은 마땅히 오늘날에도 지식인들의 사유법에 경종이 된다. 이광수를 비롯한 일제 당대의 친일 문사들과, 서양 학문에 목을 매단 근래 서양유학파나 그 아류 학자들의 피동적 학문 자세를 질타하는 논리적 근거가 어떤 방식으로 자리 잡고 있는지를 이 책은 선명하게 보여주고 있다. 그러므로 그의 그런 사유법에 어떤 애정의 끈이 이어져 있는지를 이 책의 독자들은 곰곰 되새겨 볼 일이다. 생명의 힘이 툭툭 터져 나오는 듯한 이 수상집의 독특한 수사학에 깊은 철학이 있다고 나는 읽는다. 이 어른의 건강이 계속 이런 글쓰기로 이어질 수 있게 되기를 빈다.

2004. 6.

운명과 뱃심

함께 가나 맞서나

1판 1쇄 펴낸날 2013년 10월 10일

지은이 정현기

펴낸이 서채윤
펴낸곳 채륜
책만듦이 정나영
책꾸밈이 Design窓

등록 2007년 6월 25일(제25100-2007-000025호)
주소 서울 광진구 군자동 229
대표전화 02-6080-8778
팩스 02-6080-0707
E-mail book@chaeryun.com
Homepage www.chaeryun.com

ⓒ 정현기, 2013
ⓒ 채륜, 2013, printed in Korea

책값은 뒤표지에 있습니다.
ISBN 978-89-93799-56-9 93800

※ 잘못된 책은 바꾸어 드립니다.
※ 저작권자와 출판사의 허락 없이 책의 전부 또는 일부 내용을 사용할 수 없습니다.
※ 저작권자와 합의하여 인지를 붙이지 않습니다.

이 도서의 국립중앙도서관 출판시도서목록(CIP)은 서지정보유통지원시스템 홈페이지(http://seoji.nl.go.kr)와
국가자료공동목록시스템(http://www.nl.go.kr/kolisnet)에서 이용하실 수 있습니다.(CIP제어번호: CIP2013018107)